1912—1949 现代古体文学大系

词集 3

总主编　黄　霖
本集主编　朱惠国

XIANDAI
1912—1949
GUTI WENXUE
DAXI

东方出版中心

目录

施赞唐（5首）

施赞唐（1875—1918），字琴南，号槁蟫，别号四红词人，室名脱尘轩，江苏宝山（今属上海）人。清末诸生。光绪三十一年（1905）倡设罗阳小学，任校长。曾协修《宝山县续志》。擅诗词，参与小罗浮吟社、淞滨吟社等社团的唱和。有《吴兴家粹辑存》一卷、《聊复轩诗存》一卷、《蜕尘轩诗存》二卷及所附“诗余”一卷。据施赞唐弟子金其源《蜕尘轩诗存跋》，施氏“生平吟咏，纵无虚日，稿辄不留，辛亥后始稍稍积存”。故存世作品，多作于民国时期。

点绛唇

一片花飞，不知何处桃源路。夕阳人语。似惜春归去。　　帆转津迷，总被多情误。空延伫。隔溪烟树。暗锁眉峰住。

踏莎行

萤坐墙衣，蛩吟柱舄。罗云揭破遥天碧。夜凉如水月华流，满身竹影娟娟湿。　　膏烬蚖焚，香销麝爇。莲花疏漏过三滴。银河络角斗阑干，画楼西畔无消息。

百字令

丙辰九日登高，韵盦赋怀，语石次韵，同怀兼寄晨风庐主。

登高脱帽，看苍然秋色，都来眼底。屈指重阳风雨少，胜赏数年无此。红饱山萸，黄酣篱菊，想接柴桑地。举樽相属，异乡萍水知己。　　今我不乐题糕，借人词曲，擪笛寻声倚。吹出清商惊变徵，郁似晨风噫气。鸡犬当灾，猿虫化劫，枉作全生计。请从玄石，且谋千日长醉。

徵　招

陈季蕃世垣旧为龙门都讲，与故人邵艾庐同笔砚。艾庐盛称其才，尝欲为余通，殷勤未果，今艾庐墓草宿矣，而季蕃又逝，老友东园倚此挽之，次和一阕。

汉京仲举依稀识，何缘得亲光霁。记共艾庐游，论知交无几。如君差可已。颇牵我、停云遐思。自绝牙琴，楚兰憔悴，仗谁扶起。　　雾眯看飞腾，有同学、龙门尾烧形似。长啸拂衣回，把柴扉深闭。埋头青史里。早羞问、党家风味。便尘世、重见桑田，恐不如蒿里。

醉春风

梦好防莺妒。情密防鹦诉。秦宫花底暗思量，去。去。去。红豆春栽，白蘋秋采，枉担心绪。　　黯淡云停暮。寥落星稀曙。不如沉醉倚东风，住。住。住。荼褐帘前，茜罗屏底，且看歌舞。

（以上选自《蜕尘轩诗余》民国八年木活字本）

夏敬观（18首）

夏敬观（1875—1953），字剑丞、鉴诚，号盥人、吷盦，江西新建（今属南昌）人。光绪二十年（1894）举人，曾任浙江提学使。民国后任浙江省教育厅长，退隐后居上海。通经史、音韵、绘画、诗词等。著有《忍古楼词话》《吷盦词》。

《吷盦词》一卷本，光绪丁未年（1907）刊，前有李瑞清题签、陈锐序、朱祖谋序。另有《吷盦词》民国二十八年（1939）铅字本三卷，前有梅盦题签、陈锐序、朱祖谋序。据《夏敬观年谱》，《吷盦词》第三卷曾于辛亥（1911）刊行。查民国二十八年排印本《吷盦词》，为民国以前所作。其民国后所作，见于《词学季刊》《同声月刊》等。《词学季刊》创刊号《近人词录》有编者附记云："吷盦先生词，于光绪辛未精刊行世。旋专力为诗，两年来始复填词。"陈锐《吷盦词序》称其"词则奄有清真、梦窗之长"，叶恭绰称："吷盦博通众长，生平所学，皆力辟蹊径。词尤颖异，三十后已卓然成家，词坛尊宿，合继王、朱。"（《广箧中词》）

乌夜啼

玉蝇初挂墙东。去花丛。遮莫圆如秋扇、感西风。　　银汉转。众星见。暗帘栊。无奈寒萤三两、露华中。

石州慢

自题《填词图》

花底清歌，尊畔坠欢，那与头白。谁呼醉席魂馨，起拂砚埃教惜。笺天有恨，试遣谱入宫商，娲皇弦竹皆陈迹。宛转诉愁环，听秋虫虚识。　　岑寂。好山来梦，荒谷行吟，念中泉石。凭仗吴装，替写林岚苍碧。敲残柳瘿，送老久厌名场，闲讴莫付南楼笛。曙海荡行襟，澹丛悲余忆。

还京乐

庚午闰六月十四日立秋作

暗尘满，要上朱弦素瑟难重理。怪竟床冰簟，梦回廿载，流光波逝。但废堂愁对。繁霜醉发西风里。闰未了，惊省露井，梧桐先坠。　　向层阑倚。见霞沉西崦，千江共月，厌厌凉焰照地。疏星澹近银河，怅青冥、渺非人世。最无端、教雁病虫栖，兰焚桂萎。漫续黄华曲，伤秋今古词费。

（以上选自《词学季刊》创刊号）

踏青游

送春，夕枕上咏荼蘼

银烛销风，珠帘半掀还掩。惯不寐、数残更点。少年心，华胥梦，寝虚成魇。照倦眼，曾非旧时灯火，偏着再三追念。　彻骨荼蘼，宜人数枝红酽。是过去、韶光浪染。枕亟旁，些子好，相看谁厌。试为我，低回劝花休睡，不放剩春偷减。

澡兰香

癸酉重午

皋兰露洗，渚鹭春浮，屈指又逢旧节。斜敛缀茧，细葛含风，那称故人霜发。算年时、重反荷衣，芬芳而今未沫。拟醉、无多素酭，先安蒲屑。　莫漫追寻宿眷，败箧空存，等闲纨箑。怀沙恨渺，斗草心慵，往记梦痕难拾。和惊涛、小海歌成，谁省中流桂楫。但看惯、夺锦酣嬉，龙舟飞涉。

（以上选自《词学季刊》第1卷第3期）

浣溪沙慢

春日访龙榆生真茹，因重游张氏园，榆生设酒寓斋，尽欢而别。赋谢主人兼柬卢冀野。

雨宿润路陌，晴午暄村野。印苔步屐，秾李夭桃下。相映秀靥，薄染铅脂冶。芳意供陶写。重拂小阑干，称吟笺、零骚碎雅。　　逝波泻。是过去年华，叹兵尘未了，亭馆无多，谁问花开谢。往事梦回，莺燕也惊诧。一醉非无价。其奈独醒何，酒杯中、阳春和寡。

千秋岁

题沤尹侍郎手写词稿

礼堂日暮。自写潜韶頀。余墨灿，遗芬古。留教珊网拾，会入瑶琴抚。清梦断，寻声暗记千岩谱。　　往事皋桥路。载酒停桡处。春几换，人非故。鹤边云侣散，雁候霜群举。风雅老，伊谁更问闲钟吕。

（以上选自《词学季刊》第2卷第1期）

小重山

人事支离到岁残。梦程天样阔、枕难安。纠纷心目是关山。宵来雪、未比晓晴寒。　　身世寄危阑。楼台嘘蜃现、不堪看。西飞多少雁声酸。沧洲畔、闲地可容宽。

玉梅令

斜阳做暝。雁路层霄夐。重云黯、泛空孤艇。贮一囊紫锦，五岳具真形，灵真付与，费人暗省。　　钗遗佩落，尘昏妆镜。凭谁见、晓珠明定。问栖鸾何树，附鹤枉传书，都不管、玉寒犀冷。

八声甘州

题《避暑山庄图》

溯木兰秋狝几何年，凄凉玉关东。悼君声不返，河传银汉，水调徒工。可惜移盘人去，苔路锁离宫。还见巫闾顶，望海堂空。　　往事祸萌骖乘，更难羁画室，相业凶终。怎兴亡弹指，帘殿付飘风。想油油、过墟麦秀，有夕阳、来照晚山浓。蘋香淠、费丹青染，啼血鹃红。

八声甘州

听愁霖一阵打窗来，层阴黯重轩。任皋雷殷地，梅风拂渡，莫扫蛮烟。江拥涕洟入海，楚梦总无边。谁管汤汤水，渐蹴吴天。　　廿载萍浮南北，问故乡何所，能守田园。睹啮根桑尽，本不植高原。对沧洲、潮吞汐卷，恐陆沉、深恨有难言。空凝望、止狂流驻，休涨前川。

竹马子

寻荒梦沧洲，江程暝霭，寒生汀渚。渐更随雁警，林衔月远，凄迷平楚。漫拍一角阑干，商讴夜永，素琴难御。潦倒酒杯空，伴闲身，醒醉悲欢离聚。　　对此惊桑海，频搔皓发，镇依枯树。楼居似托孤屿。还涩吟怀机杼。寂寞自掩深帏，露虫声碎，如泣天涯路。屏山四壁，卧向成回顾。

（以上选自《词学季刊》第 3 卷第 3 期）

月上海棠

赋秋海棠

春花零落春无计。让西风、占得些些地。石角墙阴，与安排、一般秋意。人间小、自有糟乡任醉。　　芳丛深染胭脂腻。数风流、毕竟真相似。莫恨烟霜，最能消、断肠滋味。珠帘卷，恰好银蟾照睡。

（选自《同声月刊》第 1 卷第 11 期）

紫萸香慢

忏老有词，追忆昔放琴客，赋此调之。

展愁阴、园林春老，落花肯罥游丝。早无多香梦，更沾惹，绿杨枝。不恼东风情薄，恨韶华难驻，去壮来衰。又因他、惆怅忆我少年时，算枉负、酒边黛眉。　　相思。写上新词。浑不似、旧心期。怪传笺绮语，风流未沫，翁尚然脂。眷怀放归蛮素，恍如诵、白家诗。道钗鸾、故恩仍恋，白头游戏，还织锦字仙机。宽尽带围。

（选自《同声月刊》第 2 卷第 1 期）

玲珑玉

为榆生题郑叔问水仙画扇

金姆桥东，记曾觌、月白沙昏。仙裾不系，替谁更写愁颦。素手宫纨玉映，想当筵回睇，呼唤真真。销魂。还擎杯、亲与似人。　　貌得凌波倩影，怅蓬莱清浅，罗袜生尘。奈共贞芳，两无言、上叩云阍。凄绝南羁身世，就中有、骚心比拟，天水王孙。旧歌扇，剩寒花、湘渚梦痕。

（选自《同声月刊》第1卷第12期）

淡黄柳

题《西湖饯春图》

纷红骇绿。无限伤心色。刻意攀春留不得。贮就浓愁万斛。都是东风去来迹。　　旧襟湿。依前酒痕碧。载烟雨、小舟仄。奈无端、梦落青芜国。画里湖山，古今凭吊，教染离人泪墨。

（选自《同声月刊》第2卷第4期）

木兰花慢

秋夜闻雁，用柳耆卿体

听河声度雁，破云影、下高空。正别馆惊秋，阑干孤凭，残月微笼。山重。数千万里，路漫漫笳吹咽西风。丹凤城南更远，玉关音信难通。　　离悰。此夜谁同。愁里听、倍惺忪。叹衔芦、一一南飞不尽，七二衡峰。疏桐。向庭院静，念佳人无寐翠楼中。只恐哀筝怨笛，断肠又到帘栊。

（选自《同声月刊》第3卷第4期）

壶中天

题巢章甫《海天楼读书图》

九溟嘘翠，有奇光常接，蓬莱藏室。平揖太清阑槛迥，兼并海源天一。洞穴龙威，津梁鳌架，辇至如山积。珠尘量取，旭辉腾照窗隙。　　壶峤写入丹青，仙乎脉望，游戏琅嬛壁。洛诵琅琅声彻户，相和晨宵潮汐。洗耳流清，系胸菜美，带雨春苗摘。论文尊酒，甚时能共谈席。

（选自《同声月刊》第3卷第8期）

杨圻（14首）

杨圻（1875—1941），初名朝庆，易名鉴莹，后改圻，字野王，号云史，江苏常熟人。康有为门人。曾任邮传部郎中、新加坡总领事，南洋经商失败，隐于乡。民国时，入吴佩孚幕府，后从张学良，“九一八事变”后归乡，抗战时期迁香港(见陈赣一《杨云史先生家传》《同光风云录》)，富有诗名，著《江山万里楼诗词钞》。

《江山万里楼词钞》，上海中华书局民国十五年（1926）排印本，四卷，分别为《回首词》(收1895年至1900年词)、《楼下词》(收1901年至1905年词)、《海山词》(收1908年至1911年词)、《望帝词》(收1912年至1921年词)。前有朱彊村“绝代江山”题签，康有为、何震彝序及作者丙辰（1916）《自序》。《自序》称：“《回首词》《楼下词》两卷，少年作也；《海山词》《望帝词》两卷，壮年作也。”前两卷乃“裘马轻狂，流连光景”之作，“其声和”；后两卷为感于“人事之故与夫物我之际”的“忧患”之作，声同而音异。当时即有论者称其“诗如工部，词如后主”（《江山万里楼词钞自序》），“他日论词苑中兴之功，云史其首也”。其词“高健幽咽，神理骨性，又为人所难到之境”（何震彝《江山万里楼词钞序》）。杨氏偏爱小令，又不循常例，常以短调抒写家国哀思，沉痛苍凉，神似李后主。如《相见欢》之“日落千山，把酒话中原”，《梦江南》之“樵子也知亡国恨，夕阳犹上雨花台，含泪看江山”等。

虞美人

月下过北海

雕墙曲院凉风里。水上歌声起。寻常野老不知愁。荡入月明深处、采鸡头。　　朝元阁上承平事。恍惚犹堪记。一番亡国恨悠悠。红藕花残夕殿、闭清秋。

梦江南（两首）

金　陵

僧楼外，寂寂水天闲。樵子也知亡国恨，夕阳犹上雨花台。含泪看江山。

三更后，觱篥起连营。玉露横江人不见，青山几处打刀声。秋月满空城。

浣溪沙

登彭城霸王楼

莽莽风云眼底收。秋光万里霸王楼。楚歌声里尽封侯。　　立马千山横落日，黄河一曲问寒流。古来用武是徐州。

浣溪沙（两首）

金陵感旧

太白楼中笛一声。桃花流水送王孙。少年踪迹最销魂。　　绝代江山人半老，十年往事不堪论。烟花万里暗江城。

一片青山孙楚楼。夕阳无尽送孤舟。桃花春水下扬州。　　风景不殊消酒力，江山无改觉诗愁。鸡台烟月后人游。

蝶恋花

武昌感怀

水碧沙明飞白鹭。最爱登楼，最怕登楼去。极目中原红尽处。斜阳直上长安路。　　看尽斜阳新月吐。西塞山前，前度扁舟住。独树临江秋自语。西风黄叶如相诉。

眼儿媚

江　上

石头城畔酒家寒。不忍倚雕栏。僧楼残照，女墙新月，如此江山。　　向人话到苍茫事。心事与秋残。几家歌舞，万家烟火，犹是人间。

相见欢

丁巳三月三日，什刹海修禊，樊山老人主席，得“思”字。

画楼烟柳丝丝。动芳思。玉勒金堤犹似、去年时。　　飞花乱。春将半。总销魂。日落千山把酒、话中原。

踏莎行

醉白楼晚眺

乱水明鸦，斜风卷雁。乡心更比青天远。疏灯先上隔江楼，可怜夏口斜阳晚。　　城上山寒，楼中酒暖。可堪杯浅愁深满。劝君休去倚危栏，江流不管回肠断。

（以上选自《江山万里楼诗词钞》民国十五年排印本）

蝶恋花（四首）

和吕碧城女士在瑞士日内瓦见寄之作

眼底旌旗犹霸气。莽莽幽州，风雪来天地。日落长城横一骑。海山都在踌躇里。　　可堪髀肉雄愁起。闲去呼鹰，冷落山和水。如此人间容我醉。手扶红粉斟寒翠。

帘卷西楼风雨外。万马中原，人物今犹在。破碎山河来马背。过江风度朱颜改。　　清狂人道嵇中散。铜辇秋衾，驮梦回鸡塞。大好男儿时不再。举杯吞尽千山黛。

话到飘零都未忍。灯火楼台，梦里天涯近。诉与清秋秋不信。江湖满地难招隐。　　念家山破魂销尽。收拾闲愁，总是词人分。北去兰成君莫问。哀江南后非玄鬓。

红叶来时秋水满。前度迷津，洞里流年换。道是仙源鸡犬暖。秦人合住桃花岸。　　吟成一例肠堪断。小猎荒寒，匹马关山远。归骑数行灯火乱。雪花如掌卢龙晚。

（以上选自《虞社菁华录》民国二十年排印本）

张茂炯（15首）

张茂炯（1875—1936），字仲清，一字颂磬、君鉴，江苏吴县（今苏州）人。曾于清末、民初为官，1922年后去职居乡。“五十以后，杜门无事，始刻意为词”（《艮庐词自序》），与吴曾源、吴梅等结词社。著有《艮庐词》《艮庐词续集》《艮庐词外集》。

《艮庐词》民国二十年（1931）石印本，卷前有吴湖帆题签、张茂炯自序；《艮庐词续集》《艮庐词外集》民国二十三年（1934）石印本，与《艮庐自述诗》合为一册，前有吴梅序及张茂炯自序。《艮庐词》收录归乡后至1931年前所作，《艮庐词续集》收录1931年后、1934年前所作，前两部词集守律精严，以《菉斐轩词韵》为准的，所作词律不严者入《艮庐词外集》。《艮庐词》到《艮庐词外集》，体现出强烈的遗民意识。“俯仰身世，感怆今昔”，所谓“伤心人语大都寄托于此”（张茂炯《艮庐词自序》）。《艮庐词》与《艮庐词续集》相比较，前者因刚离职，所以词中遗民意识更为强烈，无家之感、黍离之悲充溢其中，如《绕佛阁·读白石樵唱梦中诗有感》“杜宇声声，花外魂断，洒冬青，又啼痕满”、《西湖》“念衰鬓，嗟逝水，别来自感憔悴。山灵见客也慵妆，乱鬟未理。翠微立尽古斜阳，人间知换何世”。其词作多为与词友结社酬唱之作，词律虽严，但词情较为显豁，词风疏朗。

西　河

予生长西湖，久习游钓，中更宦辙，别逾十年。比岁乙卯，重访旧游，园林祠宇都非昔观。今忽忽又十余稔矣。消寒初集，陈舲诗见示《重游西湖绝句》，振触予怀，因倚梦窗是解。

名胜地。楼台照眼凄丽。尊前暗拭旧襟痕，画阑倦倚。记曾双桨蓢春波，承平年少时事。　　念衰鬓，嗟逝水。别来自感憔悴。山灵见客也慵妆，乱鬟未理。翠微立尽古斜阳，人间知换何世。　　柳堤系马共贯醉。认题名、苔绣凝紫。应有摩崖残字。怕重来化作，逋亭鹤唳。城郭阴迷湖光里。

江南好

己巳消夏第一集，喜潘芯庐南旋，兼怀鲟隐。

银管分题，玉去觞行酒，漏声徐出花中。小阑无暑，荷气沁帘栊。独平客长安旅久，重携手、人海萍踪。尊前认，河阳两鬓，依旧醉颜红。　　飘零。怀故国，荆荒蔽陌，麦秀摇风。问天涯音信，愁数归鸿。苦忆溪堂吟伴，说多少、别平绪离悰。丁宁语，江南古驿，时为寄诗筒。

长亭怨慢

春尽日作

乍吹散、弥天风絮。断送春光，麴尘如雾。草长莺飞，旧家池榭更无主。绿波南浦，和别泪、流花去。去即渺天涯，却又落、人间何许。　　独伫。望长亭不恨，只恨乱云歧路。仙津待访，已迷却、碧桃前度。便历尽、浅海蓬莱，问谁识、东皇安否。剩点点离痕，惟有啼鹃心苦。

霜叶飞

秋声，寄鲟隐

夜深窗窈。萦文练，灯唇微语人悄。翠梧无雨战西风，偏旧家亭沼。叹叶落、空阶未扫。年时佣困惊秋早。正瘦骨欹床，更听得、商音四起，触遻愁抱。　　何处怨角悲笳，朱楼歌舞，未必能解凄调。算来孤篝静无眠，但此情知道。矧一夕霜砧碎捣。天涯寒比衣先到。又似闻、昆池上，残水荒鲸，怒号侵晓。

曲玉管

蝉

小雨嘶晨，骄晴咽晚，林塘倚策闲听久。一片商音凄切，催起金韉。暑先收。寡女琴丝，遗臣冠珥，洁身羽蜕离尘垢。翳树哀吟，几许余恨悠悠。故宫秋。　　自省生涯，只消领、三霄清露，可怜堕泪移盘，铜仙此去难留。悄回头。已高寒沉响，老了西风身世，别枝虽好，肯续残声，薄鬓添愁。

（以上选自《艮庐词》民国二十年石印本）

春风袅娜

新　柳

自龙池春去，瘦尽长条。拼冷落，尽飘萧。怎今年、又早栉晴梳雨，几丝低挂，烟水红桥。翠浅螺匀，黄轻鹅染，细缕谁裁并剪刀。蹙岫愁眉未全展，横波娇眼故先撩。　　偷把韶光占取，东风逞巧，但凭仗、著力扶摇。章台路，小蛮腰。将眠又起，无限娇娆。坐久金衣，学歌莺滑，系深珠勒，得意骢骄。青青知否，怕离亭攀折，天涯一望，依旧魂销。

西子妆

西　湖

烟水六桥，芰荷十里，画舫穿花来去。绣帘人影夕阳楼，沸笙歌、茜云深驻。浓妆斗妩。总不似、蛾眉淡泞。镜波明，照浣纱西子，长颦终古。　　空回溯。别后湖山，细认归鹤路。不知何事湿青衫，换客襟、酒痕前度。流莺赴愬。又随处、销魂凝伫。被垂杨、织就新愁万缕。

（以上选自《虞社菁华录》民国二十年排印本）

凄凉犯

“卢沟晓月”为“燕山八景”之一，感念旧游，怆然赋此。

一规半玦。明三五、顽蟾历尽圆缺。者番最苦，荒鸡店舍，照人离别。桑干冻结。诉寒语驼铃乱掣。恋觚棱、微黄曙色，回首望宫阙。　　还念天街静，隐隐朱楼，影沉帘缬。梦魂正好，黯朦胧、玉去缸明灭。岸柳风凄，酒醒处行人泪咽。待他时、汲取露井，更唱彻。

绛都春

上　元

初春已半，又院宇试灯，东风吹暖。暗想凤城，遥列鳌山银花满。天涯存问传柑伴。道宫烛、轻烟都散。更谁同话，承平梦影，粉蛾钗燕。　　愁看。天街静寂，弄孤照、剩有蟾光如练。未省旧欢，犹及今宵重闻见。旌门高敞笙歌宴。纵浓醉、珠喉玉管。甚时飞取昆仑，漏壶夜短。

（以上选自《艮庐词续集》民国二十三年石印本）

减字木兰花（四首）

朱楼静锁。绣倦欹床闲独坐。懒照菱奁。新样梳妆总未忺。
芳韶暗老。一段春愁谁解道。自惜腰支。钿尺重量旧嫁衣。

无端语笑。年少欢丛重梦到。一觉惺忪。依旧虚帏烛泪红。
恹恹强起。绣被香篝犹半倚。凤髶云偏。拥髻灯前更不言。

银蟾三五。缺月重圆知几度。泪眼将枯。山下蘼芜路有无。
红墙咫尺。终古明河成永隔。欲寄珰缄。青鸟无情不与衔。

飘灯珠箔。恻恻轻寒罗袖薄。刬地残红。一夕楼阴雨又风。铜壶虬箭。彻夜漏声和泪溅。心篆全灰。底用金猊爇麝煤。

鹧鸪天

村居即事

一舸何年下五湖。吴枫终古夜啼乌。不知城郭人犹是，但觉山河景已殊。　　溪积葑，野平芜。水乡随处长萑蒲。矶头剩有闲鸥鹭，识我烟波旧钓徒。

风流子

秋感用清真“枫林凋晚叶”体

悲哉秋气也，商飙动、景物尽含凄。正一绳雁字，玳云初见，半珪桐叶，银井先知。最难遣、扇罗捐素月，琴簟敛文漪。秋雨茂陵，自来多病，暮年开府，长此哀时。　　宵阑人无寐，旧欢杳、偏又展转寻伊。可奈梦中缘影，醒后都非。想玉宇高寒，凝愁成霭，绛河清浅，滴泪添澌。天上五云楼阁，一样相思。

（以上选自《艮庐词外集》民国二十三年石印本）

蔡晋镛（2首）

蔡晋镛（1876—1957），原名俊镛，字云笙，号雁村，江苏吴县（今苏州）人。清光绪二十年（1894）举人，官河南知县。擅倚声，好昆曲。民国十八年（1929），与邓邦述、吴梅等人结六一词社，消暑遣兴，结集为《六一消夏词》。有《雁村词》与《雁村词外编》，共五十九首，皆长调，讲究四声，大多为咏物应课之作。

徵招

荷荡小集，用白石韵

鲟溪一路长桥水。烟波倘寻高士。趁得早凉时，会琴尊于此。木兰艭驾矣。载今日、一船吟思。翠戛红喧，极天无际。酒颜犹是。　　迤逦。五湖秋，鸣榔去、鲈乡个中滋味。望断摘花人，遍阑干十二。白鸥应笑尔。与何处、钓徒盟志。晚风小，玉立亭亭，似慰情初计。

石湖仙

石湖烟景如画，泛棹寻春，极夷犹澹宕之致，归舟兴发，不能无词。

横塘西浦。望湖水湖烟，云影低渡。舟过越来溪，耸浮图、楞伽指顾。寻诗何计，只细听、划波柔橹。兰渚。涨半篙、宿鹭知否。　　清秋夜阑荡桨，记桥头、襟裾似雾。换却时光，怎得凉蟾吞吐。吴俗，八月十八夜，石湖行春桥下看穿月，为胜景之一。一角上春山，一江春雨。未容孤负。看几许。晴漪放棹游侣。

（以上选自《雁村词（附外编）》民国二十二年刻本）

陈衡恪（3首）

陈衡恪（1876—1923），字师曾，号槐堂、鮞庵、朽道人、朽者，陈三立长子，吴昌硕弟子，江西修水（今属九江）人。1902年留学日本，1910年后任教于江苏通州师范学校、湖南第一师范，1913年任职北洋政府教育部编纂处，1915年任北京高等师范学校国画教师兼北京女子师范及女子高等师范博物教员，1918年任北京大学、北京美术专门学校中国画教职，1920年入中国画研究会。民国十二年（1923），以母丧忧悔而卒。（《江西近现代人物传稿》第二辑）诗文、书画、篆刻兼善，《近代印坛点将录》称其为“天雄星豹子头林冲”。著有《鮞庵词》，《近百年词坛点将录》称其为“地猖星毛头星孔明”，并称“《鮞庵词》用清真韵诸作，缜密典丽，流风可仰”。

南　浦

春帆，次碧山春水韵

千里碧无尘，看飞来一叶，风正张满。墨淡染平沙，青山外、遮断晚烟如剪。客程何许，嫩阴低亚春痕浅。有人梦里留恨处，又隔潮头雨片。　　澄波纵眼苍茫，甚入峡啼猿，窥人乳燕。孤影太跉娉，高楼上、应误乱云寻遍。垂杨别浦，艳情重诉江南怨。著花岸芷迷归路，依旧水遥天远。

（选自《学衡》民国十二年总第 19 期）

一萼红

题背面士女画

晚凉天。尚未疏团扇，纤手弄冰纨。香汗微收，松鬘不整，久坐还听鸣蝉。淡霞晕、红酥臂玉，似罢浴、初试薄罗便。细数苔痕，暗熏花气，尽意留连。　　借问谁家庭院，但芭蕉三两，不见阑干。莫是蓝桥，休疑姑射，云路别下婵娟。甚背面、娇羞体态，也轻移环珮在人间。画笔端相片时，幽愫难传。

（选自《学衡》民国十二年总第 21 期）

蝶恋花

京师妓姚华与吾友同姓名，赋此调之。

萼绿镫前迷彩凤。几日东风，细扫胭脂冻。残醉未消寻好梦。流云暗结游仙鞚。　　才说倾城声价重。一样年年，自把芳菲送。春色鹅黄聊与共。无情花影天衣缝。罗瘿公有“红颜才思各倾城”之句。

（选自《学衡》民国十二年总第24期）

李宣龚（4首）

李宣龚（1876—1953，一作1952），字拔可，号观槿、墨巢，福建闽县（今福州）人。光绪二十年（1894）举人，官湖南桃源县知县、江苏候补知府。民国后，任上海商务印书馆经理、合众图书馆董事。妹慎溶（字樨清）工词，二十六而卒，曾为其校勘遗集。

《墨巢词》一卷，有民国二十九年（1940）排印《墨巢丛刻》本；《墨巢词续》一卷，有1950年排印《墨巢丛刻》本。《墨巢词》前有徐识耜题签、夏敬观序，后有《勘误表》一份。《墨巢词续》一卷，前有姜殿扬题签。李氏作词较晚，词作甚少，夏敬观称其“是不为，非不能也”，“出手为词，即似坡公”，“校勘遗集，考宫订角，无有舛误”，生平多舛，“所作益以倾泻肝肺，所蓄诗或不足以尽之，君之词且弥进”。（《墨巢词序》）

千秋岁

和太卢韵为《切盦题填词图》

闹红尘外。一霎春声退。风乍紧，云难碎。西行山似削，北望河如带。天远也，觚棱夕照长相对。　　回首琼华会。花底争倾盖。歌未了，狂何在。人情黄叶见，世事朱弦改。心不换，王城任变鱼龙海。

浣溪沙

为榆生题受砚图

苍壁春红动晓帏。墨香和泪点珠玑。醉翁嫡乳本来稀。　　谏草不随龙六露，珮声长忆凤池归。心肠铁石是皈依。

（以上选自《词学季刊》第3卷第1期）

鹧鸪天

为朱象甫题《海天梦月图》

再世文鸳半渺茫。玉箫何处待韦郎。恩情只较愁多少，人寿原争睡短长。　　秋一枕，夜先凉。廿年前事莫思量。难回天上心如水，合遣江南鬓有霜。

（选自《词学季刊》第3卷第3期）

千秋岁

无恙将归虞山，以己卯九日旧画菊帧见赠，依调奉答。

四年重九。弹指真非久。彭泽菊，高阳酒。身经戎马际，梦落羲皇后。归去也，江湖处处逋逃薮。　　咫尺龙山会。卧病难禁受。魂未断，心堪剖。花簪垂老鬐，画出能诗手。人健在，孟嘉懒作桓温友。

（选自《同声月刊》第2卷第10期）

梁启勋（10首）

梁启勋（1876—1965），字仲策，署曼殊室主人，广东新会（今属江门）人。梁启超之弟，康有为学生。曾留学美国哥伦比亚大学。民国后历任中国银行监理官，青岛大学、北平铁道管理学院教授等。1951年被聘为中央文史研究馆馆员。1965年病逝。著有《词学》二卷、《稼轩词疏证》六卷、《海波词》四卷。

《海波词》，1952年铅印本。前有1947年作者《自序》，夏孙桐、邵章、叶恭绰、夏仁虎、黄复评论。《海波词》分甲、乙、丙、丁四集，甲集收光绪戊申（1908）至辛未（1931）年词，乙集收壬申（1932）至六十岁乙亥（1935）年词，丙集收六十一岁丙子（1936）至七十岁乙酉（1945）年词，丁集收七十一岁（1946）以后所作词。叶恭绰曰："大作体素储洁，寄情绵邈，工于造句而泯雕琢之痕，善于写景而富冲和之趣，固植根于李、晏、张、苏、秦、周，而以姜、辛、王、张畅其流者也。"（《海波词》卷首）夏孙桐称："尊词意淡气静，格调上追北宋，豪情胜概而以磊落出之，不屑与时流矜新斗巧，词品甚高。"（《海波词》卷首）

双双燕

梦同昼永，渐槐影移阴，拂墙东转。飞绵欲尽，点水绿萍初见。应是春归未远。尚留得、轻寒轻暖。凭阑几度凝眸，为惜流年偷换。　　休怨。韶光忒贱。爱特特归来，旧巢双燕。呢喃娇语，堪与绮窗人伴。抛却相思一半。更莫问、愁痕深浅。怜他翠袂殷勤，尽日画帘高卷。

水龙吟

庚午重阳前四日，谒南海先生墓

可怜无限江山，未应短尽英雄气。悠悠万古，沉沉长夜，人间何世。独立苍茫，呼天不语，碧空无际。念当年杖屦，森森万木，更谁道、凄凉意。　　历乱冈陵堆起。对西风、远山如睡。秋容渐老，萧萧落木，平林如醉。我亦飘零，百年何许，人生如寄。整朦胧泪眼，荒丘细认，待何时至。

望江南

秋容淡，重露湿荷衣。帘卷朝阳人睡起，曲阑垂手立多时。香远静中知。

望江南

秋容淡，凉月到中庭。宿鸟梦回频振羽，树梢时见两三星。花影动帘旌。

（以上选自《词学季刊》第2卷第3期）

行香子

压水飞梁。环翠回廊。小亭台、半亩方塘。萧条阑槛，径悄门荒。看坠叶堆，残雪老，卧东墙。　　怨甚兴亡。用舍行藏。漫怜伊、才命相妨。画眉未入，时世新妆。笑乱离人，太平犬，费思量。

越溪春

梅萼破寒春已透，深院日初长。结庐占得溪桥畔，傍朱阑、几树垂杨。露浥残红，香飘杏粉，人倚新妆。　　年年陌上风光。随步柳花忙。独寻幽谷归来晚，掩苍苔门巷荒凉。蝴蝶不思芳草，落晖还照流黄。

渔家傲

昨夜扶头今日又。青山不改人如旧。竹影横斜梅影瘦。将进酒。追欢肯落他人后。　　见说文园携病久。鹧鸪山北山南有。妙舞宁论长短袖。心性皱。空阶伫立双垂手。

满庭芳

公武出其所藏罗瘿公之剧谭书札索题，凡数十纸，皆丙辰、丁巳间梅、程、刘、金诸男女名伶之起居注也。

檀板清歌，梨云妙舞，雌雄不辨当筵。欢肠豪气，回荡晚风前。何处飘香桂子，杯浮蚁、绿到君边。严妆罢，心头苦乐，涂抹为谁妍。　　俄延。帘幕动，情怀掩抑，幽怨难捐。道一声珍重，迟我三年。应是书生命薄，香翰墨曾记因缘。凄凉甚、重来旧侣，和泪展鸾笺。

碧牡丹

陌上莺声老。落红稀，青梅小。著意登临，又是一番怀抱。伤别伤春，任此情颠倒。为花忙，被花恼。　　漫萦绕。好把春愁扫。输他片帆风饱。有恨凭谁，报与碧云知道。雨润泥酥，动春锄须早。撷芳菲，踏芳草。

万年欢

日落平沙，水涵空碧，溪山曾记同游。萧瑟兰成，憔悴惭愧恩仇。不关明珠薏苡，只白龙鱼服堪忧。无聊甚、红袖青衫，相逢对说闲愁。　　追维神禹，未遑远涉，川原不凿，河水西流。拟觅江桥俦侣，难托盟鸥。最是辞巢海燕，记当年、为我迟留。何时再、锦幄香薰，重扶明月登楼。

（以上选自《同声月刊》第1卷第3期）

陆宝树（9首）

陆宝树（1876—1940），字枝珊，号醉樵，又号樵庵，江苏常熟人。清附贡生，官太仓学正，未几赋归。后自资创办茆江小学校。擅诗词，曾与同里陆维之、汪伯琛等结成“白社”，从者数十家。参与虞山诗社的唱和活动，出任《虞社》编辑主任。有《杞菊山房诗词钞》《樵庵诗话》等。

声声慢

九秋吟，和东园丈作，次韵

朔鸿唳月，牧马嘶风，茫茫一片平沙。古垒荒屯，盘空几阵寒鸦。从军不辞万里，任驰驱、海角天涯。戎幕外，忽声吹芦管，乡思家家。　　遥指旌旗招飐，正营门日暮，呜咽悲笳。久戍边城，瓜期谩信无差。征人惯多别恨，望江南、白露苍葭。魂梦断，剩戈袍、痕溅血花。（秋塞）

金钱暗卜，红豆频拈，归帆盼断江头。叶落梧桐，啼蛩替诉离愁。云罗淡横河汉，指纤纤、新月如钩。眠不得，看双星私渡，巧乞针楼。　　天末凉风骤起，又花飞似雪，白尽芦洲。隔巷衣砧，声声搅乱清秋。心伤美人迟暮，采芙蓉、怕上芳舟。佳约误，苦相思、羞对海鸥。（秋闺）

凄迷粉黛，零落胭脂，双飞犹恋花梢。冷抱芳心，凭栏镇日无聊。繁华不堪回首，怅前尘、已逐香销。灯黯淡，有漆园庄叟，梦醒残宵。　　休说太常往事，慨唐宫寂寞，隋苑萧条。瘦损腰肢，玉奴那许愁消。罗浮顿成幻境，认仙衣、别泪频抛。留画稿，仿滕王、濡笔兴豪。（秋蝶）

雕梁尘暗，画栋云迷，依稀门巷乌衣。度尽炎凉，闲情与俗相违。前程海天缥缈，话呢喃、惆怅残晖。身世感，奈旧时王谢，空剩园池。　　回忆几番芳信，已荼烟梅雨，早送春归。红缕私萦，愁心生怕人知。泥痕至今尚在，梦重温、帘底飞飞。浑似客，且双栖、谋寄一枝。（秋燕）

玉绳耿耿，银汉迢迢，宵来爽气横空。蟹舍渔庄，两三星火成丛。溪桥客舟乍到，正江天、萧瑟林枫。虚籁寂，报寒山古寺，几杵清钟。　　何处楼台箫管，拟重寻艳迹，烟水吴淞。团扇题诗，歌筵烛影摇红。新凉暗侵翠袖，料花枝、笑倚屏风。萦绮思，倩音书、遥寄断鸿。（秋夜）

余霞乍散，薄霭初收，疏杨掩映银塘。剪碎波痕，低飞紫燕双双。蒲帆试张半幅，掉归舟、好趁斜阳。天欲暝，正云山黯淡，烟水苍茫。　　两岸白蘋红蓼，讶长空过雁，露气横江。冷落渔竿，何人小隐鲈乡。欧阳草庐夜读，闪书帷、一点灯光。风动竹，引清辉、圆月上窗。（秋影）

箫传雅韵，笛谱新腔，一轮凉月当空。消瘦黄花，湘帘怕卷西风。银床未成好梦，扰愁眠、四壁吟蛩。沙渚外，更平添哀响，几度飞鸿。　　无限幽怀枨触，听吹残画角，敲断疏钟。檐铁玐琤，凄清莫问行宫。繁霜冷凝鸳瓦，满阶墀、枫叶飘红。窗半掩，又萧萧、微雨滴桐。（秋声）

愁含眉黛，瘦减腰肢，平堤一抹荒烟。乱噪乌鸦，翻飞远度云天。高歌晓风残月，折长条、别绪缠绵。金粉地，历六朝尘劫，往事凄然。　　此日江干小住，幸闲同晚鹭，洁比寒蝉。薄荫蓬门，柴桑早赋归田。逢迎尚存丰韵，问徐娘、老去谁怜。双鬓短，撚丝丝、兴感暮年。（秋柳）

烟迷巷陌，水冷池塘，芳情总觉无憀。回首前尘，送行南浦魂销。瀛洲忍寻旧梦，锁长门、宫殿萧条。留夕照，但碧粘蝶粉，黄褪蜂腰。　　一自王孙别后，又萋萋绿野，隐隐红桥。帽影鞭丝，

问谁盘马荒郊。萍蓬独嗟身世，悔当初、浪迹漂漂。归去好，采仙芝、颜色未凋。（秋草）

（以上选自《纫秋轩词钞》，《苕岑丛书》民国十年排印本）

王理孚（5首）

王理孚（1876—1950），字志澂，浙江平阳人。瓯社社员。二十六岁考入浙江武备学堂时，改名锐，字剑丞。在鳌江创办小成学院（鳌江公学前身）。曾任平阳劝学所所长，推行新学制。后当选为浙江咨议局议员。二十年代从事南麂岛的开发时，自称“海外虬髯”，取号海髯。有《海髯诗》。

高阳台

题《半樱簃填词图》

昼掩双铺，春酣半树，停踪海上仙槎。故国回帆，年年梦堕天涯。金尊一任催檀板，笑依然、处士人家。只新添，上枕潮痕，点鬓霜华。　　一麾人有江湖意，喜官闲载鹤，地小居蜗。留滞诗魂，此邦山水清嘉。词流百辈音尘接，倚清琴、净洗筝琶。更谁传，画稿吟身，卧树飞霞。

忆江南

题三游洞六一题名、山谷题名墨榻

江汉上，身世苦依刘。竹杖芒鞋何处去，楚天凉雨续三游。落手得黄欧。　　多少恨，迁客蜀江头。失喜飘零犹骨肉，诗名鲜缦薄时流。姓氏各千秋。六一谪彝陵，有母在。山谷入蜀与兄弟子侄偕行。黄仲弢阁学榻得此本时，与叔颂观察同游，故云。

虞美人

和彊村先生韵

云边多少楼台起。谁惜三弓地。飘萧华发不胜簪。倚遍红阑曲曲是何心。　　痴情愿向花间老。蓦地生烦恼。迷离蝶梦几曾真。偏逐东风似虎送残春。

满江红

王仲平自塞北摄明妃墓见寄。

如海黄尘，早盼断、家山千叠。不信有人间青冢，眼前突兀。绝世丹青非误汝，胡沙千载留香骨。对苍茫、凭吊客中身，歌弹铗。　　谁同击，中流楫。谁同饮，长城窟。剩斜阳衰柳，汉家宫阙。画里江山犹似昨，笳声几怨金瓯缺。怕香魂、销黯不成归，增愁绝。

蝶恋花

络纬声声凉咽露。懒上鸳机，怕织愁情绪。刀尺秋风催岁暮。征夫犹作辽阳戍。　　邻女娇痴年十五。未解伤心，那解伤心语。敲断玉钗谁慰汝。挑灯独听芭蕉雨。

（以上选自《瓯社词钞》民国十年排印本）

姚华（8首）

姚华（1876—1930），字重光，号茫父，贵州贵阳人。光绪丁酉（1897）举人，甲辰（1904）科进士，历任工部虞衡司主事、邮传部船政司主事、邮政司建核科科长，曾赴日本法政大学攻法律、政治。民国后，任临时参议院议员，因政见不合于同僚，遂归去，郁郁终老，民国十九年（1930）病卒。通绘画、金石、诗、词、曲，尤以曲知名，著有《古盲词》《弗堂词》。

《弗堂词》二卷、附录二卷，民国二十五年（1936）《黔南丛书》本，据《弗堂汇稿》印本校印。前有周大烈所撰《姚茫父墓志铭》。姚华本人工曲擅画，对其词作影响非常明显，造成《弗堂词》的三大特点：一、多和韵之作；二、多题画之作；三、多《虞美人·糖葫芦》《月下笛·跑旱船》《阮郎归·磨刀人》《醉太平·话匣子》《生查子·掏粪夫》《天仙子·夫赶驴》《相见欢·烤番薯》这类不避浅俗、充满乡土气息的词作。

曲游春

西湖，和草窗韵，己未

问讯东风乍，看柳黄初吐，游丝难织。误搁梅期，只花余偷过，万红尘隙。一树寒香隔。料鹤冢、甚时邀笛。正对楼、唤出孤山，留得半湖春色。　　雨歇。湖天弄碧。奈游侣偏迟，芳草金勒。才喜朝暾，又轻阴送冷，雨峰犹幂。烟水疑寒食。怕落蕊、苔深人寂。趁晚来、称月量诗，满船载得。

月下笛

跑旱船

似俏仍村，撒娇成野，怎分儿女。春深闹处。夕阳烟外铙鼓。锄犁罢了才涂抹，知甚量歌较舞。教人一笑，怜渠摸拟，心事眉语。　　平地扁舟泛起，俨身在舟中，烟波如许。西湖西子，趪来波上容与。疾旋捷转腰姿好，谩诋风巫乐土。须妆点，有郑樱声色，也耐延伫。

阮郎归

磨刀人

低头日日寄人檐。倚肩泥水黏。磨砻不厌竞尖纤。及锋今更铦。　　升斗计，未须廉。呼声如令严。将军武库耀明蟾。仗伊三寸磏。

少年游

乙丑仲春题雁来红扇，一名老少年

老来渐解趁时宜。着意买胭脂。到眼新红，回头惨绿，一样少年时。　　为是非花能耐久，霜径夕阳迟。去燕光阴，壮秋颜色，画里倩春知。

浣溪沙

和清真

登山临水赋初成。不辞强醉酒杯倾。浮生客梦短长亭。　　枰里江山谁胜势，劫余鸡犬自相惊。眼前风物异阴晴。

三姝媚

丙寅八月初五夜，预中秋，和《金梁梦月词》韵。

灵樨香暗展。渐盈盈澄晖，未来先盼。细数佳期，倩笋纤私掐，玉笙犹汗。试舞仙霓，似渐觉、人间窥见。问讯天边，柯斧初忙，杵霜应倦。　　时来商音谁按。正玉宇知寒，冷风偷换。禁果宫柈，尽殢人前梦，海云遮断。对影山河，歌旧阕、金瓯翻怨。病损危阑待倚，孤笻恨短。

菩萨蛮

西风一夜霜团屋。丹枫界破寒筠绿。蛩语替幽心。教成秋士吟。　　流光如羽迅。看看更玄鬓。斜日转长松。僧房又晚钟。

天　香

咏石涛贝多树子鼻烟壶

身树齐观，樨禅喻隐，壶天更辟新境。逗鼻霏微，非烟缥缈，意味手头先领。注香熨了，称把玩、蒲团云冷。家国微尘何着，王孙自哀谁省。　　蕉盦万缘都静。试余薰、撚酸偏永。也似楮毫闲趣，画兼诗迥。为问西来意旨，视叶叶、真经伴清磬。镂我袈裟，休惊自影。壶有程松门为石涛刻小象。《战国策》：“吾苦夫匠人，且以绳墨规矩刻镂我。”《智证传》：“良马见物辄惊、独见自影不惊，知从身所出故。”

（以上选自《弗堂词》，《黔南丛书》民国排印本）

郑翘松（6首）

郑翘松（1876—1955），原名郑庆荣，字奕向，号苍亭、卧云，福建永春（今属泉州）人。光绪二十八年（1902）举人。曾入同盟会，任永春十二中校长、县图书馆馆长、集美高中教师，1949年后任福建省文史馆馆员。著有《卧云山房诗草》，门人重编为《卧云书楼诗词存》。

贺新郎

秋初寄怀吉云

听断寒蝉咽。更无端、商声嘹戾，羽声凄切。银汉乘槎人未返，谁问玉京消息。空转盼、斗杓西揭。咄咄书空不成字，看周天、星覆弹棋局。闲敛手，聊呵壁。　　尺书远讯天涯客。怅年来、沈腰瘦尽，庾毛垂白。只有看山心未老，九点齐州咫尺。浑不信、奋飞无翼。左手持螯右把酒，判登高、再著谢公屐。谁从我，豁胸臆。

水龙吟

秋　思

关河满目凄凉，碧天画出清秋意。云来似怨，雨来如诉，砌成憔悴。断雁栖风，残蛩吊月，替人无睡。尽江淹老去，工愁善赋，写不尽，秋情味。　　况是天涯迢递。怅飘蓬、浮萍身世。星销故剑，霜欺短鬓，秋心惊碎。不信长亭，柳条折尽，树犹如此。怕归来、又向渭城衰草，洒金人泪。

八声甘州

读史有感

长城谁自坏，听江州、悲风咽怒潮。算霸才无主，英雄屈死，总是南朝。三尺属镂无恙，胥种魄难招。更狱成三字，遗恨难消。　　天意人谋如此，岂中原气数，当纵天骄。看量沙人去，毳帐满江皋。翻羡杀、寄奴元子，能飞扬、跋扈也人豪。从吾好、功成身退，一舸逍遥。

大　酺

秋恨，戊午乱后作

正渚荷喧，庭梧颤，花事尽成陈迹。斜阳红一线，被惊飙吹变，乱丝堆积。画角啼霜，青燐泣露，零泪似珠还滴。长星持觞劝，笑漆园拥枕，湘累呵壁。怎寻梦歧多，问天声哑，驱愁少力。　　愁云浓似幕。梦魂是、天际思归客。尽过处、花憔柳悴，蝶惨蜂凄，絮来都、付回肠织。旧事重回首，壮心堕、山阳邻笛。凭楚些、招沉魄。兰成老矣，况值江关萧瑟。此情有谁省得。

高阳台

万壑藏烟，千林缩雾，宾鸿唤醒秋魂。月到天心，星河淡欲无痕。玉楼上何人吹笛，倩西风、翦断愁根。最销凝、古寺香消，小院灯昏。　　黄金台畔丁年梦，记敲冰煮茗，喝月移樽。华发萧萧，如今梦也无因。衰颜懒对姮娥镜，幸归来、松径犹存。动愁吟、露冷鸦巢，云掩篷门。

齐天乐

人生无限销魂债，化工惯催秋讨。黯黯云容，娟娟月色，一例愁痕难扫。斜阳古道。是几树衰杨，满堤荒草。不到中年，欢娱已换旧怀抱。　　年来潘鬓如许，向桑田沧海，过处凭吊。梦好频醒，穷来莫遣，诗酒都催人老。愁萦恨绕。尽盏劝星乾，壶投天笑。怕听啼蛩，一声声到晓。

（以上选自福建师范大学藏《卧云山房诗草》民国稿本）

成本璞（3首）

成本璞（1877？—1931），字琢如，号天民，湖南湘乡人。清末秀才，光绪年间留学日本，归国后游宦江南，授朝记大夫、浙江候补知府等职。民国初，创办《天民报》，任北洋政府国务院秘书、简任官、伊犁外交司司长。工诗词，为南社社友，有《通雅斋丛稿》《泪影词》等。

梦江南（二首）

春欲去，红泪晕春潮。花意已随人意懒，酒痕还和梦痕消。孤枕夜无聊。

春欲去，小院落花多。宋玉有情迷暮雨，洛妃无语托微波。何况病维摩。

月下笛

放棹寒江，依依傍晚，烟水苍茫，渔歌答响。用玉田韵作，寄仲章。

岸约天回，帆随日落，韵潮来处。清蒸九折。如此江山俊游路。波中渔火星星颤，最苦是、连宵细雨。叹浮生如梦，水流花落，怨春无语。　　无绪。斜阳暮。趁渺渺烟波，早盟鸥鹭。孤篷倦旅。谁知今日凄苦。五湖便放扁舟去，问海上、三山在否。空徙倚，扣舷歌，惊起栖鸦老树。仁和许迈孙刻龚蘅圃旧抄本《山中白云词》，此阕“恐翠袖正天寒”句多一字，今本多误。

（以上选自《南社词选》，《南社丛选》民国二十五年国学社排印本）

崔肇琳（10首）

崔肇琳（1877—1929），字天畸，广西桂平（今属桂港）人。崔瑛之子。光绪二十三年（1897）中举，次年中进士，授翰林院庶吉士，旋任陕西省华阴县知县。民国后，历任广西梧州府知事、广西省政府财政厅厅长兼烟酒印花税局局长等职。工诗文，有《扶荔轩诗存》。

崔肇琳受其父影响，较早习词，自称“少时窃见家君填词，辄试为之，间亦承命拟作，积久得数十阕”（《扶荔词自识》）。《扶荔词》，附于其父《琼笙吟馆诗余》后刊行。

贺新郎

赠李警唐同年议员

身世虚舟漾。莽乾坤、横流沧海，布帆无恙。猿鹤虫沙无限劫，兜率可怜息壤。相逢处、酒怀须放。故国河山依然在，看旌旗、五色风飘荡。掀髯笑，击壶唱。　　京华回首尘成浪。记当时、酒瓢诗锦，花前跌宕。西燕东劳十年事，春梦都堪惆怅。已自分、樵风江上。谠论坐筹资前席，幸故人、勉副苍生望。枌社酒，拜嘉贶。

齐天乐

董楙龄世好以其先德冰臣先生画石遗墨索题。

辟支谁问三生果，证我石交情性。老子生平，解衣盘礴，不了云烟意兴。洞天一品。看妙轴通灵，癯仙留影。莫点龙睛，夜深飞去鹫峰顶。　　廿年旧游回首，湖山佳胜处，徙倚风景。仙李园荒，枕湖庄废，此日苔深露冷。沧桑转瞬。只北苑秋毫，凄凉残锦。付与儿曹，补天开胜境。

念奴娇

鸳江歌席

相如老去，向柔乡深处，抗浪诗酒。万事红羊归一劫，只有情根不朽。鹤岭凝颦，鸳波送睐，洗盏为君寿。刘郎重到，桃花人面依旧。　　那便走马章台，画眉京兆，付与悠悠口。但使鸳鸯长不散，牛马任呼下走。命与愁魔，身甘情死，艳福从消受。远山眉黛，当垆休更孤负。

摸鱼儿

张龙媒乡丈出先德香甫先生《万里归舟图》索题。

莽天涯、倦游回首，西风尔许归兴。梅花故国春光早，比似莼鲈味俊。尘影迅。更大地陆沉，漫唱风波定。倏然远引。看沧海横流，布帆无恙，落日几销凝。　　乾坤事，付与儿曹整顿。第一吴公治行。刘钱陆石空何事，纸上清风更迴。君试认。只粉本、料量写得江湖影。归来三径。问赤雅奇编，白沙遒翰，岭海此风韵。

念奴娇

雨昏烟晓，甚匆匆换却，韶光百五。容易花开容易落，怪煞东君无主。南浦停桡，西窗翦烛，都是消魂处。天涯回首，锦帆犹自歌舞。　　天际一片轻阴，做晴弄雨，故故佳期误。依约巢痕新燕子，飞入寻常门户。芳草黏天，垂杨踠地，消息浑无据。山中杜宇，声声唤我归去。

满江红

镇南关感旧

关塞极天，认故垒、萧萧芦叶。依稀记、柳营按辔，少年时节。童丱弃繻情已壮，书生投笔心无怯。问筹边、颇牧古何人，才奇绝。　　苏季子，金印缺。马新息，铜标折。苏子熙、马仲平两公皆已谢去。剩危谯一线，夕阳如血。白雁长征犹是客，红羊小换真成劫。莫凭高、回首望中原，角声咽。

念奴娇

越南、东京听歌有感

一条弦上，便推移信手，流宫泛羽。唱到后庭亡国恨，信是哀音靡靡。水似声柔，云如情荡，难变高歌徵。胡床杂坐，齹然一笑漆齿。　　起看大好河山，绣交绮错，风月犹如此。入破家山浑不似，多少凄云怨雨。远塞黄獐，孱藩白雉，历历伤心史。当歌对酒，难禁热泪盈眦。

高阳台

春事阑珊尽矣，伯端由海上寄视近作，有“遍天涯总是伤春”之句。余怀怅触，读之黯然，依声却寄。

锦砌堆霞，绿轩罨雨，泥他燕晓莺昏。蹙损眉山，恁教老却春人。伤桃吊柳垂垂过，漫思量、词笔娇春。倚斜曛，薄梦如烟，薄醉如云。　　无端更听伤心语，有珍珠密字，问讯相亲。海上琴心，天风吹荡轻尘。落花飞絮天涯路，记相逢、细诉愁身。问东风，门巷新阴，谁系雕轮。

踏莎行

香江和伯端

依依何之，行行且住。南乌空绕无枝树。归帆遥指海门潮，离尊聊话江楼醑。　　虎啸龙争，莺俦燕侣。春韶忍付东流去。羁人魂梦绕天涯，故园薜荔风吹雨。

兰陵王

永州西岩纪游

雨初歇。稳泛中流一叶。澄江上，净洗秋容，移近岚光帽檐接。沉沉大野阔。明灭夕阳如血。登高处，萸佩菊簪，恰近重阳好时节。　　灵岩境殊别。更暗水流香，深引游屧。江山谪宦悲残劫。听欸乃渔唱，楚天一碧，归心飞入晚笛咽。倚阑自凄切。
心结。共谁说。怅多难登临，余暇遑给。干戈满地音尘绝。奈倦客回首，逝将岁月。故山猿鹤，应念我满鬓雪。

［以上选自《扶荔词》（附于《琼笙吟馆诗余》后）民国十四年排印本］

高旭（4首）

高旭（1877—1925），字天梅，号剑公、钝剑，别署汉剑、慧云、哀蝉，江苏金山（今属上海）人。少有诗名，1903 年与叔父高吹万组织觉民社，1904 年留学日本法政大学，创办《醒狮》杂志，归国后，主持健行公学，参与创建南社。1912 年任众议院议员，后因曹锟贿选事件受到批判，被南社社友排挤。1925 年病逝，著有《天梅遗集》（见《南社人物传》）。

《天梅词》，民国二十三年（1934）刻，《天梅遗集》本，六卷，分别为《徂东词》（1904 年至 1906 年）、《箫心剑胆词》（1907）、《沧桑红泪词》（1908）、《愿无尽庐词》（1909 年至 1910 年）、《鸳鸯湖上词》（1911）、《微波词》（1911 年至 1913 年）各一卷。叶恭绰誉其《桃园忆故人·和无闷韵即答》“如怨如慕”（《广箧中词》）。

浪淘沙

残局不胜哀。此恨难排。无情明月照空阶。一夜令威思往事，化鹤重来。　　灵气岂终埋。满眼蒿莱。雄图京口几时开。不信东南形胜好，浩浩江淮。

虞美人

刚来便去匆匆了。心事知多少。天津桥上又西风。忍听杜鹃凄怨数声中。　　觚棱回首依稀在。可惜人民改。酒杯难洗是牢愁。无限泪珠抛付与东流。

蝶恋花

局促九州无可步。吹彻灵箫，我亦伤迟暮。只合万花香里住。偎红倚翠休归去。　　啼鴂声声知几度。一种心期，欲向伊谁语。底事年年添恨绪。何曾觅个消魂处。

相见欢

斜阳一抹馀红。别匆匆。料峭罗衾天末、起秋风。　　卿挥泪。侬该醉。那时重。燕自西飞无奈、百劳东。

（以上选自《天梅遗集》民国二十三年刻本）

高毓浵（1首）

高毓浵（1877—1953后），字潜子，号淞潜、淞荃、潜卿，直隶静海（今属天津市）人，光绪丁丑生（见《沤社词集同人姓字籍齿录》），二十九年（1903）进士，授翰林院编修，并兼任京师大学堂教习，曾任伪满洲国政府治安部参事。1953年《咫社词钞作者姓名录》载其年七十五尚在世。工书法，亦能词，有词见于《沤社词钞》《广箧中词》。

天　香

咏桂，第二体

碧叶裁琉，黄英缀粟，何年折自仙府。捣麝成尘，煎龙出脑，散作一庭香雾。商飙荐爽，问几日、吴刚停斧。素魄还延晓月，金精更滋秋露。　　回思广寒旧梦，向蟾宫、一枝分与。才博素娥微笑，玉霄难住。此日樨禅悟了，忆忉利、天宫灿金布。寄语淮南，小山休赋。时有淮上之招未往。

（选自《沤社词钞》民国二十二年刊本）

高增（4首）

高增（1877—?），字岫云、澹庵，号佛子，江苏金山（今属上海）人。自幼能诗，清末曾组织进步文学团体觉民社，后又参加南社，以文字鼓吹革命。著有《澹庵诗存》《自怡轩诗钞》《啸天庐词存》等。

少年游

为春航名题小青墓作，用虑尊韵

月明环珮讶归魂。彩笔倩传神。绮孽三生，芳名千古，倾倒几多人。　　广场开处珠喉转，四座唤真真。白雪征词，红襟挥泪，一样息余身。

迈陂塘

题《三子游草》

碧湾湾、堤围垂柳，鸭头游泳何处。嫣然一笑秋波溜，半面明妆窥取。呼俊侣。料拜罢忠坟，又向南屏去。痴怀说与。问湖水清涟，溪光窅渺，月旦定谁许。　　相怜惜，一样登高能赋。渠侬真个辛苦。天荒地老人无恙，月下尊前倾吐。狂欲舞。道占住湖山，便是湖山主。沉吟暗妒。记十日行程，岗岚起伏，搁笔几延伫。

菩萨蛮（二首）

春光渐老，言愁欲愁，托之倚声，聊写别恨云尔。

蘼芜绿遍天涯路。天涯游子归何处。少妇漫凝眸。凝眸愁上愁。　　绿肥红渐瘦。花落愁时候。已是鹧鸪天。况闻啼杜鹃。

杜鹃声里春光老。飞飞蝶向花枝绕。蝶自绕空枝。春归知未知。　　流觞曾几日。绮梦还堪忆。斜日下西山。梦回清泪潸。

（以上选自《南社词选》，《南社丛选》民国二十五年国学社排印本）

高肇桢（4首）

高肇桢（1877—1958），字慕周，号且园，江苏扬州人。清末附生，善文学，工词。曾任安徽怀宁县政府秘书。抗日战争爆发后，避难汉皋，由湘之桂，经黔入川。1949年后任江苏省文史馆馆员。著有《半秋轩词存》《半秋轩词续》。

《半秋轩词存》两卷，附《半秋轩制印泥法》一卷，民国刊本，未见。《半秋轩词续》一卷，民国三十六年（1947）排印本，前有梅鹤孙题签，汤钜（号筱斋）序、万钟祥（字毓芝）序及作者自识。高氏于流离中登山临水，惜别怀人，一一托之于词，以发其离乡背井之隐痛。汤序云："盖其词，言情不假托莺、花，言景不拾人牙慧，用意非美人香草，用笔求曲折清新，耐人寻味。"

声声慢

春霁郊游

悬崖挂树，峭壁生云，幽涂隔断红尘。曲径逶迤，山花带笑迎人。无腔牧童短笛，又骑牛、吹入前村。凝望眼、比吴峦越岭，别有芳春。　　两岸柴扉茅屋，袅炊烟几缕、映带斜曛。暮霭苍茫，归鸦认得黄昏。凄凉满襟旅思，奈幽栖、难觅衡门。还借问，问天涯、多少逸民。

望海潮

春日书怀，依少游均

萧疏襟袖，飘零书剑，催添镜里霜华。风雨恼人，山川笑我，蹉跎帽染尘沙。荒驿又停车。但旧愁未减，新恨频加。避乱王郎，更非张俭叹无家。　　思乡几度吹笳。记桥头醉月，堤上寻花。千里断肠，三年往事，孤游转首惊嗟。芳草玉钩斜。倚夕阳怅望，空数归鸦。梦里扬州，不知漂泊客天涯。

归国遥

天欲暮。浪迹又成堤外絮。凄绝满江风雨。小舟横不渡。
多少别离愁绪。几回凭梦诉。画角一声酸楚。梦醒愁未去。

一剪梅

世外蓬庐劫外身。朝掩柴门。暮掩柴门。天寒岁晚最销魂。风又愁人。雨又愁人。　　豪门哀丝不忍闻。吹尽黄昏。弹尽黄昏。明年结伴再寻春。花满前村。月满前村。

（以上选自《半秋轩词续》民国三十六年排印本）

黄荣康（4首）

黄荣康（1877—1945），字祝蕖，号凹园、蕨庵，广东三水（今属佛山）人。少孤，终身从事教育，工诗文，与黄佛颐、黄任恒并称“三黄”。结“清游会”，与高剑父、陈树人善，1945年病逝。弟子众多，藏书丰富。著有《凹园词钞》《击剑词》。

《凹园词钞》一卷，民国十年（1921）刻，《凹园诗钞》本。据黄耀桬《击剑词跋》，可知《凹园词钞》乃是民国十年由黄任恒（字秩南）选录，附刻于《诗钞》之后。《击剑词》，民国二十二年（1933）刻本，前有作者自序，后有其子耀桬跋语。据跋语可知，《击剑词》是在对之前词作修订重选的基础上加入民国十年以后所作而成。作者自序云“吾生平非好词者也”，然而“中年吊往代之英雄，早添华发。交狗屠而淋漓痛饮，闻鸡唱而慷慨悲歌。加以年来时事跌更，海疆多故”，“归来长铗，穷士何依？敲缺唾壶，壮心未已，叹郁郁而斫地，呼乌乌而仰天……盖吾之所以为词者如是”（黄荣康《击剑词序》）。

台城路

春草，和玉林、咏雩

平芜一带寒烟抹，啼蛩怕闻凄咽。燕子归来，芹泥依旧，何处六朝宫阙。斜阳似血。剩几寸残山，烧痕明灭。旧日王孙，青青两鬓渐成雪。　　清明又过几日，更黄昏细雨，教人愁杀。金粟堆边，玉钩斜畔，怎自年年不绝。归心欲折。便绿到天涯，倍添凄切。南浦萋萋，只供人赋别。

渔家傲

甲子秋夜

秋雨潇潇黄叶乱。碧窗如水罗衾恋。千里家山心一寸。残梦断。夜长不寐愁成阵。　　几日西风催客燕，驿程久候无归讯。瘦减腰围霜满鬓。寒月近。寄衣不到天涯远。

金缕曲

丙寅夏，雪溪、若陶有申江之行。余与剑公、白英、璧轩、咏雩、君实、天醒饯于定香水榭，临别惘然，为填此解。

杨柳青如此。甚频年、送人作客，添人憔悴。吹到阳关湘笛裂，片片离魂都碎。板桥外、夕阳西坠。白社飘零青眼倦，问天涯、此去谁知己。泥爪印，偶然耳。　　与君今夜拼沉醉。怕明朝、酒醒何处，茫茫千里。赵尉云山黄浦月，便坼相思两地。更无那、新愁催起。君等少年吾已老，背人前、揾尽青衫泪。多少恨，付流水。

卖花声

题吴剑公戎装小影

蒿目望神州。沧海横流。十年磨剑北山头。欲斩楼兰浑未遂，抱恨悠悠。　　换酒脱貂裘。笑看吴钩。等闲儿女不知愁。陌上垂杨如许绿，莫上妆楼。

（以上选自《击剑词》民国二十二年刻本）

金嗣芬（3首）

金嗣芬（1877—1932后），字楚青，号謇灵修馆主人，江苏江宁（今南京）人。光绪三十二年（1906）优贡，曾任江西上饶知县。辛亥（1911）客居章门，次年归乡，壬申（1932）八月尚在世。与"落叶词人"邓诵臧交善，为忘年交。著《板桥杂记补》《謇灵修馆词钞》。

《謇灵修馆词钞》一卷，民国二十一年（1932）铅印本，附《謇灵修馆诗集》后。其词虽少，然忧生念乱，感慨良深。如《庆清朝》之"甚人间天上，繁华一例沧桑"，《浣溪沙》之"茫茫身世水中沤"等。

浣溪沙（四选其二）

和菊宴重九登扫叶楼均

才送春归又到秋。人间无地著闲愁。欲舒老眼强登楼。　　古寺至今余佛火，新亭何处访名流。茫茫身世水中沤。

两鬓星星白发多。惊心面皱悟观河。豪情侠骨总消磨。　　满目江山供涕泪，侧身天地发悲歌。年华如水等闲过。

庆清朝

游北平故宫殿

辇路苔深，上林花谢，重来无限凄凉。楼阁仙山如何，只带斜阳。月明不度宫墙，笛似声声铃语郎当。遍长安，十万莺花，那管兴亡。　　登临别有伤心事，剩栖鸦流冰，点缀秋光。绝好湖山，记曾风送荷香。平芜尽处天低没，更无情、踠地垂杨。甚人间天上繁华，一例沧桑。

（以上选自《謇灵修馆词钞》民国二十一年排印本）

靳志（6首）

靳志（1877—1969），原名项曾（《清代朱卷集成》第228册），字仲云，河南祥符（今开封）人。光绪二十三年（1897）拔贡，二十四年（1898）进士，二十九年（1903）授工部主事，三十年（1904）考取商部引见记名章京，弃官游学法、英，并加入同盟会。民国元年回国，担任大总统府秘书。1913年任驻荷兰使馆秘书，1921年回国，任外交部佥事科长、交际科长。1937年任河南省政府秘书。1949年任外交部留守委员会委员（见《靳志自传》）。1953年任河南省文史研究馆馆员、省政协委员。工词章、书法，为寒山社、稊园社、蛰园吟社、咫社社员，著有《居易斋诗余》。

《居易斋诗余》一卷，与《居易斋诗集》十四卷、外集一卷合刊，民国间铅印。关于《居易斋诗余》，各著录均作一卷。《靳志自撰小传三篇》亦两次自称"《居易斋诗余》一卷"。近来孔夫子旧书网有写本《居易斋诗余》卷二残卷，十六开本，共七页十四面，半页十行，红栏，小楷书写，不见于各家著录，录此备考。王志刚《绮罗香·题〈居易斋诗馀〉用碧山韵》称其词"写离怀、家国愁深，不泛作艳词情语。况新声唱彻伊凉，枕戈催夜舞"。

浣溪沙

北海杏花，用清真韵

风落残红似雪飞。燕山亭子带斜晖。故宫何处不曾归。　　紫陌遥连蓝水阔，玉阑低映柳丝微。小桃开罢燕来时。

倾杯乐

汪仲虎赠《趣园雨集词录》，言旧都词社复活，愿为介绍入社。依韵奉和。

梦断青门，苔荒紫曲，天都不管。正城北、风风雨雨，醉枫红湿，寒芜青满。登高杯斝殷勤劝，谱蘋洲唱，隽语猋发霞散。清商吟彻，无限秋痕冷片。　　算一例、愁深秋浅，尽佩带萸囊、传菊盏。几曾见、七宝楼台，澒洞天风吹换。运神力、夸娥帝遣。图笔阵、云涛秋卷。喜素约陪杖履，银笺共展。

（以上选自《国学论衡》1934 年第 4 期）

八声甘州

却还将旧历恼新人，昨宵雨催秋。渐凉侵远梦，江涵初影，雁过妆楼。快把清砧拂拭，征戍不曾休。多少哀时泪，都付东流。　　闻道长安似弈，久推枰袖手，残局谁收。有琼筵急管，片刻为君留。怕尘生、越娥妆镜，唤玉奴、伴我五湖舟。莫辞醉、酒杯深浅，好与量愁。

瑞鹤仙

用梦窗韵，再为后湖佣庐作

到门春思乱。乍飞红迎客，林深花远。芳尘涨兰苑。正风轻蝶喜，云晴莺暖。明眸倩盼。春正在、高人宅畔。隔疏烟、双桨飞来，一片鉴湖青剪。　　嘶断。锦鞯珠勒，自鞚花骢，去如惊燕。京尘障扇。散芗泽，坠金钿。有蜗庐天窄，先生高卧，镇日重帘不卷。莫惊猜、水浅蓬莱，记曾眼见。

长亭怨慢

和季刚

记衣惹、御铲香遍。烛撤金莲，夜深归院。江管无花，谢池芳草梦魂限。玉京秋晚。何处是、梁王苑。只岳色河声，终不逐、繁华尘散。　　天远。问天天不语，方丈蓬莱同远。萧骚发短。剩长物、青毡相伴。数落落、南渡人豪，平戎策、橐驼书换。一部稼轩词中，有无穷悲惋。

点绛唇

题《瀑布图》

本性空明，泉清合在山中住。红尘相误。流向人间去。　　逝者如斯，日夜东南注。高寒处。转雷飞雨。细认来时路。

（以上选自《广箧中词》民国二十四年排印本）

廖仲恺（8首）

廖仲恺（1877—1925），名恩煦，亦名夷白，字仲恺，广东归善（今惠州）人。光绪三年（1877）生于旧金山，二十八年（1902）留学日本早稻田大学，三十一年（1905）加入同盟会。辛亥革命以后，任广东军政府财政部副部长、财政司司长，反袁失败后亡命日本。1917年任护法军政府财政总长，1921年任广东革命政府财政部代理部长、省财政厅厅长，1923年任国民党参议、财政部长、广东省省长。此后筹办改组国民党、创建黄埔军校事宜，任革命委员会全权委员、军事委员会常务委员。1925年遇刺身亡。廖仲恺一生以革命为志业，亦兼擅诗词，每有所感，辄发为吟咏，著有《双清词草》。

《双清词草》一卷，上海开明书店民国十七年（1928）影印原稿本，前有作者题签，附汪兆铭民国十四年（1925）《廖仲恺先生传略》。此集为廖氏生前编定，集名“双清”，乃取其妻何香凝《念奴娇》词“愿年年此夜，人月双清”之语。词人常于思乡念亲、酬友题画中寄情明志、砥砺品节，如囚禁期间所作《金缕曲·题八大山人松鏊图》《如此江山·题白云远眺图》《迈陂塘·题北郭秧针图》《一剪梅·题五层楼图》诸词，最具风标，正其自注所谓“幽禁中穷极无聊之作，借以排遣胸中傀儡”者，然造语则清丽细腻，典雅蕴藉，故意格虽高而无荒率之弊。

如此江山

题《白云远眺图》

尺方矾纸丹青染，居然岭东形势。万壑龙绵，千寻练锁，谁遣江山如此。苍茫眼底。有多少荣枯，沧桑人事。野绿畦黄，依稀犹是太平世。　　滔滔浊流注海，浪花淘不尽，今古王气。日暝云寒，风翻叶乱，那更萧萧秋意。孙郎去矣。只目断鱼珠，几重烟水。天堑长存，恨阴霾未霁。

金缕曲

题八大山人《松壑图》

未合丹青老。剧怜他、铜驼饮泣，画才徒抱。丘壑移来抒胸臆，错节盘根写照。想握笔、愁肠萦绕。国破家亡余墨泪，洒淋漓、欲夺天工巧。缣尺幅、碧纱罩。　　繁华歇尽何须吊。且由他、嫣红姹紫，一皆收了。地老天荒浑不管，空谷苍松独啸。经几度、风狂霜峭。如此江山归寂寞，漫题名、似哭还同笑。诗四句，古今悼。山人自题有“盐醋食何堪，何堪人不食，是义往复之，粗餐迈同列”句。

迈陂塘

题《北郭秧针图》

傍城根、倩痕纤影，亭亭初擢清渌。锋芒如许禁磨折，风雨晦明相属。青簇簇。便燕蹴莺翻，也衬松篁绿。春浓野沃。想宝汉茶寮，北园酒肆，有客泛醽醁。　　田间路，到处疏篱断续。依山邻结茅屋。斜阳芳草无聊赖，静悄觑人耕读。堪避俗。只燕子殷勤，归伴檐前宿。生涯自足。趁茗灶烟销，瓮窗日暖，一枕昼眠熟。倩痕纤影。

一剪梅

题《五层楼图》

叠阁层栏倚晚风。山上烟笼。江上霞红。兴亡阅遍古今同。文只雕虫。技只屠龙。　　莫问当年旧主公。昔日名隆。今日楼空。跳梁小鼠穴其中。昼静潜踪。夜静穿墉。

青玉案

泉州道中纪见

西风画角悲征戍。人意也、消何处。一卧沧江惊岁暮。归帆数尽，曰归还未，又上泉州路。　　河山梦觉成今古。骑鹤缠腰几人去。除却冬青无别树。颓垣断井，荒烟蔓草，凄切城乌吁。

黄金缕

抵安海感赋

五里长桥横断浦。不度还乡，只度离乡去。剩得山花怜少妇。上来椎髻围如故。　　冉冉斜阳原上暮。罂粟凄迷，道是黄金缕。彩旆红旌招展处。几人涕泪悲禾黍。

贺新郎

题大兄忏盦主人《粤讴解心》稿本

讽世依盲瞽。一声声、街谈巷话，浑然成趣。香草美人知何托，歌哭凭君听取。闻复瓿、文章几许。瓦缶繁弦齐竞响，绕梁间、三日犹难去。聆粤调，胜金缕。　　曲终奚必周郎顾。且传来、蛮音鴂舌，痴儿騃女。廿四桥箫吹明月，那抵低吟清赋。怕莫解、天涯凄苦。手抱琵琶遮半面，触伤心、岂独商人妇。珠海夜，漫如故。

临江仙

题柳亚子《江楼秋思图》

万里长江排闼入，画帘高卷秋阴。西风芦脍耐人寻。天涯呖遍，依旧故园心。　　笛声频唱江南好，却怜景物萧森。烽烟寂处漫登临。吴山楚水，霸气易消沉。

注：原稿“烽烟”句缺“处”字，依它本补。

（以上选自《双清词草》民国十七年影印原稿本）

刘翰棻（6首）

刘翰棻（1877—1951），名俊庵，号冷禅，广东东莞人。光绪三年（1877）生，师从康有为，戊戌政变后遁居澳门，后留学日本，回国后曾任广东省惠来县县长，先后任教于培正中学、洁芳女子中学、南武中学，中年学词于朱祖谋，1951 年病逝于广州。著有《花雨楼词草》。（刘东驷《刘翰棻传略》）

《花雨楼词草》一卷，民国刻本，前有题签（未署名）、王瑞瑶序、作者自序，朱祖谋词评墨迹，以及黄文举、汪凤翔、陈洵、潘飞声题辞。后有汪凤翔致刘翰棻、汪鸾翔致汪凤翔、汪鸾翔致刘翰棻书信三通。作者自序称："按拍填谱，似觉有味，春绚万红，秋写一碧，选韵梦窗，希音白石。""偶检行箧，得词八十首，都为一卷，名曰'花雨楼词草'。携而之海上，就正于吾师朱彊村侍郎，亲聆教诲，获益良多。"朱评曰："玲珑其声，窈曼其旨，草窗、玉田行当把臂入林。"

六　丑

菊花谢后作，用美成韵

正鸳鸯瓦冷，市傲骨、黄金豪掷。雪欺鬓华，流光同过翼。断梦陈迹。试话重阳日，佩萸欢会，爱瘦姿倾国。寻思在发为香泽。酒载园林，车回巷陌。西风解人怜惜。奈餐英赋罢，芳讯疏隔。　　东篱岑寂。见南山暮碧。世事兴衰变，谁问息。悲秋只有愁客。甚天涯落泊，孤高无极。忆元亮、满簪巾帻。迟暮感、一例湘筠晚节，懒依人侧。斜阳好、分付潮汐。笑病蝶、尚恋柴桑圃，痴情了得。

摸鱼儿

游粤秀山，登镇海楼

碧云天，夕阳无语，羊城烟树遮断。呼鸾遗道登临感，劫后江山零乱。劳望远。指箫鼓、画船横锁珠江满。风花谁管。又青柳枝枯，红棉树秃，话到废兴懒。　　花阡畔。一角危楼旧馆。几经陵谷迁变。马娘石券依然在，霸气风灯摇散。君不见。歌舞地、凉萤飘火飞鱼贯。星移物换。吊南越台荒，英雄电逝，故址蚀苍藓。

鹧鸪天

忆京华

柳泣花啼紫禁城。玉阶龙去夜苔生。无知最是闲烟月，还照宫人唱后庭。　　登牯岭，望燕京。西风凉换旧华清。黍离何限兴亡感，只得秋蛩语几声。

浣溪沙

骨瘦衣单怯晚寒。花风吹雨上阑干。韶光憔悴忍多看。　　鬓影艰难空有恨，酒悲歌哭总无端。那人知我泪痕干。

月下笛

大屿山弥陀阁，月夜与慈谦长老坐禅。四面海风，精神为之爽然，赋成此解。

万顷波涛，海心涌出，一轮明镜。天高屿迥。夏木森森暮烟暝。断崖萧寺留香火，尽伴着、红鱼清磬。问何人彼岸，先登随指，傍江渔艇。　　入定。空山静。纵布地黄金，绮缘亦屏。拈花微笑，等闲悟到清境。夜深坐冷蒲团月，况味与、残僧消领。更高论，禅宗惊，起卧龙潜听。

深院月

夜泊梁溪

风有味，雨无聊。乱打乌篷听落潮。秋梦忽忘身是客，一宵随月过红桥。

（以上选自《花雨楼词草》约民国二十一年刻本）

莫永贞（2首）

莫永贞（1877—1928），字伯衡，号以明，浙江安吉（今属湖州）人。1903 年举人，留学日本早稻田大学，其间加入同盟会。宣统元年（1909）回国，辛亥后任浙江省临时议会议长、省财政厅长。后辞职，任国宪起草会委员、浙江省自治法会议副主席，晚年弃官寓居上海，1928 年病逝（见张剑《孙中山与安吉莫永贞》、沈晓敏《民初浙江省议会议长莫永贞》）。著有《爱余室文集》一卷、《诗集》一卷、《词集》一卷、《别集》一卷，由其子莫庸辑成。

《爱余室词集》一卷，民国二十三年（1934）铅印本，前有目录一份，收词七首。附有《爱余室别集》，其中收录《忆寒词》《恋寒词》两首绝句，非词。后有章达跋语，其子莫庸、莫刚跋语。莫氏词作不自留稿，存词极少，以写闲情为主要内容。

瑞鹤仙

望沧波满地。荡浩浩，春流春愁无际。风光只如此。绾离肠，万种闲情谁寄。嫣红姹紫。问底事、飘零未已。纵深恩识得，东皇恐负，怜才真意。　　漫拟东风玉燕，唤起香魂，更相偎倚。韶光去易。林阴绿，怕多子。待蝶儿，守着娇姿憔悴，鶗鴂催春又逝。剩伤心坠絮。漫天落花随水。

长相思

与戴姬及王君孚川同游湖上而作

梅映溪。柳绕堤。携手高楼不觉迟。阑珊灯上时。　　风凄凄。雨霏霏。暮色低迷人语微。归来云满衣。

（以上选自《爱余室词集》民国二十三年排印本）

汪怡（4首）

汪怡（1877—1960），字一庵、怡安，浙江杭州人（生于湖南），光绪三年（1877）生，秀才，二十三岁任湖北通城时务学堂教员、营口商业学校监督，赴日考察并自此开始研究速记法。民国后任《新中国报》编辑、经理，后任直隶省平山县县长，民国七年（1918）辞职，任教育部国语统一筹备会委员，任教于北平市大、北京师范等，参与《中国大辞典》编纂。1960年在台湾去世。著有《双蝶馆词稿》《一庵词》《攒春词》《注香词》《珠尘玉屑词》。（《汪怡先生传略》，见台湾《“国史馆”现藏民国人物传记史料汇编》第二十七辑）

《双蝶馆词稿》一卷，民国油印本，无序无跋，收汪氏早年所作词，约起于庚子年（1900）前后，至丁未年（1907）前后，以题赠、纪行及其他闲情之作为主。《攒春词》一卷、《注香词》一卷、《珠尘玉屑词》三卷，皆有稿本，未见。《攒春词》《注香词》《一庵词》有《台纸通讯》本，见《台纸通讯》1947年至1948年各期，有诸季迟题词、作者自序。其中，《注香词》为集句词，集韩偓《香奁集》诗句而成。另外，《词学季刊》第3卷第2号载汪怡词。

诸氏题词云：“一庵老弟，集飞卿、冬郎诗词，为《攒春》《注香》词各一卷，身闲心苦，寄托遥深，不仅工妙独绝也。”自序称“计集温而成者得百二十三首，截取温句‘黛娇攒艳春’，名‘攒春词’。集韩而成者得八十九首，截取韩句‘水香剩注金盆里’，名‘注香词’”（《台纸通讯》1947年第1卷第3期），以期于明诗词之流变，广词辑之观感。

一落索

几度风亭水榭。夕阳西下。闲怀枉自托梧桐，又飘坠、鸳鸯瓦。　　一幅素秋图画。和愁难写。宫鸦不管说兴亡，只报道、凉深也。

雨中花令

镇日花前长缱绻。恁转眼、韶光轻换。听雨楼台，惜春池馆，别有愁难遣。　　谁道芳情娄尾浅。早栏角、嫩红微展。回看倾城，沉香亭倚，烟露凝清怨。

水调歌头

游华山，自云台峰看云海，并经苍龙岭，至落雁峰。

谁仗巨灵斧，削出玉芙蓉。来时岭春回望，夭矫拟苍龙。韩哭本难深信，赵笑亦殊多事，倚壁啸秋风。岭南有韩愈投书处，及赵文备百岁笑韩处。眼底众山失，只见白云浓。　　记凌晨，观日上，映霞红。天开图画幻就，巧笔亦难工。忽尔天吴紫凤，忽尔素车白马，势与百川东。峰头无雁到，独立抚长松。

卜算子

梵王渡园，看玉兰

玉质夕阳烘，素靥东风展。春到园林不解愁，泪洒新亭惯。　　记向故宫看，一样亭亭艳。其奈蛮腥未尽销，海上花魂断。

（以上选自《词学季刊》第3卷第2期）

王国维（3首）

王国维（1877—1927），字静安、伯隅，号观堂、礼堂，别署人间，浙江海宁人。光绪三年（1877）生，1925 年任清华大学国学研究院导师，1927 年卒。治学凡经三变，少年学经史、时艺；辛壬之间（1901 年至 1902 年）治西学哲学、文艺学，兼心理学、物理学等；1906 年、1907 年间，研究重心逐渐转向文学，主治词、曲；1913 年以后，对于前学讳莫如深，埋头于金石、甲骨、元史、西北地理等领域。著有《人间词》《观堂长短句》《苕华词》。

叶恭绰称其“所作小令，寄托遥深，参以哲理，饶有五代北宋韵格，洵足独树一帜”（《广箧中词》）。王氏词作集中于 1907 年 10 月之前，现存仅有《百字令·题孙隘庵〈南窗寄傲图〉》《霜花腴·用梦窗韵补寿彊村侍郎》《清平乐·况夔笙太守索题〈香南雅集图〉》三首词作于民国。（《鹧鸪天·绛腊红梅竞作花》一词，《苕华词》注“庚申除夕”，系误。经祖保泉《王国维词解说》考证，应为庚戌年所作）此三首词，无一不与《人间词话》相左，皆为题图、酬赠之作，个中原因，值得玩味。其中《百字令》一词，尤可见其晚年心迹。

霜花腴

用梦窗韵，补寿彊村侍郎（己未）

海澨倦客，是赤明，延康旧日衣冠。坡老黎村，冬郎闽峤，中年陶写应难。醉乡尽宽。更紫萸、黄菊尊前。剩沧江、梦绕觚棱，斗边槎外恨高寒。　　回首凤城花事，便玉河烟柳，总带栖蝉。写艳霜边，疏芳篱下，消磨十样蛮笺。载将画船。荡素波、凉月娟娟。倩郦泉、与驻秋容，重来扶醉看。

百字令

题孙隘庵《南雷寄傲图》（戊午）

楚灵均后，数柴桑、第一伤心人物。招屈亭前千古水，流向浔阳百折。夷叔西陵，山阳下国，此恨那堪说。寂寥千载，有人同此伊郁。　　堪叹招隐图成，赤明龙汉，小劫须臾阅。试与披图寻甲子，尚记义熙年月。归鸟心期，孤云身世，容易成华发。乔松无恙，素心还问霜杰。

清平乐

况夔笙太守索题《香南雅集图》（庚申）

蕙兰同畹。著意风光转。劫后芳华仍婉晚。得似凤城初见。　　旧人惟有何戡。玉宸宫调曾谙。肠断杜陵诗句，落花时节江南。

（以上选自《苕华词》，《海宁王忠悫公遗书》民国十六年排印本）

王孝煃（2首）

王孝煃（1877—1947），字东培，号寄沤（王兆桂《先严寄沤先生行述》），一作字亦奇，号东培、寄沤（《清代朱卷集成》第206册），江苏江宁（今南京）人。光绪癸卯恩科（1903）举人，抗日战争时期迁居汉口、江津，胜利后返乡，1947年卒（见《南京文献》1948年第22号）。王氏精通诗、词、书、画、印。与仇埰、石凌汉、孙濬源组“蓼辛词社”，联句、唱和之作合刊为《蓼辛词》。

《蓼辛词》一卷外集一卷，民国二十年（1931）刻本，前有王孝煃题签，夏仁虎、仇埰序。夏仁虎称“寄沤之词放而逸”（《蓼辛词序》），叶恭绰称：“南都蓼辛社同人，严守声律，迥然成集，足示浮靡。”（《广箧中词》）

西　河

金陵怀古，和清真

形胜地。龙蟠旧处还记。南朝霸业久消沉，乱笳四起。瘦杨绿得只丝丝，寒烟笼罩无际。　　古台上，栏怕倚。夕阳冉冉愁系。乌衣巷陌属谁家，尚存燕垒。故宫北望惨铜仙，几回铅泪如水。　　酒寮画舸近岸市。渺音书、鸿雁千里。倦眼莫看尘世。历河山巨劫，残灰凄对。黄叶萧萧，西风里。

（选自《广箧中词》民国二十四年排印本）

采桑子

和圭璋

寒梅又见春前绽，相对无言。空自年年。只怨东风欲暮天。　　柔肠九折相思寄，倚遍栏干。休问平安。一样江南好梦圆。

（选自《中国学报》1943年第1卷第2期）

张素（2首）

张素（1877—1945），字挥孙，号婴公，江苏丹阳（今属镇江）人。光绪壬寅（1902）科举人。后在上海《南方日报》社及《新闻报》社工作。南社社友。著有《闷寻鹦馆诗钞》《瘦眉词卷》等，后人辑有《南社张素诗文集》。

八声甘州

雨意和小柳韵

算韶光九十去匆匆，落花满红楼。更轻寒微雨，飘灯几处，珠箔斜钩。底事东风惝惶，不把梦痕留。啼鴂千山里，诉我春愁。　　倚枕听来天晓，正杏花唤卖，门巷烟收。感天涯羁旅，踪迹拟沙鸥。剩斑痕、和烟和絮，者客衫、惟有泪相酬。应怜我、岁华波远，付与东流。

兰陵王

用美成韵，送小柳赴沈阳

暮堤直。弥望江波涨碧。离恨远，天际草迷，黯黯征衫怎风色。悲吟又去国。心绪怜他楚客。凭量取，情泪浅深，潭水桃花几多尺。　　还思旧游迹。有柳折关城，花藉琴席。侯门鲭老人传食。奈万里蓬转，一声骊唱，水邮山路不计驿。暮云阻南北。
凄恻。鬓丝积。想雨过灯幽，帘影孤寂。伤时恨别何终极。只曲院惊梦，晚楼吹笛。飘零如我，倘念到、泪暗滴。

（以上选自《南社词选》，《南社丛选》民国二十五年国学社排印本）

陈曾寿（30首）

陈曾寿（1878—1949），字仁先，自署耐寂、复志、焦庵，湖北蕲水人。光绪癸卯（1903）进士。历任刑部主事、学部郎中、学部右侍郎等。1949年卒于上海（见陈祖壬《蕲水陈公墓志铭》）。著有《旧月簃词》。

《旧月簃词》有数种版本：其一为民国十年（1921）铅印本，卷前有曾寿弟曾任题序。其二为民国二十二年（1933）刻本，由朱彊村收入《沧海遗音集》，龙榆生以《彊村遗书》雕版行世；其三为《同声月刊》本，第一卷至第二卷曾载《旧月簃词》十数首，为前两种所无；其四为1950年排印本。《旧月簃词》历经数次刊印，前后呈现递修过程。

《旧月簃词》具有强烈的遗民意味。其弟陈曾任序云："十年以来，幽忧往复，间一倚声，意郁天通，哀沉志上，极幽渺以昭彰，寓动荡于绵邈，袁涕、阮啸，庶几近之。"其词多借诗之助，伫兴而发，善于营造幽微、怅惘的意境，以寄托执着而无可奈何的遗民意绪，用词雅洁，词品华贵，在民国当属上乘，自有一席之地。叶恭绰评曰："门庑甚大，写情寓感，骨采骞腾，并世殆罕俦匹，所谓文外独绝也。"（《广箧中词》）朱祖谋曰："于并世词流中最为推挹者，厥惟述叔、仁先两先生。"（龙榆生《陈海绡先生之词学》）

踏莎行

白堂看梅

石叠蛮云，廊栖素雪。锁愁庭院苔綦涩。无人只有暮钟来，定中微叩春消息。　　冷雾封香，绀霞迷色。慵妆悄泪谁能惜。一生长伴月昏黄，不知门外泠泠碧。

暗　香

壬子，寄巢云

旧京乍识。正幽单客枕，潘郎愁积。凄满暮鸦，芳树阴阴后堂碧。还踏天街月影，乍忘了、西风尘席。谁管他、如叶青衫，弦底玉龙泣。　　应忆。旧簪笔。尽夜夜露痕，步冷东掖。袖香漫裛。赢得铜仙泪空滴。暗雨剪镫心事，除梦里、门庭重觅。却又怕、寻去也，梦都非昔。

惜黄花慢

园菊久萎，冬至日忽放二花，冱寒中，金英灿然。喜成此阕。

霜径都荒。讶卷帘重见，旧日宫裳。别经小劫，拈还一笑，原来宝相，不是秋妆。金环飘断三生影，乍添续、一线斜阳。冱暗香。绀梅数点，商略昏黄。　　相看漫惜瑶觞。算紫赪扫尽，独殿遗芳。别成嘉瑞，带围腰瘦，天然入道，冠压眉长。凄风卷地虫关闭，远情付、蝶梦飞扬。梦未央。雪中露掌辉煌。

木兰花慢

旧京移菊憔悴可怜，感赋

冷墙阴一角，结幽怨、旧痕青。自辛苦移根，恋香残蝶，梦也伶俜。羞凭。别畦新绿，算年年称意占阶庭。一寸霜姿未展，西风凉透窗棂。　　亭亭。还向画图，寻影事、慰飘零。怅蝉休露满，芳心委尽，枉致丁宁。微醒。晚来乍洗，剩无多清泪奠寒馨。流浪他生未卜，斜街花市重经。

木兰花慢

春日雪后泛舟

晓妆匀粉重，带眉妩、忒连娟。正一镜堆鬟，数峰写影，雪韵高寒。经年。画中居住，笑今朝还向画中看。浅碧才回晻霭，飞霙又没绵芊。　　飘然。一叶水云，天渺渺、叩湘舷。荡吟情未远，关心仍在，一树窗前。苔钱。几枝缀玉，问多时春色上词笺。但祝十分开好，不妨小勒红妍。

喜迁莺

丙辰除夕，次梦窗“福山萧寺岁除”韵，寄呈寐叟。

风朝雨暮。笑经岁梦隐，湖波轻橹。贳酒邻村，分斋萧寺，恰称六桥淹旅。为问几家汉腊，依旧春声万户。更持烛，照梅妆深夜，微赪醒否。　　佳处。晴雪映，儿女画堂，不夜花光午。工部镫辉，太平鼓奏，回首髫年过羽。四十明朝已是，空咏少陵诗句。

耿相忆，整朝衫，东老重梳斑缕。

虞美人

倾城士女长堤道。各有情怀好。梦中池馆画中人。为问连朝罢酒是何因。　　东风红了西湖水。浓蘸燕支泪。输他渔子不知愁。偏向落红深处系轻舟。

浣溪沙

孤山看梅

心醉孤山几树霞。有阑干处有横斜。几回坚坐送年华。　　似此风光惟强酒，无多涕泪一当花。笛声何苦怨天涯。

临江仙

修得南屏山下住，四时花雨迷濛。溪山幽绝梦谁同。人间闲夕照，消得一雷峰。　　极目寥天沉雁影，断魂凭证疏钟。淡云来往月朦胧。藕花风不断，三界佛香中。

临江仙

栀子香寒微雨歇，深深一院清凉。花梢斜月半侵床。镫青疏鬓畔，一点写经香。　　已分今生从断绝，无端又著思量。千生无恙是回肠。温存凉簟好，今夜未成霜。

点绛唇

秋海棠

点点愁红，分明一幅秋心院。十分幽怨。只是无人见。　　露重烟迷，倩影凉风颤。年光换。几回泪泫。犹有肠堪断。

浣溪沙

己未都门重遇云和主人

一片红飘去不回。酒边清管自生哀。眼明真见故人来。　　我隔蓬山馀涕泪，君歌凝碧费低徊。几时花发旧池台。

（以上选自《旧月簃词》民国十年排印本）

一萼红

孤山探梅

荡微阴。正西风料峭，苔屐怯幽寻。岸柳拳鸦，山椒落雁，天画如许寒林。是昨夜、馨魂乍返，渐几树、脂晕破萧森。略损风姿，劫余池馆，随分行吟。　　谁折试簪还堕，似抛将红豆，难结同心。萼绿仙迟，云英嫁早，同感春梦沉沉。便句引、闲愁又醒，者次第、何计遣春深。却又飞霙弄晚，莫辨遥岑。

蝶恋花

闻　露

独夜始知凉月色。竹影移廊，未觉成萧瑟。微漾湖光荧暗壁。

疏镫影里芙蓉白。　　偷换流年情思积。草际烟浮，已了寒虫织。攲枕不眠闻露滴。心心只替秋香湿。

八声甘州

甲子八月二十七日，雷峰塔圮，据塔中所藏《陀罗尼宝箧印经》，造时为乙亥八月，正宋艺祖开宝八年，距今九百五十余年矣。千载神归，一条练去。末劫魔深，莫护金刚之杵；暂时眼对，如游乾闼之城。半湖秋水，空遗蜕之龙身；无际斜阳，杳残痕于鸦影。爰同愔仲同年共赋此阕，聊写愁哀云尔。

镇残山风雨耐千年，何心倦津梁。早霸图衰歇，龙沉凤杳，如此钱塘。一尔大千震动，弹指失金装。何限恒沙数，难抵悲凉。　　慰我湖居望眼，尽朝朝暮暮，咫尺神光。忍残年心事，寂寞礼空王。漫等闲、擎天梦了，任长空、鸦阵占茫茫。从今后、凭谁管领，万古斜阳。

六　丑

海棠，和彊村老人

记嬉春酒醒，有绝代、秾华初识。怨风正狂，残妆攲翠幂。零落谁惜。越见丰姿好，晓来清露，浥袖痕都湿。强扶倭堕终无力。愁乱丝垂，红凝泪滴。凄惶几回凭立。尽芳阑扣遍，幽恨无迹。　　流光虚掷。又天涯远隔。往事如残梦，难再觅。东园渐入丛碧。听杜鹃啼后，断无消息。乘风愿、早输归翼。空瘦损、去住春心应自，悔逢倾国。轻阴乞、漫相云色。剩爇天、一寸寒香炷，成灰拼得。

踏莎行

云缝铺金，霞边起鹜。十年魂梦凭依处。人天一例损孤标，蜕身何苦诸天去。　　废址栖烟，寒山无语。残红一片伤心树。向来凄黯送黄昏，只今凄黯都无据。

踏莎行

庚午三月十一日，梦见桃花数十株，落红乱飞。

飘接梅魂，落先絮舞。缤纷万点桃花雨。斜阳影里不胜红，沉沉梦与斜阳去。　　前度刘郎，去年崔护，伤心等是无凭据。林塘容有再来时，不辞泪眼长凝伫。

八声甘州

十月返湖庐，晚菊尚余数种，幽媚可怜。

慰归来岁宴肯华予，寒花靓幽姿。剩青霞微晕，残妆乍整，仍自矜持。休更销魂比瘦，惆怅易安词。洁白清秋意，九辩难知。　　我是辞柯落叶，任飘零逝水，不忆东篱。早芳心委尽，翻怯问佳期。看灯窗、疏疏写影，算一年、今夜好秋时。平生恨、尽凄迷了，莫上修眉。

齐天乐

答彊村老人

百年垂死当何世，因依更成轻别。费泪园亭，谙愁酒盏，历历前痕难觅。荒云万叠。剩缄梦凄迷，雁程天阔。拨尽寒灰，坠欢零落向谁说。　　蓬莱旧事漫忆。更罡风激荡，摇撼银阙。本愿香寒，孤光月隐，堪笑冤禽痴绝。枯枰坐阅。拚一往悲凉，烂柯残劫。自忏三生，佛前心字结。

（以上选自《旧月簃词》，《彊村遗书》民国二十二年本）

浣溪沙

书卷抛残夜未残。昏昏夜色淡林烟。一痕眉月媚冰天。　　角枕倚时空旧梦，愿香冷后证枯禅。尽无聊赖也迟眠。

鹧鸪天

横海青峰占小楼。邻家爆竹动离愁。一年客邸将除夜，万里荒波不系舟。　　黄石约，赤松游。古人志事等闲酬。衰慵不称风云事，破砚寒香独自修。

扬州慢

忆烟霞洞梅

梅绣荒山，石威静谷，旧游最恋烟霞。向洞门徐步，几度问芳华。记长倚、半山亭子，昏黄月上，倩影横斜。晕微红、堕砌娇云，仙梦非耶。　　一身万里，剩而今、惯住胡沙。尽湖水湖烟，也休暗忆，侬已无家。飘断辞枝故蕊，曾何处、不是天涯。漫拚将、今世今生，长负梅花。

（以上选自《同声月刊》第1卷第11期）

清平乐

笛声幽怨。愁锁深深院。月上林梢霞影淡。一笑天人初见。
空山雪闭云遮，温存绝代铅华。待到千红闹处，故应不见梅花。

减字木兰花

心畬王孙蓄倒挂鸟一双，属赋，一名收香。

翠衣小小。偎卸红襟同命鸟。探使殷勤。不见罗浮梦里人。　　交相媚妩。谁识莲垂心独苦。香冷难收。地老天荒誓白头。

蝶恋花

万化途中为侣伴。窈窕千春，自许天人眷。来去堂堂非聚散。泪干不道心情换。　　噩梦中年拚怨断。一往凄迷，事与浮云幻。乍卸严妆红烛畔。分明只记初相见。

（以上选自《同声月刊》第1卷第12期）

南歌子

鸡唱催将息，乌啼续苦吟。半床书蠹共销沉。字里凄迷时遇、少年心。　　塞雪连三月，时花抵万金。年时刻意怕春深。不见春来春去、感而今。

（选自《同声月刊》第 2 卷第 1 期）

鹧鸪天

偏爱沉吟白石词。只缘魂梦惯幽栖。扁舟一片长桥影，依约眉山压鬓低。　　无限好，付将谁。漫云别久不成悲。思量旧月梅花院，任是忘情也泪垂。

鹧鸪天

燕子瞋帘不上钩。碧天有恨笑牵牛。今生只道圆如月，小别犹惊冷似秋。　　天易老，水空流。闲情早向死前休。炉香隔断年时影，未必新愁是旧愁。

（以上选自《同声月刊》第 2 卷第 2 期）

木兰花慢

曩岁湖居，元夕花下作

向玉梅花下，正佳节、月初圆。看交影枝枝，珠明欲泪，庭暖无烟。应怜。一怀凄惋，算相看不负有今年。身在瑶台十二，分明处士窗前。　　萧然。鬓老有情天。杯底问婵娟。甚雪压霜欺，铢衣长著，如此高寒。芳缘。多生未了，着一分淡冶不妨禅。滉漾湖光欲曙，破愁拼得迟眠。

（选自《同声月刊》第2卷第3期）

陈景寔（1首）

陈景寔（1878—1937后），字梦初，安徽凤台（今属淮南市）人。民国二十六年（1937）尚在世。通诗、词、戏曲，室名“观尘因”，著有《观尘因室诗话》《观尘因室词曲合钞》。

《观尘因室词曲合钞》一卷，民国二十六年（1937）铅印本，前有方静藩、吴濠题签各一种，及作者自撰小引一篇。集内词曲杂糅，不作标识，以时间为序，中有《翠云词》十八首，其词有曲化倾向。

金缕曲

宜城觞咏社，题游乐园

屈宋风流歇。问谁是、文章班马，曲词元白。群彦光芒高北斗，总是使君罗列。收拾起、无边风月。辟地成园民众乐，比灵台、构造还精绝。文王囿，何消说。　　诗书没字秦斯劫。最惊心、欧风似虎，美云如墨。恰是中原多难日，浩荡烽烟变灭。莫辜负、地灵人杰。草角花须都带恨，看屠龙、洒尽玄黄血。伊尹志，那时节。

（以上选自《观尘因室词曲合钞》民国二十六年排印本）

陈栩（9首）

陈栩（1878—1940），原名寿嵩，字昆叔、蝶仙，号栩园、天虚我生，浙江钱塘（今杭州）人。其生年，一作1879年。光绪癸卯（1903）年，以经济特科征，不赴，弃科举，办实业，曾主编《大观报》，创办《著作林》，开设石印局。1916年主编《申报·自由谈》，为鸳鸯蝴蝶派代表人物之一，次年加入南社。1940年卒于上海。著有《海棠香梦词》《栩园词集》《香雪楼词》《香雪楼词二集》。

《海棠香梦词》四卷，附《和白香词谱》一卷，光绪二十六年（1900）刻本，前有何春旭题签、作者自序，何氏题签注"陈蝶仙二十以后所著"，系误。光绪二十六年，陈氏仅二十岁，观其卷中词作系年，甲午（1894）、乙未（1895）皆有，盖为其二十以前所作。《海棠香梦词》后经整理收入《栩园词集》中。

《栩园词集》五卷、《香雪楼词》一卷、《香雪楼词二集》一卷，民国石印《栩园丛稿》本，前有伊兰题签。《栩园词集》五卷，包括《海棠香梦词》《眉山冷翠词》《清可轩词》《掐花记月词》《海山仙馆词》各一卷（其中只有《海山仙馆词》部分词作作于民国），前有目录，末有周之盛丙辰（1916）跋；《香雪楼词》收词三十五首，起于民国十年（1921）前后，止于甲子（1924）除夕；《香雪楼词二集》收词一百零四首，起于甲子，止于丙寅（1926）除夕。

陈氏精通音律，曾遍和《白香词谱》，并校订《词律》，所作自然晓畅，间杂俗语、口语，近于曲，不避冶艳。尤喜咏物，如《绮罗香·咏鲜桂圆》《红情·咏菱角》《高阳台·戏咏臭腌菜》等。

长寿乐

答东园咏柳

眠香访翠。问年时、花外玉骢谁系。画舫飘萍，红桥堆絮，剩有几分秋意。记风流如是，小名还比香君媚。寻不见、那处倚楼人醉。休问起，楼上锦篝鸳被。　　虽信美。王粲《登楼赋》："虽信美而非吾土兮。"却不道、往日胜游难继。破碎湖山，模糊烟水，燕子春灯谁试。又沧桑一度，杨花飞扑连云第。仿佛在、细柳营前随喜。只见那，拂拂旌旗如市。

清平乐

银帘丝雨。叶底莺儿语。一枕梨云无觅处。梦里却寻愁句。　　起来独自凭栏。罗衣犹耐春寒。留与薄情知道，不将双泪揩干。

高阳台

次许瘦蝶韵

去梦如烟，余寒似酒，睡情犹滞星眸。丝柳无情，偏生绿上高楼。残花落尽春风瘦，尽飘零、燕侣莺俦。忆前游，紫陌香车，绿耳华骝。　　凄凉影事银灯背，倩樱桃记曲，豆蔻缄愁。锦瑟华年，又随溪水东流。南园芳草相思地，委残红、没个人收。甚勾留，山水悠悠，天际归舟。

金缕曲

次许荷僧留别韵，即以赠行

送尔春江去。怅匆匆、行云流水，落花飞絮。一样天涯沦落久，那有琵琶能诉。算我辈、飘零如故。无限伤心家国泪，似春潮、争向毫端赴。天不管，日云暮。　　分明同在愁城住。又添些、相思材料，暮云春树。潭水桃花深几尺，记入江郎词赋。令劝酒、双鬟低度。倘向欢场开笑口，愿殷勤、寄我销魂句。离别恨，不须数。

（以上选自《海山仙馆词》，《栩园丛稿》民国石印本）

蝶恋花

题　画

庭院深深深几许。门外天涯，绿遍相思树。重到画栏携手处。藤花泪滴宵来雨。　　半晌支颐无一语。暗把归期，屈指从头数。轻薄东风欺负汝。留仙裙子轩轩举。

浣溪沙

题　画

岸草溪蘋绿未匀。一篙春水漾斜曛。炊烟团树树团云。　　山作围屏波作镜，竹篱茅舍自成邻。晚风吹瘦浣衣人。

如此江山

辛酉中秋感赋，应独鹤之征

凄风苦雨中秋节，今宵料无明月。屋漏如舟，天昏似梦，几处琼筵虚设。兵戈未歇。又江北江南，哀鸿啼血。潮落钱塘，有人拟捉瓮中鳖。　　千钧正悬一发。问天天不语，谁是豪杰。地掷金钱，楼吹玉笛，名士过江如鲫。燕姬赵妾。把国事蜩螗，枕边闲说。人自团圞，任金瓯破缺。

（以上选自《香雪楼词》，《栩园丛稿》民国石印本）

鹧鸪天

和绛珠答吴东园

淮雨淞云各一天。洛滨高会不如前。晨星硕果凋零尽，只剩红箫白石仙。　　愁似海，梦如烟。几回沧海又桑田。南园蝴蝶东园柳，说与旁人总惘然。

金缕曲

题田挹珊《机丝夜月图》，即用原作韵

秋梦连宵警。向蕉窗、殷勤盼到，雨恬风静。圆月窥人应见笑，铅泪依然如绠。问谁把、青虫丝并。玉双生寒怜素手，共婵娟、小立梧桐井。寻往迹，隔尘境。　　露华湿透栏干影。恁飘零、堕欢难拾，堕鬟慵整。无奈相思如此夜，比似长门还永。把襟袖、几番欺冷。只怪牵牛浑不顾，任西风、吹瘦蝤蛴领。弦外意，画中省。

（以上选自《香雪楼词二集》，《栩园丛稿》民国石印本）

高燮（6首）

高燮（1878—1958），字时若、吹万，号葩庐、葩翁、寒隐、寒隐居士、吹万居士，江苏金山（今属上海）人。其生年，一作1879年。其侄高旭（字天梅）称二人年龄相差一岁，应以1878年为是。吹万早年即抱攘满兴汉之志，别署志攘、黄天等。宣统元年（1909）与高天梅共创寒隐社，后入南社，成为南社耆宿。1949年后，将劫后藏书交复旦大学图书馆。著有《天人合评吹万楼词》。此外，《南社丛刻》载有其词。

《天人合评吹万楼词》一卷，民国三十四年（1945）排印本。前有陈运彰序及作者自序。收录《望江南词》六十四阕，皆因感于故乡旧居披战火而作。所写皆为实景真名，每首皆以“山庐好”起句，各附木道人等人评语。后附诸家总评、作者自跋两则、钱振锽《望江南》五首、各家题辞若干。陈运彰序称：“先生善为诗，不恒填词，故不断断于一声一字之间以竞工拙。将有合于道之精微，使览者体味有所自得也。”木道人总评云：“吹万《望江南》词一卷，风景之美，情味之隽，无以复加，令人意也消矣。是诗境也，画境也，亦吹万之心境也。”

望江南

山庐好，亭榭起湖滨。屋外有堤环四面，门前列石坐千人。幽敞十分春。

望江南

山庐好，即此是深林。绿水弯环如有意，白云来去本无心。不受片埃侵。

望江南

山庐好，诗句北窗敲。碧影参差慈竹室，朱栏掩映岁寒桥。杨柳万丝摇。

望江南

山庐好，俯仰味醰醰。水际白鸥飞下上，梁间紫燕话呢喃。人向静中参。

（以上选自《天人合评吹万楼词》民国三十四年排印本）

浣溪沙

题西泠雅集照片

十载闻声慰渴思。衫痕帽影各参差。红阑干外日迟迟。　　碧草铺阶长似带，垂杨倚槛绿成丝。沉沉庭院我来时。

一痕沙

题武林同游照片

依旧能狂未死。惟我与尔有是。回首六年余。景全殊。　　打叠吟魂一串。飞向段家桥畔。如此好湖山。莫思还。

（以上选自《南社丛刻》，1996 年广陵古籍刻印社影印民国刊本）

吴庠（26首）

吴庠（1878—1961），原名清庠，后去“清”字，字眉孙，号寒竽（一作芋），别署芋公、芋叟、寒芋居士。江苏丹徒（今镇江）人。诗文与丁传靖、叶玉森齐名，人称“铁瓮三子”。工于词，为南社社友，又参加午社、丽则吟社，与吟社蔡芝眉有“社中二眉”之称。早年曾任梁士诒秘书，收集张勋复辟、洪宪帝制文献甚多。

满江红

挽梁燕孙

精气销亡，惊一病、公真不起。惨风雨、好春垂尽，杜鹃声里。策杖忍闲医国手，看花苦溅忧时泪。痛憖遗、一老竟云亡，邦之瘁。　　毁与誉，蝇声比。祸与福，鸿毛视。怪尔曹得失，鸡虫无已。广武登临宜引叹，虞渊追逐空赍志。作光芒、烈士暮年心，弥天地。

满江红

神器潜窥，笑一例、阿瞒新莽。劝进表、连朝再拜，文臣武将。此老倔强犹是昔，既悬性命逃焉往。记当时、一蒉抱区区，江河障。　　功不受，连城赏。罪不辩，明珠谤。只斯人恐负，苍生属望。前席贾生余痛哭，望门张俭甘钩党。好乾坤、无地著恩仇，英雄量。

满江红

尺地阶前，曾置我、翩翩书记。顿消尽、平生恨事，一人知己。署尾许翻绳准诺，批鳞教毕刍荛议。匪数行、黄祖腹中言，令公喜。　　君不见，门如市。君可识，心如水。听铄金众口，妄成萋菲。覆雨翻云关世态，系风捕影徒儿戏。笑此中、空洞物全无，容卿辈。

满江红

如此江山，得归去、未应非福。廿五载、安危出处，动关朝局。公论千秋归史笔，故交四海知心曲。待儿孙、祭告九州同，长瞑目。　　招魂些，迎神祝。千万语，身何赎。剩寒浆一盏，香花一掬。隔岁书来惭未报，伤春诗在悲重读。感私恩、头白秘书郎，吞声哭。

（以上选自《青鹤》第1卷第13期）

归国谣

题冼玉清《故都春色画卷》第一幅《崇效寺牡丹》

风急。望里凤城春可惜。宝栏重记游历。染香衣在箧。　　彩笔细书花叶。鹿衔经几劫。眼前犹是芳节。梦华谁与说。

荷叶杯

题冼玉清《故都春色画卷》第二幅《极乐寺海棠》

一种倾城颜色。相识。沉醉记东风。强调脂粉写春慵。人海话重逢。　　休问旧时金屋。烧烛。帘角照啼妆。牡丹一例感兴亡。飘泪国花堂。

卜算子

己卯六月，午社第二集咏荷花，效白石“咏梅八首”。此花掌故多涉词人，胜迹流连，余风馨逸。自遭丧乱，遍地烟尘，追忆前游，情怀惘惘，亦昔贤所谓“风景不殊，举目有河山”之感也。

北海荡舟回，衣湿铜盘露。水殿风廊月上时，残梦霓裳舞。　　十丈软红尘，遮断西涯路。问讯鸡鹊净业湖，可有安眠处。旧京荷花，三海最盛，城北净业湖，远胜十刹海。

烟水苇湾西，钩起江湖兴。乞病词流去国情，持与沙鸥证。　　白发种花人，朝士知名姓。赚得丁髯泪墨多，替写沧桑影。南西门外，苇湾荷花开时，游人极盛。王半塘先生、朱彊村年丈有词，老友丁闇公有《苇湾老人行记》《种花人语》。

雨打画船空，风袭罗衣薄。寸寸秋心裂帛痕，坐冷回廊角。　　微语隔烟闻，盼断凌波约。并蒂花开结子无，暗恼莲房剥。西郊裂帛湖，荷花亦盛，游人较稀。

帘卷汇波楼，花与湖光净。纨扇蕉衫趁晚凉，一放瓜皮艇。　　路转濯缨桥，缩本沧浪景。柳外残阳已坠西，鸳睡犹交颈。济南大明湖及小沧浪亭，花渐减色。

底事过江人，偏向秦淮住。为爱烟波载莫愁，顾影花深处。　　四望旧湖山，换了新歌舞。白羽凌风忆蒋侯，最是销魂语。南京莫愁湖、玄武湖花事可想，“白羽”七字，黄季刚过玄武湖句。

重过采香泾，犹听莲娃唱。手折花枝下五湖，空把西施网。　　微雨洒西城，凉月明南荡。唤起词仙荐藕浆，一鹤瑶天响。苏州城西艺圃池荷尽白，南荡花事尤盛，郑大鹤先生有词记事。

一水望西泠，万绿云无缝。访藕寻莲向里湖，妒煞痴鸳梦。　　谱就惜红衣，愁把银箫弄。风雨青墩人不归，孤负花相送。杭州西湖别已三年，花当无恙，杭嘉湖朋旧，避地者多。

薄醉看游人，一舸嫣红闹。斜日西风别武陵，抛却湖光好。　　影恨落湘南，流怨清商调。坠粉零香赠远人，何日重回棹。湘中荷花名胜，白石道人歌曲所及者，今皆不可问，湘水以上，非游踪所及，故以此为末章。

绿盖舞风轻

重过沪西，李文忠祠观荷

惜别记江南，翠羽明珰，尊前又相见。罗袜尘香，沧波寻旧约，强笑眉展。缕缕恩情，忍抛弃、题诗纨扇。怕西风、袭冷红衣，容易秋晚。　　清浅。太液池荒，骤雨打鸳鸯，好梦烟散。手折芳馨，说兴亡、洒泪五湖人远。有限斜阳，更何苦、回栏留恋。露盘欹，飞起乱萤千点。

玉京谣

己卯中秋，风雨竟夕，明月不来，良宵虚负，午社第四集拈此调，依谱写怀，凄然成咏。

搔首青天问，旧影山河，怪底阴云蔽。盼到今宵，一年辛苦非易。待遣将、弦管吹开，怕玉宇、琼楼人睡。知何计。箫鸾嫩约，情丝双系。　　帘栊卷了还垂，漏点声迟，正雨凄风悴。万斛秋香，飘零花谢丛桂。便抗歌、哀怨嫦娥，料带有、别离滋味。休明岁，犹想上元灯市。

霜叶飞

重九，用梦窗韵

乱离情绪。江头望，荒烟飞满寒树。晚晴天意爱秋人，肯暂停风雨。听肃肃、霜前雁羽。关河哀怨成终古。问旧客龙山，忍泪说、平安可寄，一封笺素。　　遥念故国萧条，鹤林寺里，杜鹃红艳谁赋。眼看新样斗狮蛮，闹小儿欢语。更不惜莼丝鲙缕。层楼携手登高去。喜异乡、逢诸弟，醉插茱萸，酒觞行处。

垂丝钓

鹤亭翁醵金，为曹君直刻《笺经室遗集》，感赋。

礼堂定稿。空山风雨孤抱。翠管一斑，曾早窥豹。宋元刻本书题跋，曩年见过数十通。藏弆好。怕蠹鱼字饱。重雠校。为叶尘细扫。　　著书人老。怜才生死倾倒。夜台路杳。流涕笺追报。能几千金吊。相知少。听紫霞苦调。《凌波词》已前刻。

雪梅香

二十九年一月二十二日作

手亲押，蛮笺尺幅订鸳盟。看斜行密字，模糊麝墨盈盈。障扇颜容尽羞涩，梦鞋消息不分明。太狼藉，镜里蛾眉，犹道倾城。　　浮萍。此身世，独抱琵琶，诉尽飘零。但得量珠，那堪再忍伶俜。半晌含情恼鹦鹉，一心疗妒觅鸧鹒。拼禁受，幻影因缘，怜我怜卿。

小梅花

抱衾往。心怏怏。邯郸才人嫁厮养。苜蓿盘。长阑干。不知文字，何与卿饥寒。白首放歌须纵酒。不如意事常八九。生有涯。翻日车。锦城虽乐，不若早还家。　　猎史传。亲笔砚。拥书万卷抵南面。口胶饴。头杵齑。一丘一壑，自谓当过之。手折衰杨悲老大。所恨古人不见我。舞婆娑。唤奈何。只怪向来，哀乐何其多。

木兰花慢

己卯腊八日，铁尊翁病殁沪上。词社罢弃，赋此寄哀。袁伯夔后翁二日亦逝，同人咸谓其落花首唱，为不祥，故前结及之。

锦鲸仙逝了，看海水、正群飞。共溅泪莺花，陶哀丝竹，有限年时。新题。落红赌唱，记春残催客杜鹃啼。夜壑良朋携手，那堪吟谶重提。　　天涯。霜菊酒盈卮。把醉更无期。盼金陵山色，玉峰塔影，化鹤来归。填词。可怜发白，恨万方多难识君迟。半亩园樱弄色，销魂邻笛声凄。

（以上选自《午社词》民国二十九年排印本）

水调歌头

午社拈调《夏初临》，有谓此调板俗无聊者，或问果何调为活，为雅，为有趣耶？予曰，彼盖喜填涩调耳。或又问唐五代两宋以来诸名家词，凡非涩调者，皆板俗无聊耶？予笑而不答。戏歌此曲，为喜涩调者进一解。

词一大瀛海，容纳万方流。我身偶尔飘堕，芥子著虚舟。高调铜琶铁板，低唱晓风残月，遗响各千秋。双管好齐下，何用介鸿沟。　　情所寄，有欢笑，有悲愁。花场酒国来往，神动与天游。正要笔歌墨舞，怪底字荆句棘，肝肾苦雕锼。我梦落烟水，浩荡逐浮鸥。

水调歌头

东坡生日，午社词集，歌此为同人侑觞。

声律不能缚，潇洒爱东坡。铜琵铁板遗响，水调试高歌。日想龙眠画像，位置金山顶上，看鹤舞婆娑。一笑放船去，涉世惯风波。　　漫堂翁，覃溪老，屡吟哦。为欢今夕把酒，几辈醉颜酡。许吃菜羹羊肉，须验苏文生熟，背诵听如何。我得豪发似，磨蝎命宫多。

（以上选自《同声月刊》第1卷第4期）

永遇乐

读孟劬翁旧京近作，乱离身世，其音绝哀，和韵奉酬，不胜依黯。

白雁啼霜，苍葭隔水，书到秋馆。杼轴悲怀，琼瑰热泪，人共天涯远。文章才老，江关岁暮，萧瑟庾郎禁惯。黯销魂、登楼北望，淡日冷云遮断。　　莺花故国，欢场如梦，零落清商曲变。往事心头，模糊一醉，莫放闲尊浅。连床书卷，闭门风雪，白发青灯依恋。凭谁听、哀弦夜弄，再三唱叹。

醉春风

入蜀有期，将行复止，赋此简午社同人。

白首伤羁旅。万里桥边路。芳期须问太平花，去。去。去。如此江山，锦城虽乐，可怜春暮。　　绿遍离亭树。一段销魂赋。扁舟临发又开书，住。住。住。寒雨如烟，教人肠断，子规声苦。

（以上选自《同声月刊》第 1 卷第 7 期）

西子妆慢

题《西湖饯春图》

芳草织愁，坠红触泪，醉倚楼台深处。一帘疏雨看西泠，渐无多、画船箫鼓。催归杜宇。解春色、将残最苦。恋斜阳，剩隔堤垂柳，飘烟还舞。　　题襟句。点缀湖山，误放佳日去。洗尊花底约明年，定相怜、岁华迟暮。商量逭暑。好消受、池荷风露。怕重来，曲院颓廊未补。

（以上选自《同声月刊》第 2 卷第 4 期）

蔡守（2首）

蔡守（1879—1941），字哲夫，号寒琼，广东顺德人。南社社友，曾主编《天荒杂志》，参加邓实主办之《国粹学报》图片工作。先后参与国学保存会、国学商兑会、蜜蜂画社。对诗词、书画、篆刻、碑版、骨董皆有研究。著有《寒琼遗稿》《寒琼室笔记》《说文古籀补》《宋锦》《宋纸考补》《缪篆分韵》《漆人传》《瓷人传》《画玺录》等。

疏　影

大通寺探梅，与张琅儿同石帚匀

还来就玉。宛新欢惜别，难支经宿。检泪苔枝，萧寺荒园，永缔寒盟松竹。冥冥一见曾相识。移春槛、珠江南北。想昨宵、月峭风棱，问尔怎禁孤独。　　留得酥钿数点，待重来俊赏，峨峨云绿。也称吟边，也称香东，也称妆窗琴屋。此中都有仙风味，为制个、裁冰词曲。把卿卿绝世芳姿，绘上斩新屏幅。

蝶恋花

和琅儿寄怀匀

当日墙东才尺地。恼煞红窗，变造天涯似。底事匆匆千里去。可怜欢梦成空忆。　　知昨非时今要是。一点灵犀，好自先为计。未拔芝芙应尚易。恋书休怕难传递。

（以上选自《南社词选》，《南社丛选》民国二十五年国学社排印本）

郭延（4首）

郭延（1879—?），字季吾，四川叙永（今属泸州）人。赵熙（号香宋）弟子，曾就读于川南学堂。民国后曾任四川陆军测量局局长兼四川陆军测量学校校长。1926年任国民革命军第二十三军代政治部主任。《吴宓日记》载其光绪五年（1879）生，著有《丹隐诗存》，手稿本为编年体全本，收1904年至1929年作品；民国二十四年（1935）成都木刻本为选集，以诗体分类编排，收1904年至1935年作品（见《吴宓日记》1964年7月8日）。有《丹隐词》。

《丹隐词》一卷，民国二十四年刻本，与《滋兰馆词》合刊。前有林思进（清寂翁）题签。收词起于乙未（1895），至甲戌（1934）前后。其词多咏物之作，风格绵密，近于梦窗。后期取径渐宽，有疏隽之气。

蝶恋花

金色双轮芳草路。雁影鸡声，忘却天涯苦。依愿身为风与露。行衣紧著随君去。　　陌上杨丝能作絮。不分春归，一霎难留住。胡蝶乱飞莺解舞。朝朝北望君来处。

秋宵吟

龙泉山夜

芙秋风，过客惯。又卧龙泉山馆。劳人苦，任满市潮声，一镫慵剪。望晴宵，斗渐转。静掩松扉双板。争禁得、蟋蟀哀音，梦魂惊断。　　幕府平生，者鬓发、星星羞绾。战尘初过，天府依然，谁是干城选。沧海红桑浅。我欲归耕，程去又远。念承平、知在何年，终夕幽寂怎自遣。

山花子

海内无家甚处归。别情迢递宦情微。至竟百年缘是梦，尽忘机。　　朗月清风难惬意，夕阳黄叶不胜悲。推却簿书搔短发，且吟诗。

摊破浣溪沙

黄叶初霜景不穷。章山浑在有无中。见说白鸥闲似我，小溪东。　　千里移情知夜月，廿年归梦寄秋风。无奈旧愁销不尽，酒尊空。

（以上选自《丹隐词》民国二十四年刻本）

郭宗熙（7首）

郭宗熙（1879—1934），字侗伯，一作桐伯，号臣庵，湖南长沙人。光绪二十九年（1903）进士，授编修。民国时曾任吉林省长，后变节降日。曾参加须社，有《栖白庼词》。《词综补遗》云："其词深厚，而谨于声律，尤致力于清真、梦窗诸家。"

苏幕遮

词社初集即事

竹迎薰，荷结佩。悄和虫吟，清人冰壶意。莲社清欢如梦里。谁谱金荃，花外琼箫倚。　　碧山遥，朱乌逝。旧曲新愁，并作骚人泪。好拍红牙拼一醉。北斗阑干，渐透新秋味。

祝英台近

咏　苔

缀桐阴，寻竹径。云澹掩芳磴。小院凄迷，一片绿痕净。犹忆悄步瑶阶，凌波细蹴，绮钱叠、翠荷分影。　　夕阳冷。年时曾碾香车，玉鬟晚妆靓。金谷春归，旧梦那堪省。只剩扫石题诗，伴砧渍泪，更零落、绛英偎暝。

凄凉犯

咏冬青

竦柯自碧。华林迥、凄风飐叶声激。夕阳有限，山南对景，几株萧瑟。阴沉薜甓。更枝上啼鸟夜急。宛惊心、寒琼入梦，草掩断人迹。　　金粟知何处，太液长生，拂云犹昔。万年顿幻，问珠丘、睡龙谁识。殉蜀枯桑，等摇落、如闻叹息。只离离、缀实涴露，赤泪滴。

摸鱼儿

戊辰七夕，和石帚韵

怅秋期、许多幽怨，瘦蛩啼断桐井。今宵雨洒凄凉泪，漏促梦回孤枕。谁更省。有天宝、蛛丝缀合斜复整。金飙送冷。看青鸟来频，赤龙蛰久，夜颢只空领。　　刚凝睇，碧汉双星炯炯。桥成灵鹊俄顷。银州记拜天孙语，故事倘堪重请。晶阙迥。念寸碎、残山照入微月影。璇玑莫问。叹羁泊年年，何心乞巧，姑作祓愁饮。

齐天乐

咏秋镫

金风何意飘珠箔，潇潇又添凉雨。促织三更，流萤数点，摇曳秋心无主。荆台甚处。正愁伴仙灵，梦寻机杼。待看牵牛，画屏低拥夜深语。　　梧窗香蕊炧尽，叹江郎老矣，谁更能赋。壁粉衔青，池荪卸碧，销得骚魂几许。孤吟最苦。把如豆残檠，夜长添炷。漫忆春嬉，剪花千万树。

江城子

忆　梅

恼人春信绮窗迟。陇东西。望云低。月冷黄昏，龙笛夜含凄。萼绿香魂招不返，空付与，翠禽啼。　　寿阳宫里梦来稀。寄相思。一枝枝。恨惹何郎，谁更画愁眉。引领天寒惟有鹤，还伴我，话清溪。

汉宫春

咏新燕

一翦东风，正小楼深锁，何限相思。昨宵乍过社雨，春意先知。沉沉绣箔，怨天涯、总误归期。肠断处、乌衣巷口，又闻商略双栖。　　却是巢痕无恙，怅斜阳故垒，重缀香泥。笙歌近邻自奏，梦影迷离。成彦雄《新燕》诗：“应梦笙歌作近邻。”雕梁软语，似低徊、王谢人稀。休更问、昭阳伴侣，旧愁只付鹃啼。

（以上选自《烟沽渔唱》民国二十二年排印本）

胡汉民（18首）

胡汉民（1879—1936?），原名衍鹳，改名衍鸿，字展堂，自号不匮室主。广东番禺（今广州）人。早年肄业菊坡书院，曾任《岭海报》记者。1901年中举，后赴日本留学，入东京弘文学院师范科及日本法政大学。1905年加入同盟会，任《民报》主编。1919年在上海参加创办《建设》杂志。历任国民党中央政治会议主席、国民政府主席、立法院院长等职。有《不匮室诗钞》等。《词学季刊》第2卷第3期载其词，称："偶一填词，外间不经见也。"

齐天乐

咏《沙罗密》剧

沙罗密为某国王女，国亡后，从其母入回王后宫。女爱狱中一预言者，闻其歌，夜往挑之，不从。一日王置酒，令女起舞，允惟所欲，得以报。女为东方裸体舞，备极妖冶。王大醉。舞罢，女索预言者头，王不能食言，乃杀而与之。女得头亲之不已，王遂挥兵杀女。

后庭花借前朝树。深宫又听幽语。宋玉墙窥，陈思洛咏，都误人天心绪。歌声甚处。似中妇难防，手提金缕。晔晔明星，寤来觅遍更无据。　　清觞为君曼舞。任缠头坐索，休靳封予。皓体从风，瑰姿应节，别有相思谁诉。冤亲并与。叹加膝推渊，世界俦侣。谱出霓衣，识新声较苦。

（选自《词学季刊》第2卷第2期）

满江红

民国十五年自题旧稿

收拾新愁，最难是、登高凭远。相忆处、旧时词客，旧家池馆。花鸟有情成眷属，江山无赖凭驱遣。三十年、未分作诗人，天涯遍。　　删不尽，风雅变。续不尽，离骚怨。祇抒情而作，感深顽艳。庾信生平人不识，魏收轻薄吾知免。且归来、随分引芳樽，春何限。

蝶恋花

月蚀，和李八

不是蛾眉天亦妒。底事团圆，忽被山河阻。省识人间离别苦。盈盈一水都无语。　　为问婵娟何处去。似尔分明，肯受纤尘污。玉阙重光光几许。家家楼上争凝伫。

浪淘沙

新除夕寄内，依李八均。

窈窕善怀予。珍重邮书。客游从不载愁俱。万里关山风雪里，著个征夫。　　我自乐江湖。到处传呼。使君豪气未曾除。陌上花开归缓缓，卿意何如。

金缕曲

既和李八寄内词，更作此以广之。

识我平生矣。十余年、韩檠杜槊，衹君相似。斫地狂歌歌未罢，且复纵横自喜。漫赢得、江山如此。云梦胸中吞八九，问谁堪、豪杰同生死。成败恨，徒为尔。　　西湖旧事重提起。怅新来、关山雨雪，游踪难纪。盼尽飞鸿芳讯阻，处处心魂相倚。见说是、天涯人迩。太上忘情仍不免，笑英雄自古欺人耳。天下事，语还止。

水调歌头

朱子英贫困思家不已，赋此慰之，非调之也。

华夏去人远，行役未全休。百年身世多感，今夕且登楼。未必解人难索，唤取并州快剪，为汝断离愁。入眼异乡好，珍重此时游。　　西湖梦，鉴湖月，五湖舟。古人足迹未遍，何处觅封侯。人自悲欢离合，我自东西南北，岁月足优游。破涕一为笑，期许在千秋。

百字令

寄怀协之，闻游西湖，用东坡“赤壁”均。

为苍生起，问谁是、江左风流人物。把酒新亭，教我辈、留得江山半壁。歇浦晨经，函关宵度，衿袖皆风雪。虬髯人去，此间偏有豪杰。　　遥忆范蠡当年，五湖舟稳，载西施俱发。丝竹中年，应屏尽、只是盛名难灭。未愧卢前，且居王后，镜里添华发。相思万里，孤心一片明月。

贺新郎

再用前均，赠李八

道出阳关矣。谱新声、回黄转绿，人间何似。我自豪吟君绮语，一样风流可喜。休记得、树犹如此。沧海横流流未尽，笑黄巾、也咒苍天死。濯足去，且从尔。　　二三豪杰为时起。叹年来、东奔西顾，风云难纪。独有蛾眉忘不得，明月楼高独倚。应与说、归期方迩。一局楸枰容易决，待他年、再洗巢由耳。万里路，行复止。

点绛唇（二首）

集《曹全碑》字，示刘芦隐

万里长征，山河别后无从赋。旧家门户。禁受风和雨。　　不道归时，特地长亭遇。欢如故。故人奚慕。有酒宁相负。

大好河山，登临忍舍风光美。且因君起。明月人千里。　　故国归与，历历从前事。心如水。臣门如市。不是平生意。

蝶恋花

答刘芦隐见和，集《曹全碑》字

大好家居无与主。桃叶桃根，都在人门户。前岁刘郎归复遇。东山雨后西山雨。　　为甚年时相尔女。要使人人，各有安心处。旧事分明元不负。等闲忍续离骚赋。

高阳台

代杨若衡寄外

别已销魂，词还寄怨，东风待拂鸾笺。枝上啼莺，惊人好梦初圆。王孙不恨归期误，恨天涯、芳草年年。更何堪，明月楼头，万里胡天。　　飞鸿休管关山远，写相思二字，已到吟边。翠妒红颦，故园芳讯依然。知君冰雪周旋惯，恁归鞭、不在春先。早安排，指点银妆，重整金钿。

浣溪沙

和舒信道词，大厂居士同作

蜩甲蛛丝有斗争。雁行虎穴任纵横。谁于胜败见人情。　　王悦治城应让道，谢玄淝水正挥兵。辽城何事比聊城。“北宋词钞”末句“何妨谈笑下辽城”，“清人词选”改作“聊城”。大厂订之。

（以上选自《词学季刊》第2卷第3期）

满江红

和大厂，次文信国改王昭仪作

寄语诗人，可曾似、玉颜鸦色。休更拟、铜仙铅泪，痛辞宫阙。七发谁从枚乘后，五噫常在梁鸿侧。尽天家、倾国重佳人，升平歇。　　繁华梦，难消灭。兴废事，何从说。有低头臣甫，子规啼血。消息难凭云际雁，玲珑只见窗前月。听高歌、换却断肠声，壶敲缺。

满江红

再和大厂居士

马上琵琶，谁则愿、画图生色。空怅望、宗周禾黍，汉家城阙。王粲伤时游未远，杜陵怀古身常侧。问单于、可系是何年，烽烟歇。　　春秋义，终难灭。和亲事，更无说。岂受人穿鼻，水浓于血。俯仰百年歌当哭，婵娟千里人如月。究相携、人道送归云，无圆缺。

满江红

和大厂居士，清明日再用文信国改王昭仪韵

听雨听风，浑不管、故园春色。何况有、五津烽火，三秦城阙。思在洛阳应奋起，眠过白下曾欹侧。肯夜深、留客斗枯棋，茶烟歇。　绵上恨，难磨灭。汉宫事，有人说。枉古今龙战，玄黄其血。独鹤初归云万里，群莺乱舞春三月。怕石泉、槐火迫人来，驹光缺。

浪淘沙令

和榆生教授赏红棉访昌华故苑之作

照海独红鲜。老干擎天。招呼群卉揃其颠。此是世间豪杰气，不让人先。　故事几流传。霸业徒偏。树犹如此客何言。要作大裘千万丈，心意绵延。

浣溪沙

闻大厂居士新词有"百涩词心已不支"之句，悲壮极矣，辄以寻常论调解之。

百涩词心独自支。觉翁家数本多奇。如何七宝世犹疑。　少悔雕锼扬子赋，渐归平淡退之诗。此情惟有故人知。"渐"或作"老"。

（以上选自《词学季刊》第3卷第2期）

于右任（7首）

于右任（1879—1964），原名敬铭，字伯循、诱人、右任，号髯翁、太平老人，陕西三原（今属咸阳）人。光绪二十九年（1903）举人，为上海大学创校校长，曾任陕西靖国军总司令、国民政府监察院院长等职。工书法，尤善草书，著有《右任诗存》《右任文存》《右任墨存》等。

浪淘沙令

形胜望中收。故国神游。纤儿一逝溃齐州。如此雄关难坐守，竖子无谋。　　飞鸟再来投。寤寐恩仇。明知不返也难留。天降繁霜人雪涕，白尽乌头。

眼儿媚

衰时容易盛时难。独自泪汍澜。黍雕殿阁，劫灰文物，残霸河山。　　无情道路多情梦，梦里越重关。今宵洛浦，明朝盘豆，后日长安。

（以上选自《民族诗坛》第1卷第1期）

鹧鸪天（四首之三）

十道琅嬛去不回。吾家文物亦成灰。书生莫吊龙蟠里，争得金瓯带血归。　　三尺剑，一戎衣。园陵曾见五云飞。蹉跎兵马收京日，惨淡人民哭庙时。

（选自《民族诗坛》第1卷第3期）

鹧鸪天

偕庚由自西安往成都机中

凭倚高风且觉迟。身悬万仞一凝思。山如列国争雄长，云似孤儿遇乱离。　　秦岭峻，蜀山奇。西南著我此何时。相随更是金天雨，净洗人间会有期。

（选自《民族诗坛》第1卷第6期）

菩萨蛮

有述北战场事者，因赋此。

太行隐隐云端见。胡儿昨夜窥防线。妄想入中原。骨灰归亦难。　　凌晨风雪作。久战创伤里。奉命守黄河。天寒高唱歌。

（选自《民族诗坛》第2卷第4期）

金缕曲

乡人有述家山之美劝北归者，作此答之。

百事从头起。数髯翁、平生湖海，故人余几。褒鄂应刘寒之友，多少成仁去矣。到今日、风云谁倚。人说家山真壮丽，好家山、须费工夫理。南与北，况多垒。　　乾坤大战前无比。愧余生、嵯峨之下，卫公同里。不作名儒兼名将，白首沉吟有以。料当世、知君何似。闻道伤亡三百万，更甘心、血染开天史。求祖国，自由耳。

（选自《民族诗坛》第3卷第2期）

减字木兰花

武汉张渝机中回望

极天芳草。珍重王孙行远道。如此江山。留恋词人往复还。　　诗情何许。毕竟寻思无著处。回首茫茫。江北江南几战场。

（选自《民族诗坛》1938年第2卷第1期）

袁思亮（8首）

袁思亮（1879—1939），字伯夔，号蘉庵、莽安，别署袁伯子，袁思古、袁思永从兄，湖南湘潭人。光绪己卯（1879）生（见《沤社词集同人姓字籍齿录》），癸卯（1903）举人，农工商部庶务司郎中、丞参上行走。北洋时期曾任国务院秘书、印铸局局长，己卯（1939）卒（见李国松《湘潭袁君墓志铭》）。袁氏富有藏书，与兄弟思永、思古俱能词，为沤社成员。著有《冷芸词》两卷，《湘潭袁氏家集》本，无序无跋。《青鹤》《沤社词钞》录其词。

秋　霁

丁巳中秋，同彦通作

如水楼台，浸绀海冰壶，半剪秋色。捣药流铅，采香垂珮，素娥弄寒无力。桂尊饯夕。几回阅世成今昔。但叹息。人去、忍将欢意照陈迹。　　应念倦旅，怅隔天涯，夜来乡心，清恨何极。更兰闺、晶帘下却，多情翻自泪沾臆。弹向四弦留怨抑。到酒醒后，还怕腕晚韶华，舞鸾惊晓，冷蟾愁寂。

宴清都

秋　感

怕展登楼眼。西风外，乱愁如草难剪。重阳近也，茱萸待插，雁行凄断。惊心满地烽烟，又怅望、家山梦远。料泪波、流向潇湘，修篁秾翠都染。　　从教掷锦征歌，筹花斗酒，人意先懒。幽兰结佩，残荷制服，落英抄饭。芳情信美何用，其一例、霜啼露泫。拼今生、冷坐枯吟，年涯暗遣。

雪梅香

春　感

雨初歇，凉云叶叶弄新晴。傍高楼凝望，郊园万绿冥冥。花气如潮上衣湿，柳绵和泪入帘轻。暝烟合，黯淡斜阳，愁满江城。　　伶俜。叹时序，劫后江湖，又几清明。往日风流，忍看画烛银屏。双燕归来似相识，一池吹皱底干卿。知无益，可奈柔肠，枉自牵萦。

（以上选自《冷芸词》，《近代中国史料丛刊续编》影印《湘潭袁氏家集》民国刊本）

齐天乐

庚午初冬，映盦、公渚续举词社，有怀散原丈庐山、苍虬津门。

高楼目送行云远，斜阳断烟离绪。帝所麻鞋，仙都卉服，南北凄凉为旅。高寒院宇。又潮落丁沽，雁回湓浦。两地魂消，短檠搔鬓共谁语。　　浮沤江上聚散，眼中人几换，前度唫侣。瘦菊支霜，酣枫绚日，抱色栖香心苦。哀弦自谱。倩泪滴荒波，载愁流去。唤起灵均，楚骚赓怨句。

（选自《青鹤》第 1 卷第 1 期）

浣溪沙（二首）

王气销沉霸业湮。一溪风月属词人。故应西子有长颦。　　梅鹤不传家国恨，芦鹭空写水云痕。画中幽怨向谁论。

泼墨穷年苦作痴。护持遗迹到荒祠。多情微许夜台知。　　一镜明漪摇古唾，万花晴雪乱秋悲。月中鸾鹤下来时。

（以上选自《沤社词钞》民国二十二年排印本）

齐天乐

咏早蝉

槐阴前度曾听处，泠泠又弦清晓。乍似吟商，还疑恨别，孤说伤高怀抱。风枝颤袅。正新绿才圆，乱红初扫。到耳偏惊，甚时莺燕等闲老。　　烦君相警最苦，举家清似我，幽怨能道。捣练千砧，铿床万叶，和尽秋声更好。凄音古调。笑热不因人，饮非求饱。满地斜阳，唤回尘梦杳。

还京乐

喜苍虬至自海上，宴集同赋，用清真韵

乱愁迸，别后朱弦宝瑟无心理。问廿年霜鬓，为谁不管，韶华轻费。指海天云树，山重水复苍烟委。眺望久，忘洒几许，伤高清泪。　　绕珍丛底。有双双飞燕，呢喃似说，承平歌舞况味。畴知感节哀时，负东风、放尽桃李。纵依前、纷笑靥娇春，凝妆斗水。奈入离人目，相看都是憔悴。

（以上选自《烟沽渔唱》民国二十二年排印本）

朱师辙（10首）

朱师辙（1879—1969），字绍滨、绍宾、少滨，别署充隐，江苏吴县（今苏州）人。为朱骏声之孙，朱孔彰之子。曾入清史馆，历任北平辅仁大学、中国大学、国立河南大学、华西大学、安徽学院、中山大学教授。1951年寓居杭州。善诗词，著有《黄山樵唱》《黄山樵唱续稿》《清真词朱方和韵合刊》。

《清真词朱方和韵合刊》一卷，1953年油印本，前有张宗祥、马一浮、黄宾虹题签。朱氏将宋人方千里的《和清真词》与自作的一百九十五首《和清真词》分别附于清真原作之后，故名。《黄山樵唱》，民国二十一年（1936）刻本，前有邵瑞彭题签、“太岁壬申刊于燕京”双行牌记、哲明序及邵瑞彭序，收1922年以来词作。邵序称：“其词高处有秦、周才思，已入北宋堂奥。余亦方千里、陈西麓之流亚。”《黄山樵唱续稿》发表于《华西学报》，收录朱氏抗日战争期间所作。其身世之感、山河之痛，有过于北平时期，而于词作中引而不发，藏而不露，尤称隽永。

华胥引

秋思，和清真韵

江山留恨，烟月添愁，半凋杨叶。岸曲舟移，芦丛水浅看鹭唼。独有孤楫声声，向晚风咿轧。怅触羁情，夜深谁管寒怯。
波逝华年，感银丝、镜中轻镊。绮怀都尽，浮生沧桑屡阅。懊恼休提前事，任蠹笺藏箧。回首阳关，那堪重听三叠。

徵　招

燕市飘零、倏然廿载，阅尽沧桑，尚无归计。知黄岳笑人也。用白石韵，聊写羁怀。

年华一梦流波杳，栖栖自怜羁士。鬓白已成丝，感河山如此。客情悲老矣。向谁说、落花愁思。翠竹家园，白云岩岫，想来仍是。　　迤逦。古黟山，雄奇处、天然太华平风味。似怨洛京人，负莲峰卅二。碧松应笑尔。怎忘了、漱泉清致。羽书警，极目烟尘，奈缀萝无计。

（以上选自《国学丛编》1931 年第 1 卷第 3 期）

水龙吟

春望，和心畬

东风薰醉江南，杂花乱舞长洲苑。玉人相忆，金莺为说，芳踪悠远。闲眺西山，薄游北海，也堪留恋。奈神洲烟障，仙瀛浪骇，孤舟荡、飘蓬转。　　消息辽阳不断。望风云、鱼龙千变。荒邮重到，香车又睹，应悲春晚。弥漫边尘，凄凉故国，偏惊心眼。更旁皇四顾，平芜莽莽，有离群雁。

满江红

春恨，和溥心畬

惹恨莺声，催春去、暗传消息。垂杨外、灵光犹在，汉家遗迹。阆苑寻芳人已杳，梁园游宴谁曾识。问豪华、销歇旧王孙，罗衣湿。　　尘世事，沧桑忆。感兴废，伤今昔。任瑶阶埋草，荔墙昏日。颓阁空余新燕语，残英只供啼鹃泣。怨东风、吹尽上林花，凝愁碧。

摸鱼儿

甲戌七夕社集，和白石

怅园林、又惊秋到，碧梧飘坠苔井。南楼雨过新凉爽，幽梦暗怀鸳枕。重记省。正今夕、银河照见霓裳整。钗盟恨冷。怪故故愆期，迟迟赴约，欢会少消领。　　痴儿女，遥拜双星炯炯。良宵只是俄顷。悲欢离别寻常事，莫向通明陈请。天路迥。叹万古、云霄一瞥皆尘影。休劳再问。应速写鸾笺，遍招鸥侣，月下对酣饮。

绛都春

蛰园牡丹

芳园砌畔。正酣酒国色，霓裳明烂。认取汉宫，分得天香栽琼苑。盈盈无语含幽怨。怕恩薄、春愁难遣。盛时珍重，潜窥倩影，自矜妆面。　　清眄。仙才妙笔，傍浓艳、漫写锦笺招燕。素帐翠藤，修珮黄薇都零乱。惊心迟莫容颜换。更月照、鞓红羞觍。夜阑初醉归来，瑶台怅恋。

御街行

送春，和心畬

飘绵又扑溪边树。轻送韶光去。空山月落杜鹃啼，惆怅春归何处。金莺苦劝，榆钱偷买，还是难留住。　　青娥极目天涯路。频卜梅花数。良辰孤负惜王孙，惹恨乱红飞舞。清阴昼悄，余芳宵歇，愁听潇潇雨。

（以上选自《词学季刊》第2卷第2期）

南乡子

题　画

升曲嶝，望孤城。路旁无数碧梧生。杖策登临寻古庙。叹幽窈。回首白云空缥缈。

渔歌子

题　画

郭外花香树四围。断桥流水送斜晖。凝把钓，坐忘机。一竿烟雨不思归。

蝶恋花

和张子野韵

芳草迷烟花润露。楼上曦阳，双燕穿帘去。谁识香闺离思苦。晓妆慵整频窥户。　　满眼青青郊外树。万里云天，望断长安路。鸿雁音稀沉帛素。回文欲寄茫无处。

（选自《黄山樵唱续稿》，《华西学报》1937年第5期）

程善之（8首）

程善之（1880—1942），字行安、庆余，别号尘庵，安徽歙县人。执教扬州有年，曾为《新江苏报》主笔。30岁后皈依禅悦，晚年居上海。著有《倦云忆语》《骈枝余话》《印度宗教史论略》《四十年见闻录》等。

鹧鸪天

南楼野望，因过袁宅听中央播音。

燕到江南百草醒。危楼望眼迸寒星。鱼鳞浅水荒荒白，雁字连山宛宛青。　新旧雨，短长亭。愁思历乱入沉冥。曾城消息依稀甚，却累闲人侧耳听。

（选自《词学季刊》第1卷第2期）

长亭怨慢

杨　花

松藤先生谓，自来赋杨花者，皆在辞枝以后，若其嫩黄初吐，弱翠才分时，宛转枝头，亦自缠绵可爱。古来词人题咏，曾未之及，宁非憾事。拈长亭怨慢一阕，嘱为谱之。

旧年时、玉骢嘶处。背却东风，偷匀眉妩。秀甲轻笼，檀云细簇好留住。幽香一缕，笼不尽、烟和雨。刚到杏花时，且莫问、天涯何许。　南浦。看凝珠聚蕊，依约春心无数。蜂衣褪尽，只赢得、宫腰凄楚。青青媚眼可怜生，贴粉额、娇黄无主。镇宛转芳丛，几日短长亭路。

高阳台

寒食天涯，东风院落，一帘疏雨黄昏。蘸暖梔寒，年年线上新痕。愁心只共春潮长，荡纤腰、错认真真。漫消凝，打桨年时，桃叶桃根。　　落花流水无声去，更游骢寂寞，梦绕芳尘。燕妒莺娇，能禁几度眉颦。柔荑未解同心结，逗微波、影又成阴。太匆匆，吹尽香云，便了残春。

菩萨蛮

有　悼

小楼香冷蘼芜路。泪滴红冰无著处。月暗玉钩斜。尘飞系臂纱。　　雁声天共远。霜底秋痕浅。短梦一番醒。难为醒后情。

浣溪沙

有　见

泥枕云鬟睡起迟。春醒余倦透腰肢。笑招新燕说相思。　　浸幕晓光凉似水，过云微雨不成丝。清明一度落花时。

虞美人

绛纱窗下珠绒堕。暗递樱桃唾。记侬生小惯聪明。怪底闲人偏说是多情。　　无端风雨年华暮。催促朱颜故。阑干倚遍怕黄昏。不耐旧人新梦诉温存。

祝英台近

和陈烈妇纫兰乩词，即用原韵

别西楼，忆南浦。远梦迷江树。淡宕游魂，飘遍人间路。几番劫后河山，哀秦诅楚。都只付、白云来去。　　空留住。漫春月又秋花，促把离思误。锦瑟无端，愁绪向谁诉。旧时絮果兰因，从头推数。更恩怨、悲欢何处。

一萼红

悼　亡

立风前。拂漫漫荒草，惨绿杳无边。娲石天销，蓬莱海隔，凄凉莫问当年。指芳尘、弹余冰泪，镇温柔、不似旧因缘。心事他生，悲欢短梦，都付啼鹃。　　天意从来难问，算古今尽有，薄命婵娟。冷露浮光，寒磷荡影，罗襟何处潸然。几多时、碧油经处，便空山、花木暗啼鹃。怕听蜀冈十里，流水涓涓。

（以上选自《南社词选》，《南社丛选》民国二十五年国学社排印本）

丁三在（7首）

丁三在（1880—1918），字善之、子居，号不识，丁立诚第三子，浙江杭县（今杭州市）人。钱塘丁氏世富藏书，鼎革后，善之与兄辅之创制聚珍仿宋铅字版。为南社成员，1915年携兄弟接待高吹万、柳亚子等人同游西湖，各有唱和之什入《南社丛刻》。生前，其诗文遭兵火，卒后，其子搜集遗稿辑成《丁子居剩草》，民国十年丁氏仿宋排印（见缪荃孙《丁子居剩草序》）。

浣溪沙

题西泠雅集照片，次吹万韵

君惯牢愁我郁思。酒痕和泪影差差。莫嗟蘼苢十年迟。　　镜里蛾眉修黛色，画中蝉鬓引乌丝。明湖回首暮春时。

一痕沙

题武林同游照片，次吹万韵

醉梦生生死死。今昨非非是是。大地劫尘余。此身殊。　　喜得相携戚串。放浪酒边吟畔。招隐有名山。待君还。

罗敷媚

寄怀春航

秋风容易吹人老，郎未歌残。侬已吟残。烛影摇红泪墨干。　　记曾共泛西泠棹，相见何难。乍别尤难。月子弯弯两度看。

菩萨蛮

偕绛士、苏新、恨生、亚父、冥飞、展庵，三潭夜泛。

凄凄切切听虫语。萤镫数点随风去。一味趁朝凉。天涯易断肠。　　花香人意静。人影欹花影。欲折并头莲。分开水底天。

浣溪沙

赠恨生

两岸云山十里波。儿家生小住浏河。萍踪海上转愁多。　　南国亲栽红豆子，西湖低唱碧莲歌。夜深可奈月明何。

南歌子

自题三潭对影照片

倒影湖心晕，闲身水面沤。叔兮弟也赋同游。添个张骞天地、寄蜉蝣。　　明月空潭净，斜阳断塔收。亭亭亭外引清流。宛在中央一色、水天收。

迈陂塘

题风木盦凫戏池

楝花风、一江水暖，双双鸟影飞渡。方塘半亩清如许，留得碧毛雏鹜。烟际树。对垂柳、澄波春草斜阳暮。棠梨深处。有反哺慈乌，归来野鹤，俯仰浮生悟。　　茅庵古。翠竹苍松云护。当年吾祖庐墓。红羊历劫灰犹热，一霎感深霜露。今非作仄故。尽大千世界，无地盟鸥鹭。六州错铸。看弱羽随流，妖鳞跋浪，阻绝仙源路。

（以上选自《南社丛刻》第十六集，民国排印本）

关赓麟（2首）

关赓麟（1880—1962），字伯辰、颖人，号稊园，广东南海（今属佛山）人。光绪甲辰（1904）科进士，曾留学日本，历任兵部主事、铁道管理局局长。民国后任京汉铁路局局长、北平铁路学校（今北京交通大学）校长等。工词，组织稊园吟社，编有《稊园癸卯吟集未定稿》《咫社词钞》等。

念奴娇

题张仁甫元群《白门填词图》

秦淮烟月，是南唐二主，按歌遗址。江水东流成绝唱，抗手伊谁继起。西塞元真，雪川三影，莫是君先世。灵和人在，风流度越余子。　　几回戛玉裁云，新声被管，教洗筝琶耳。六代沧桑如梦过，都付丹青笔底。近局壶觞，素心晨夕，喜擘诗筒纸。钟岩北望，梅花村讯开未。近复承和钟山梅花诗，故及之。

念奴娇

题曹纕蘅《移居图》

旧时羁羽，问谁家门户，修椽栖得。故垒春风曾几日，苦费营巢心力。载具车轻，驮书驴瘦，行李匆匆色。城东小寄，素心欣共晨夕。　　今后却过槐庐，停骖携酒，休错扬雄宅。查浦斜街寻尺咫，一样庞眉书客。画幌吟声，琴床静响，往事分明忆。卜居何处，更移十四楼侧。

（以上选自《国学论衡》1935 年第 6 期）

李叔同（5首）

李叔同（1880—1942），原名文涛、康侯，字叔同，号息霜、晚晴老人。佛名演音，法号弘一，浙江平湖（今属嘉兴）人。光绪三十年（1905）留学日本东京美术专门学校，入同盟会。归国后加入南社，任教于浙江省立第一师范学校。民国七年（1918）出家于虎跑寺，三十一年（1942）圆寂。诗词书画兼善，著有《寒笳集》等。

喝火令

故国鸣鹎鵊，垂杨有暮鸦。江山如画日西斜。新月撩人，窥入碧窗纱。　　陌上青青草，楼头艳艳花。洛阳儿女学琵琶。不管冬青，一树属谁家。不管冬青树底，影事一些些。

注：原注："弘一法师未出家时作"。又：上片第四句依谱少2字。

高阳台

十日沉愁，一声杜宇，相思啼上花梢。春隔天涯，剧怜别梦迢遥。前溪芳草经年绿，只风情、辜负良宵。最难抛，月上歌帘，声咽秦箫。　　而今未改双眉妩，说江南春老，红了樱桃。忒煞迷离，匆匆已过花朝。游丝苦挽行人住，奈东风、冷到溪桥。镇无聊，记取离愁，吹彻琼箫。

满江红

皎皎昆仑，山顶月、有人长啸。看囊底、宝刀如雪，恩仇多少。双手裂开鼷鼠胆，寸金铸出民权脑。算此生、不负是男儿，头颅好。　　荆轲墓，咸阳道。聂政死，尸骸暴。尽大江东去，馀情还绕。魂魄化成精卫鸟，血花溅作红心草。看从今、一担好山河，英雄造。

菩萨蛮（二首）

燕支山上花如雪。燕支山下人如月。额发翠云铺。眉湾淡欲无。　　夕阳微雨后。叶底秋痕瘦。生小怕言愁。言愁不耐羞。

晓风无力残杨懒。情长忘却游丝短。酒醒月痕低。江南社杜啼。　　痴魂销一捻。愿化穿花蝶。帘外隔花阴。朝朝香梦沉。

（以上选自《慧灯月刊》1942 年第 7 期）

刘大白（1首）

刘大白（1882—1932），原名金庆棪，字伯贞。后改姓刘，更名大白，字清斋，号白屋，浙江绍兴人。清贡生。曾留学日本，加入同盟会。历任浙江省议会秘书、复旦大学教授、浙江大学秘书长、教育部常务次长等职。工诗词，倡导白话文，著有《旧诗新话》《白屋遗诗》等。

贺新郎

蓬岛神仙薮。正吴刚、谪居限满，欲归时候。玉宇琼楼曾相识，旧侣寒簧邂逅。约相与、同归携手。月里仙僚新眷属，柳丝长、挽作鸳鸯纽。天与地，共长久。　　宾朋笑语殷勤祝。愿从今、人圆月好，更花多寿。笑彼嫦娥偷灵药，争似双栖福厚。待到得、乘风归后。并向扶桑遥指点，系春情、应谢当年柳。今且进，合欢酒。

（选自《东社》1915 年第 2 期）

路朝銮（9首）

路朝銮（1880—1954），字金坡，号觚庵、瓠庵，贵州毕节人。光绪己卯（1880 年）十一月二十日生（见《漫社二集社友题名》），光绪间举人，历任荣昌县署理知县、四川提署及巡防全军行营总文案、官报书局提训等（见《清末民初中国官绅人名录》）。民国后入职清史馆，任教于四川大学、东北大学。1953 年任上海文史馆馆员。诗词书画兼通，曾与赵熙、林思进等结春禅词社。《词学季刊》称其有《觚庵词》未刊。叶恭绰称其《高阳台·白雪》一词有“山中白云遗响”，称《疏影》（寒空敛碧）一词为“正始之音”（《广箧中词》）。

渡江云

遐庵见示沈成章司令招游劳山泛海往还之作，次韵赋柬。

流觞怀太液，旧游梦醒，苍翠失琼华。往岁遐庵曾邀禊饮故都北海，是夏，国都南迁。挂帆东海去，台观凌云，闲访列仙家。阴崖虎豹，蹲险怪、时露须牙。溯怒涛、戈船来往，荒戍黯闻笳。　休嗟。尘封宝箓，露冷星坛，渐亭皋叶下。更几回、松阴观瀑，溅沫飞花。横摩峭壁惊虬舞，留醉墨、余沉欹斜。遐庵近作“潮音瀑”三字，擘窠书于劳山石壁。清兴远、天风漫引灵槎。

疏影

闰老瑑青以月当头，夕宴集聊园。书来索词，赋此奉寄。

寒空敛碧。指素轮引上，光堕瑶席。鹤语虚廊，梅雪初消，闲园共饮嘉客。人生几见清辉满，况寄迹、铜驼坊陌。想是邦、宜住词仙，俊约忍辜今夕。　长恨沧溟浩荡，故人怅望久，难奋修翮。何事凉蟾，独照华颠，点点吴霜凝积。还邀千里婵娟共，映碧汉、玉容犹昔。恐镜中、残缺河山，冷绝影娥消息。

（以上选自《词学季刊》第2卷第1期）

瑞鹤仙

韱孙属咏团城古松

乔柯笼绀殿。是何年、移植冰霜饱炼。苍髯老犹健。傍仙居、琼岛尘氛应远。清阴碧转。锡嘉名、秦宫早换。任洪涛低亚，西风故国，兴亡谁管。　　应念香龛参佛，玉瓮题诗，旧时欢宴。流光似电。龙鳞瘦，岁华晚。倚高城斜照，荒凉垂盖，曾护宸游步辇。待幽栖、辽鹤归来，露梢泪泫。金坡此词作于戊辰春初，时金陵已卜新都，宣南兀自支拄，抚时感事，有弦外音，非流连光景也。松岑志。

高阳台

残　雪

贝阙销银，雕檐吐翠，凤城融湿芳鲜。日暖风尖，能禁几度俄延。墙阴渐露苍苔缝，傍梅根、犹弄余妍。剩春痕，鹤梦惺忪，休讶今年。　　画图催换南朝景，忍凋薷金粉，如此山川。数点霏微，愁心远堕沤边。断桥明灭寒云外，感鬓丝、曾舣吴船。更销凝，铅水无多，付与铜仙。

（以上选自《国学论衡》1934年第4下期）

满庭芳

孙子誉清以元夕词见示，依韵继声。

羯鼓回春，鳌镫彻晓，画屏慵数鸡筹。盛年嘉会，弹指水东流。惆怅孙郎渐老，江南梦、暗触闲愁。蟾辉满，山河似旧，清影镜中收。　　凝眸。延望处，听莺茂苑，放鹤杭州。记孤棹寻芳，前度淹留。戊午上元前后，余亦客吴越间。曾傍梅边弄笛，携尊俎、良夜欢游。吟朋散，歌筵酒醒，寒沁鹔鹴裘。

菩萨蛮（四首）

仲虎寄近词属和，次韵报之。

蟾辉不碍晶帘隔。微黄低映宫妆额。云吐翳初消。重楼闻弄箫。　城乌栖复起。玉宇凉如水。浅晕染罗襟。暗从花气侵。（月痕）

远汀催送孤帆影。寥天一抹苍茫景。惊颤乳鸦栖。夕阳将坠时。　伤高穷极目。愁凭阑干角。何处舞残红。秋林行旅中。（风色）

浓阴忽觉春寒重。催诗未就间吟弄。响待隔窗蕉。愁肠借酒浇。　平池新涨定。剪烛西窗暝。清韵和泉声。汲来纤手烹。（雨意）

炊残数缕林端袅。茶余轻扬帘旌绕。珠箔晚冥濛。楼台罨画中。　碧痕深共浅。苑柳刚遮半。宿蝶梦醒无。笼花欹欲扶。（烟影）

（以上选自《词学季刊》第 2 卷第 4 期）

孙景贤（5首）

孙景贤（1880—1919），字希孟，号龙尾，江苏常熟人。光绪三十三年（1907）留学日本明治大学法律科，曾任职于清政府驻日本长崎领事馆，民国后任职于外交部。工诗词，著有《龙吟草甲乙稿》《梅边乐府》。

浣溪沙

灯　花

手剪寒花怯晓风。留春不住五更钟。九枝芳泪一般红。　　已落犹开心不灭，无情有恨梦都空。那知遥夜亦匆匆。

霜花腴

岁晚重泛秦淮，用云瓿丈韵

旧时柳色，蘸远波，垂垂巧骋纤腰。嘘气楼台，断魂烟水，当年梦影都消。打城怒潮。向晚来、桃楫双摇。看风吹、片月波心，玉盘敲碎乱珠抛。　　佳约素秋同载，过青溪白石，重吊南朝。邀笛舟回，吹箫人去，珠宫暗泣潜蛟。忍拈彩毫。赋五更、灯火河桥。问寻常、燕子归来，几家红袖招。

祝英台近

岱云低，津树暮。寒雁自来去。信宿湖天，寻梦水深处。绕堤都是垂杨，雪消不尽，又浑似、飞花前度。　　望中路。镜波曾照吟身，衫痕涴荷雨。万国兵前，愁看冷红舞。重来载鹤船空，盟鸥人散，只留得、历亭无主。

（以上选自《华国》1926 年第 3 卷第 2 期）

摊破浣溪沙

春事阑珊昼闭门。愁风愁雨到黄昏。玉骨能消消不尽，泪珠痕。　　坐久心随香篆活，梦回身倩烛花温。枕蝶悠扬无觅处，隔宵魂。

风入松

宝月楼

危楼天半不禁风。依旧月明中。女墙阴里千官散，趁柳烟、鞭影匆匆。谁道故宫禾黍，齐看新阙芙蓉。　　玉妃环佩夜深逢。只隔彩云重。从今收拾桃花恨，悟红桑、碧海皆空。唯爱西山晴翠，朝来常扑帘栊。

（以上选自《华国》1926 年第 3 卷第 4 期）

王锺麒（5首）

王锺麒（1880—1914），字毓仁，号无生，原籍安徽歙县，寄居扬州。光绪年间入上海报界，历主《神州日报》《民呼报》《天铎报》笔政。南社社友，长于骈散文及诗词小说，有传奇《血泪痕》一种。其余著作有《太平天国革命史》《三国史略》《三国志选注》《玉环外史》《恨海鹃声谱》《孤臣碧血记》等，大半散佚。

菩萨蛮

绿罗掩口金钗颤。几回梦里分明见。梦醒却如何。泪沾红被窠。　　残灯光若豆。月比人还瘦。扶病剔残灯。天儿还未明。

金缕曲

寄无量

谢子平安否。念年时、归来相见，匆匆握手。抵掌痛谈家国恨，门外霜华如斗。愿壮志、终期不朽。宝剑如虹人似玉，更一杯、痛饮黄龙酒。君去已，莫回首。　　年来我亦飘零久。剩终朝、谈棋说剑，评花问柳。欲谢浮名浑未得，渐近中年以后。只万事、蹉跎如旧。纵有文章惊海内，但无端、腾笑妻孥口。歌一曲，泪沾袖。

摸鱼儿

赠　人

又无端、几番惆怅，是谁将我留住。十年一觉扬州梦，憔悴江南风雨。须记取。偏量了、明珠来作画中语。万般辛苦。趁凉月三更，痴魂一缕，化作杜鹃去。　　珠帘外，红豆东风如故。殷勤说与迟暮。深情一往真愁绝，相见怎能细诉。卿莫误。叹故我、频年结习无寻处。低声嘱咐。倘绝业成时，名山藏就，金屋定深护。

鹧鸪天

有　忆

云作衣裳玉作身。一回相见一销魂。敢言花貌能倾国，但解怜才合感恩。　　心里事，梦中人。罗衾生受几黄昏。千金欲觅昆仑客，又恐红裙意不真。

齐天乐

金诃子

一重隔断温柔界，风流倩他遮护。盎玉凹梨，堆琼发葳，都被轻轻兜住。何堪更注。尚环约银钩，带拖金缕。汗颗娇融，为谁芳晕竟如许。　　年时卿定记取，纵狂郎在抱，欢境初遇。翠袖微扬，罗襦私解，纤手摩挲偷度。魂消个处。记春夜横陈，艳怀全露。皓体鲜妍，片红添媚妩。

（以上选自《南社词选》，《南社丛选》民国二十五年国学社排印本）

徐树铮（6首）

徐树铮（1880—1925），字又铮，号铁珊、则林，江苏萧县（今属安徽）人。为段祺瑞器重，入段氏幕府，游学日本。归来后，历任军事参谋、军马司司长、陆军次长、将军府事务厅长。段氏任总理时，担任国务院秘书长，后自免去。继而拜西北边防总司令、远威将军。后去官寓居上海，1925 年由京回沪途中遇刺身亡。徐氏为段府智囊，有“凤雏”之称。著有《碧梦龛词》。

《碧梦龛词》一卷，民国二十年（1931）刻《视昔轩遗稿》本。《视昔轩遗稿》，前有牌记、王树枏《远威将军徐府君家传》、段祺瑞《陆军上将远威将军徐君神道碑》、柯劭忞《远威将军陆军上将萧县徐公墓志铭》及目录，第五部分为《碧梦庵词》，下缀小字“始戊集”，词作编排以年为序。叶恭绰论其《忆旧游·题〈西山纪游图〉》词云“壮采幽奇，神游象外”（《广箧中词》）。钱仲联称：“近代武将能词，碧梦庵殆推翘楚。”其《金盏子·题姚少师为中山王作山水卷子》一词，为朱彊村所激赏（见《今传是楼诗话》）。

六　丑

石田翁画卷《西山归棹图》。姚石甫先生谪蜀，张松寥举以赠行。乙卯四月，先生孙叔节解元同客京师，出以属题。

正孤帆半卷，向十里、青山吹笛。送春未归，移舟先送客。客去春寂。怕说江南路，路旁丝柳，颤垂垂千尺。山程水驿牵行色。梦里惊波，瞿唐远谪。回头太湖遥隔。剩愁鬟七二，空际凝碧。　　春归谁惜。恰浮家泛宅。怪底飞红蚤，难再觅。疏钟慢打云隙。遍孤山寺外，夕阳如泣。愁深浅、酒怀宽窄。都分付、一剪吴淞腻染，绢花微湿。风飘去、莫问踪迹。待夜潮、暗长还吹送，冲烟片席。

兰陵王

白　梅

冷时节。多少零枝碎叶。孤山畔、烟瘦雨枯，谁耐高寒伴江月。园林傍水郭。痴绝。偎檐冻雀。红阑外，笼袖倚晴，新靥迎霜破娇萼。　　瑶华认依约。颤缟袂天风，飘坠琼雪。陇头欲寄芳心折。送一抹斜照，半溪流水，飞香逐梦过旧壑。便归去骑鹤。　　东阁。动清酌。更嚼蕊吹花，春镜玄发。灵襟不闷长生诀。聚玉媚珠笑，照人娟洁。遥怜尘艳，未换骨，太脆弱。

金盏子

姚少师为中山王作画卷

风雨龙飞，望蓟门烟树，九边雄阔。鹅鸭起军声，偏天道，民心老僧能说。那知画里功名，早虚空飘忽。休更问，金陵大功坊畔，柳花如雪。　　销歇。吊勋阀。揩倦眼，纵横王气竭。无人愿骑战马，难重遇，天生病虎侠骨。坐看万里江山，只春风鹍鸠。朝寒悄、谁管细雨侵帘，燕子愁绝。

迷神引

《嵩云灵觋图》，乡先辈尹杏农先生奉命祭中岳作也。壬戌七月五日赋题。

莫笑行云无觅处。梦隔海东苍雾。秋罗细展，堆鬟春波注。美人魂，英雄胆，向天诉。冉冉冲涛起，迷硐树。湿翠一程程，送归路。　　醉俯嵩高，万里中原暮。看九州烟，如龙虎。试招飞鹤，碧霄迴、流霞翥。待夕阳收，轻雷动，便为雨。舒卷不随风，盈大宇。出岫亦闲情，自今古。

寿楼春

春夜偕叔明，携儿子审交，同集徐凌云宅。坐客徐静仁、俞振飞、项远村、馨吾兄弟、李旭堂、徐念萱，皆曲坛巨子，乐工数人间次以坐。当歌对酒，万情酣适，俯仰宇宙，诚不知何者可哀，何者可欣。彼牛栏马皂中，鸡虫得失，更复何预吾事。主人藏酿至美，客多健饮，余虽禁杯数岁，引满亦豪。因请以酒与曲，互角胜负。于是负者举釂，胜者抗喉，争唱迭和，乐而忘醉。夜漏三下，始勉抑余兴，坚订后约而罢。十年来，朝野辛苦，尘俗满胸，今乃得此雅集，不可不有咏以为之记。适主人出先德棣山公画册索题，遂填此解，书而归之。册作草虫花鸟，设色极工，成于甲子秋，是为同治三年，今恰周甲也。甲子二月树铮识。

临江城闻笳。正东风燕子，身是天涯。肯负侵宵清吹，泛瓯流霞。云未敛、轻阴遮。怅故园、春寒迟花。趁素女凝弦，金槽按板，飞恨寄龙沙。　　宫商换，星蟾斜。倚钗鸾瘦笛，蕃马哀琶。细认秋檐纤绢，雨沉墙蜗。增怨抑，追芳华。度暗愁、江南无家。笑阑角铜丸，风流谩夸腰鼓挝。

忆旧游

《西山纪游图》，翁君克斋作于己未秋，同游者毕节周澍园培艺、湘阴左南荪念恒、仁和朱去非是、新城王法生孟戌。图后留题者，桐城姚伯纲纪、吴砚山琊，铅山胡诗庐朝梁，会稽王书衡式通，皆曾预西北之役者也。图成，余将有题，以事未果，遂积数岁。今春克斋南游，携此图自随，既索儿子审交题字，余适见之，临风展视。谛审同人踪迹，知诗庐物故，余皆散走四方，且谋衣食。书衡年辈最长，闻方落拓京师，贫不自聊，而余揽镜徘徊，亦不觉惭星两鬓矣。枨触昔游，率题此解归之。甲子六月树铮并识。

正疏帘挂午，曲沼通凉，倦客江南。梦远龙沙雪，带霜蹄十万，酒褪春衫。故人旧同游处，青绿满生缣。问莺老西湖，云迷渭水，幽恨能添。　　停骖。送斜照，认碎玉泉流，潭柘精蓝。对影空凝睇，料禅香诗鬓，轻付尘淹。蓟门几丛烟树，飞雨暗花龛。怕细语天风，惊回怨鹤秋睡酣。

（以上选自《碧梦龛词》，《视昔轩遗稿》民国二十年刻本）

徐沅（15首）

徐沅（1880—1936后），字芷升、芷笙，号姜盦，自署珊瑚村人，江苏吴县（今苏州）人。光绪甲午（1894）科举人，癸卯（1903）经济特科进士，曾任山东聊城知县。光绪三十三年（1907）官直隶候补道、直隶洋务局会办。宣统三年（1911）任津海关监督，民国二年（1913）兼任外交部特派直隶交涉员。曾从左运奎学词，为须社成员。著有《珊村语业》《小薜荔园词钞》。

苏幕遮

词社初集即事

雨蒸梅，人泛梗。笛侣音稀，相望吟窝迥。短策重寻芳杜径。碧涨池流，几簇疏星映。　　茗魂清，花梦靓。芳润园林，一派词人境。澹澹荷香阑耐凭。初月笼云，天入重楼暝。

蝶恋花

咏秋蝶

翠幕新凉霏露屑。风子寻来，小院清香别。扑粉唐宫芳序歇。媚黄还舞金风节。　　辛苦怜伊花底活。蕃锦飘残，力薄难收拾。绕遍兰丛霜一抹。相依飞趁青陵月。

摸鱼儿

戊辰七夕，和石帚韵

卷银湾、步虚歌起，一笛作平飘度榆井。琼窗旧缀花瓜戏，消受素馨凉枕。欢绪省。记窥向、云帱雾幌妆晚整。游蓬梦冷。早嫩约无凭，微波倦托，翠被遣愁领。　　空中语，昨夜星辰对炯。罗云流照千顷。天孙浪与人间巧，多事聘钱酬请。桑海迥。几电笑、黄姑历乱环珮影。灵槎漫问。只闷晒秋芸，闲陶逸斝，随分月泉饮。

齐天乐

咏秋镫

风釭颤焰秋如梦，秋怀荡摇无据。苡阁燃春，榉屏绘艳，都是曾忺情处。芳尘暗数。尚省识栀帘，那人修嫭。一穗垂花，嫩凉转篁旧欢误。　　游蓬孤笑旅鬓，玉荷无赖甚，空映霜素。把剑挑愁，笼纱拥睡，人瘦黄昏庭户。兰成倚暮。但薄弄寒青，自娱词赋。夜缵南濠，百城烟棹阻。

玉京秋

咏残荷，依草窗体

鸳梦阔。临秋怨风露，碎妆韾切。太液池头，记邀宴赏，重台千叶。娇极真妃浴罢，曳霓裳、还舞回雪。旧情别。闹红前事，冷鸥空说。　　徙倚横塘寒怯。堕婵娟、玓零珮缺。泪渍铜仙，云沉玉蛛，嫣香销歇。万柳堂空，早过了、花底妍歌时节。晚蝉咽。愁弄兰桡荡月。

南楼令（二首）

待　月

中酒木犀天。桐阴金井寒。忆秦楼、梦断年年。避面姮娥如有恨，问清影、几时圆。　　漏静坐枯禅。添香炉费烟。缓修箫、且倚阑干。看足镫昏花暝候，已无意、说婵娟。

扶梦上南楼。高寒栖古愁。拨残薰、心事闲兜。眼下繁星都不是，只昏树、乱鸦投。　　旷宇冷修修。迷藏白玉瓯。几吹镫、闲话蓬洲。未必流云长点滓，要著作平意、卷帘钩。

霜叶飞

赋落叶，用梦窗韵

瘦吟无绪。孤桐涩，微闻声递林树。卷帘人悄一襟凉，秋沐亭皋雨。暝色入、鸿天乱羽。斜阳髡柳关河古。正闷校残书，有扫径、园僮笑我，鬓华添素。　还省屐响疏林，旸台晚眺，冷枫红艳曾赋。旧题僧壁罥苍榛，不记龛灯语。几莽却玉河翠缕。苓枝风曳寒蝉去。但暗寻、师涓恨，一曲吹蓬，是愁深处。师涓有《落叶吹蓬曲》，出王嘉《拾遗记》。

百字令

柳墅感旧

荒湾冷墅，倚斜阳凄对，一潭幽绿。老柳垂丝如有恨，曾系当年仙舳。梦影离宫，沙痕旧顿，浪卷龙吟曲。清笳吹暝，白鸥飞下愁宿。　为数畹晚关河，兵尘过处，尽废池乔木。树色连京潮送海，风战云津孤鹜。马队霜芜，蛮薰日冷，野屐寻遗镞。灵和谁问，苦篁烟际歌续。

金缕曲

咏寒鸦

流水残云暮。莽关河、愁占北信，冷烟封浦。万点争巢怜伊健，墨染琼林素缕。正鹤讶、尧年情苦。不惜堕枝飘穷海，惜枯梢、踏折来风雨。三两点，怯霄宇。　春城梦影空前度。几相思、墙东鬟发，一般娇妩。白雁清江人老矣，斜照枫明古渡。早垂翅、回溪无数。霽檕黄昏帘栊悄，黯诗情、飞过昭阳树。还有日，玉颜睹。

东风第一枝

咏唐花

暖坞红霏，晴檐白醉，偷春先按芳序。不著作平须曼天香，却破智明偈语。《五镫会元》：智明偈"鸡教枯树再生花"。冬烘小缀，似酒助、衰颜成趣。暗恼他、旸谷生涯，少历霰霜坚苦。　　曾几日、照屏绚户。怜半晌、罥帘漂俎。但成露幻欢华，那是岁寒伴侣。书空浓笑，认唐字、娇娘心误。李昌谷《唐儿歌》。让一树、潇洒园梅，炼雪自标清妩。

汉宫春

咏新燕

柳甸初稊，认颉颃双剪，穿递风梢。襟痕嫩红才刷，入作平画芳韶。踏作平枝欠稳，恁呢喃、偏惯争巢。愁一带、雕梁涴尽，旧家多化蓬茅。　　有客酣春临怨，讶司分来集，舞弄劳劳。李昌谷《二月》诗："蒲如交剑风如薰，劳劳胡燕怨酣春。"怜伊羽毛未满，轻掠云高。尘迷汉苑，问仓琅、野啄谁教。凭又忆、镫笺影事，曲中乱谱南朝。

蓦山溪

寒　食

润花新雨，夕涨溪流活。野处断饧箫，但相替、清斋诗钵。空庖冷菜，曾与引高吟，今得酒，更传笺，颇诧酬芳节。　　珉麋珠馅，“珉麋珠馅愧颁宣”，宋子京《寒食诗》。华宴都销歇。莫问旧京尘，只愁入、寒镫素发。天涯又忆，桃坞柳丝乡，烟水黯，不能归，空梦金昌月。

买陂塘

题《渔洋山人戴笠图》

向清斋、酒阑征画，悠然神韵如遇。风流蚕尾尚书近，宋牧仲诗称为蚕尾尚书。相引衍波琴趣。公博取、向饭颗山头，戴笠还寻甫。丹青处处。问荪友题真，程鸣写景，卷轴纷何许。梁溪严荪友为公写真，程鸣为公作《夫于亭》及《绿杨城郭是扬州》图，皆见公自述。　　修箫侣。胜日吟簪莫数。如今池北尘蠹。鸿胪宵貌樵风赞，是图为禹鸿胪所作，近文叔问作赞。宵貌，见《汉书》。剩得云霄一羽。今望古。经几度沧流，未废闲词赋。花阴又暮。正白发伤春，青镫话旧，梦泛锦湖雨。

忆王孙

咏秋草

弥望霜芜风色紧。烟漠漠、一天秋恨。玉骢散去野鹰团，总莫问、王孙讯。　　琼阴极目飘金粉。谁念得、旧时芳俊。江郎赋别渺春波，却又著、相思引。

（以上选自《烟沽渔唱》民国二十二年排印本）

叶玉森（15首）

叶玉森（1880—1933），字镔虹、荇杉，号箓渔、蒗渔、菾渔、中泠、中泠亭长、瘦叶，江苏丹徒（今镇江）人。宣统元年（1909）优贡。曾留学日本早稻田大学、明治大学。民国七年（1928）后，历任滁县、颍上、当涂等县知事。民国十九年（1930），任上海交通银行总管处秘书长。叶氏工于诗词书画、长于甲骨学，为南社社友。著有《中泠词卷》《春冰词存》《水箓花馆诗文词集》《啸叶庵词》《戊午春词》《和阳春集》《和东山乐府》《和清真小令百首》（见郑逸梅《南社丛谈》）。

《啸叶庵词集》两卷，宣统元年刻本，包括《樱海词》《桃渡词》各一卷。有丁传靖、吴清庠序，李恩绶跋。《春冰词》两卷，作于辛亥年。曾得朱祖谋亲为校订，存一卷五十二首，名为《春冰词存》。有民国元年（1912）《南社丛刻》第五集本（见《浪淘沙·用沤尹韵，自题〈春冰词〉卷后》）。其中词作，又曾被抽出一部分发表于《太平洋报》。（见柳亚子《答程劲波》）《戊午春词》一卷，与袁天庚、胡壁城合著，民国七年（1918）石印本，前有张志题签的"民国七年印于安徽安庆"牌记及序文一则。叶玉森词集众多，版本复杂，吉林省图书馆藏其《和东山乐府》一种，版本不详。《袖海集》也附有"诗余"数首。其他如《和阳春集》《和清真小令百首》等皆少见著录。

丁传靖称叶氏词“矜炼中有流逸之致”（《啸叶庵词序》），钱仲联称“箕渔词藻采飞腾，才气亦大”（《近百年词坛点将录》），总体评价较高。

长亭怨慢

香冢之侧，有鹦鹉冢在焉，用白石体吊之。

又拖屐、荒烟皴处。小碣摩挲，字题鹦鹉。倦倚风阑，绿衣说偈更何许。蜀鹃啼汝，啼不到、家山树。故国断魂飞，怕湿透、满身红雨。　　痴诉。记玉妃并辇，枉惹六宫人妒。知音有几，算赢得、狂生一赋。乍认是、眼底荆驼，恰分了、江亭千古。对乱局茫茫，环珮归来愁语。

南　浦

和玉田“春水”韵

风剪脆冰声，暖溶溶、渐被沉鱼知晓。新碧泼天流，尾潮回、历乱繁星齐扫。无情柳色，照来也觉颦眉小。一夜潇湘清似泪，蕉萃美人香草。　　桃花闲扑渔罾，好烟波、野鹭沙鸥分了。何处借扁舟，仙源路、万一梦魂飞到。江湖浩渺。送君南浦忧心悄。放眼危楼迷鸭绿，愁绝夕阳红少。

小梅花

奉和樊山社长“观梅郎演《木兰从军》新剧”之作。

统统鼓。仙仙舞。九华灯底边烽举。锦氍毹。锦襜褕。飞骑骏马，不要阿爷扶。挥戈誓断匈奴臂。羞煞穴中酣斗蚁。度燕山。铁衣寒。除却黄河，识得两眉弯。　　胡儿哭。降城筑。功成但乞明驼足。脱宝刀。脱征袍。当窗理鬓，依旧美人娇。十年火伴惊相语。四座风魔惊且顾。好花娘。好梅郎。前身何是，并是杜兰香。

（以上选自《戊午春词》民国七年石印本）

甘　州

夜渡太平洋

乘长风、夜渡太平洋，狂歌太平谣。听雷鸣雷吼，挟舟龙健，破浪鲸豪。那管珊瑚礁岛，逸气入云高。把剑低回看，海若应逃。　　试问雄飞战史，有几家血泪，几种哀潮。是分明祸水，飓母扇惊飙。待何时、波魂涛魄，化中流、铜柱压天骄。楼钟震、早榑桑晓，海日红烧。

浪淘沙

用沤尹韵，自题《春冰词》卷后。

愁共泪花零。梦续春镫。鱼龙不解碎冰声。且向潇湘寻杜宇，肠断能听。　　便醉忍无情。风雨纵横。昨宵太白一星明。收拾骚心谭剑气，眼底丰城。辛亥春仲，羁迹吴门，成《春冰词》两卷。全用《庚子秋词》韵，寓言十九，聊写心忧。沤尹先生见之，允为斠校，并赐题词。爰最存五十二阕，颜曰《春冰词存》，藉志词仙盛意云。共和纪元春二月，识于吴中瓠盦。

扫花游

小楼夜闻屐声

小楼一角，正雨过神山，月明如水。纸窗澹娟。尽阑钉碧黯，转怜幽意。吠起花尨，偏似桐罨又起。怎知是、有凤屧仙娥，深夜游戏。　　低回思往事。自响屟廊空，更无西子。冷团絮被。早天涯倦旅，梦魂先碎。只惜声轻，莫唤寒山睡里。定无寐。听铜龙、坠残清泪。

疏　影

品川秋柳

春风吹饱。早秋风瑟瑟，蝉鬓吹老。眉倦低人，腰怯依人，凄绝品川斜照。狂花醉絮当时事，剩枝上、莺儿残爪。看白蘋、又着瑶华，生恐鹭鸶偷笑。　　孤负万千金缕，鞭丝任瘦尽，争奈愁拗。料得楼头，枫叶芦花，换了眼中图稿。天涯一例成摇落，谁解识、缠绵孤抱。问玉关、边柳衰红，零落燕支多少。

菩萨蛮

赠易盦

东风三月杨花雪。杨花愁绝春无力。消息盼何时。回风吹上枝。　　流莺啼不得。衔着杨花泣。莫谩怨王孙。王孙未断魂。

菩萨蛮（十选其二）

花边苦说沧桑事。骊龙自抱娇鱼睡。玉笠画棋枰。中心那得平。　　遣谁驱海水。中有鲛人泪。泪已不成珠。可堪和泪枯。

伯劳东去声何苦。白头乌又啼珠树。呜咽奈何歌。频伽奈若何。　　落花知命薄。敢怨回风恶。回首望蓬山。虚无缥缈间。

金缕曲

青溪访张丽华祠

独自秦淮步。问斜阳、灵旗翠羽，都无是处。桃叶尚留题字在，的断后庭琼树。还记得、渔洋诗句。惟有青溪呜咽水，似千年、犹怨韩禽虎。零落尽，旧祠宇。　　桂宫谁识姮娥苦。忆当年、朝朝暮暮，霓裳慵舞。智井落花吹又上，翻怨东风无主。早拼逐、西施鱼去。狎客风流亡国影，让美人、一笑成千古。江令宅，更何许。

浣溪沙

一线银河玉宇秋。尽他千万客星游。可怜垂泪只牵牛。　　说与嫦娥佯不解，羽夜催舞上琼楼。广寒宫曲谱无愁。

木兰花慢

清明日薄晴不温，申之夜雨，时秀夫、醰园次第北上，黯然赋此，离绪棼如。

秭归啼不住，寒食了、又清明。早杏靥销红，梨涡减素，寂寞帘旌。青春去如逝水，幸眼前犹未绿阴成。潦草六朝梦境，飘蓬二月江城。　　流莺。已自牵情。况客里送人行。便商量花略，安排酒阵，难破愁兵。黄昏柳绵飞上，看天涯能有几分晴。偏是一宵苦雨，做成万种秋声。

大　酺

眉孙南来，就津浦路局译席，某日约游韬园，为风雨所阻，示予此解，依韵酬之。

又梦云寒，啼雨湿，幽咽虫声花息。春魂方似茧，蓦缫成飞絮，滞人行色。买杏娇辰，吹蘋嫩约，依旧燕南鸿北。盈盈秦淮水，尽离愁涨满，不成圆折。况小墅尊空，大堤车断，更无人惜。　　鹧鸪行不得。放晴了、还听刍尼说。剩一半、东风未掷，万紫千红，且商量、看花时节。乍熟旗亭酒，怕冷却、柯亭横笛。谩憔悴、芳华歇。携手寻乐，行就莫愁家食。黛湖料君久别。

水调歌头

眉孙冒雨乘汽车入城，梦书亦自邗江来，因偕往酒家觅醉。越日晴霁，乃同游莫愁湖，桂轩、师孟、髯泽、均芙与俱，爰狂歌记之。

三万六千日，过眼若奔雷。醉乡大好，何妨三万六千回。况是六朝佳处，难得一楼旧雨，不醉更何为。寄语杜鹃鸟，休道不如归。　　君见否，原上草，绿离离。少年行乐，送春容易晓钟时。莫诵哀江南赋，且唱大江东去，铁板为君持。酒杯忽然掷，天雨万花飞。

（以上选自《南社词集》民国二十五年开华书局本）

袁思永（12首）

袁思永（1880—?），字无咎、巽初，袁思古兄，袁思亮从弟，湖南湘潭人。曾任浙江候补知县。民国期间任浙江海关监督兼宁波交涉员。著有《茧斋诗馀》。

《茧斋诗余》，有民国三十一年（1942）道县民众书局刊《礼阏邮斋诗存》本，署“袁思永自定稿”；另有总相宜馆自定本，民国间石印，封面“茧斋诗馀”由舒国华题签，刊行时间未详。两本皆收录于《湘潭袁氏家集》。后者收词多于前者，且有重复。其词多作于抗战时期，兴亡之感及乡关之思浓厚，有沧桑郁勃之气。

江城梅花引

中秋对月忆杭州

危栏独倚俯江州。水东流。月西流。对月怀人，无奈是中秋。地尽楚南多石处，尽无数，剑铓山、不割愁。　　割愁。割愁。愁更愁。在潭州。忆杭州。一片一片，往日事、云影悠悠。为问吴山，兵火甚时休。浊酒且拼今夜醉，凭梦到，上钱江、第几楼。

秋夜雨

残灯一萼垂红穗。偎人长夜无寐。疏棂风过处，又暗雨、衔来秋味。　　凄凄响彻高梧叶，似诉伊、为我憔悴。枕畔声更碎。黯滴是、离人清泪。

八声甘州

秋　感

泛清潇弹指四经秋，怎禁此离怀。试登高望远，吴江木落，越岫云开。阵阵排空过雁，嘹唳不胜哀。凄绝斜阳里，多少楼台。　　苦恨干戈满地，总沙场白骨，铁马黄埃。把妖氛净扫，深仗补天才。问何年、楼船破浪，驾六鳌，横海踏蓬莱。好容我、醉樱花底，唱凯归来。

虞美人

重阳，寄郑曼叔桂林次韵

梯云岭名独自登高处。却忆携樽侣。佳辰休怨客中过。占得南天一角好山多。　　乡关痛定思兵火。此恨君同我。漓湘合并一江流。夜夜滩声推梦下潭州。

天　香

咏纸卷烟。按樊榭词序云：“烟草，神农经不载，明季始自吕宋移植中土，名‘淡巴菰’。食法细切如缕，灼以管而吸之。风味在曲生以外。”可见此物在当时已流行如此。今则纸卷烟癖嗜更盛，国外输入与国内自制岁税，为国库一大宗。笄女髫男，人怀一箧，近日价贵，所耗尤巨。然茶余闲谈，灯下苦吟，爇以磷柴，肆意吐纳，亦足以宣郁破闷，藉助清兴。余颇有此癖，暇日读樊榭词，率尔次韵追和，聊以自遣。

棋局敲残，茶寮品罢，温风媚转香草。玉楮匀裁，金丝细切，异样卷筒枝小。轻衔浅吸，怕息息、吹将花恼。抽向莲灯影畔，非非翠烟同袅。　　磷柴不嫌价峭。度幽馨、鼻端闻饱。拾取春宵醉后，啮唇红悄。吐作柔情万缕，纵寸寸、成灰也难了。不断生香，锦囊在抱。

浪淘沙

和潜弟寄怀韵

烟树郁连冈。暮霭青苍。老怀憔悴为春伤。心是万山囚不住，飞渡营阳。　　多难更思乡。客感悲凉。梦醒遥夜月窥床。便欲见君须缩地，待觅神方。

（以上选自《茧斋诗馀》民国三十一年道县民众书局刊《礼阏邮斋诗存》本）

木兰花慢

和帅南九日书怀

夕阳衰柳外，只白发、敌高秋。看历乱黄花，飘萧红叶，独倚危楼。苍茫感怀世事，问何年得释杞人忧。一霎裘衣寒重，大风掀起蘋洲。　　桑田可待命能留。此外复何求。且闲置兵符，销沉剑戟，料理渔钩。持螯笑浮大白，向酒中权领醉乡侯。岁晚沧江一卧，相忘诗敌棋仇。

木兰花慢

登豁蒙楼远眺，书感

一层楼更上，趁薄醉、倚危栏。望险堑龙蟠，崇关虎踞，大好江山。神州陆沉怎忍，待英雄横海挽狂澜。记否六朝金粉，南都北地偏安。　　朱轮翠盖自班班。甚事与卿干。把纸上经纶，刀头策略，冷眼偷看。浮云暗笼幻影，在乱鸦衰柳夕阳间。剩取秋光一抹，栾花红破愁颜。鸡鸣寺有栾木数株，秋深作花，红艳可爱，为他处所无。

归田乐

湖堤春望

雨过晴云卷。隔西泠、画船归缓。湖风扬轻暖。水满对酒满。月满花满。只惜年华暗流转。　　堤莺歌委婉。怪翠柳、怎生眉不展。游丝戏揽，试比情长短。望远尽草远。树远天远。辜负春光有谁管。

台城路

和姚菀美湖上韵

鹤归城郭还相似，人民奈何如此。双堤宝马，八寺香车，谁省湖山真美。吾今老矣。任历乱书床，支离琴几。藕孔横窥，眼中寥落皆余子。　　郊原犹峙战垒。强情娱乐半，啼笑相倚。舞榭回灯，歌台顾曲，恨念萧墙荆杞。忧能自已。愿酒袚愁肠，花湔恨泪。复我升平，扁舟烟水里。

促拍丑奴儿

栖霞山看红叶

霜信动高寒。醉枫林、叶叶金丹。离披佛顶岩前路，人来画里，明霞晚照，掩映朱颜。　　花事一年残。剩红情、且当花看。回眸忽讶伤心色，吟鞭北指，无穷战火，血染关山。

水龙吟

游西溪，用姚莼美月夜韵

旧游重到西溪，白头人共芦花老。林枯石出，水涸桥平，寒砧自捣。破寺寻碑，荒龛谒主，风流冥邈。望云山缥缈，松涛递响，如相和、悲凉调。　　落叶空阶谁扫。剩霜枫、嫣然红巧。野屋临流，渔村隔岸，小舟宜讨。妙绘图开，清词曲按，秋英餐饱。倚杖微吟、诗成一笑，梦池塘草。

（以上选自《茧斋诗余》民国间总相宜馆自定本）

周演巽（5首）

周演巽（1880—1922），字绎言，浙江山阴（今绍兴）人。有夙慧，十岁能诗，善画山水。著有《慧明居士遗稿》《雏蝉胜稿》《雏蝉居士诗词集》。

金缕曲

归绍兴故里，寄怀褚迦龄杭州。

鉴水春无岸。问孤舟、离乡几载，却怜乡远。禹庙兰亭疑梦里，蜡屐登临难遍。又何事、潸然哀感。目极稽山青叠叠，只思君、莫寄花前柬。飞不到，圣湖雁。　　鲙鱼买酒堪消遣。甚频频、高楼烛底，红添啼眼。乍去旋来原小别，累尔柔肠千转。更休倚、银笺题怨。依恋寻常儿女意，祝冰心、长把清愁划。剩此意，为君勉。

摸鱼儿

刘庄饮集

向东风、燕娇莺婉，明湖无际春晚。髻螺眉翠临寒镜，睡起晓山妆懒。愁暗远。带一片、平芜楼外情何限。垂杨莫绾。剩忆旧心怀，伤离滋味，薄暮只凄黯。　　新来暖。漾入桥边波软。画桡斜日堪唤。钗光鬓影缃桃侧，语笑频闻递盏。凭曲槛。看塔影、沉烟屿外浮尖短。催归缓缓。时有邀登岸观剧者。望鞠部新场，都巡旧地，灯火万星灿。

氐州第一

帆　影

暂置双桡，细占五两，枕流且藉风顺。乍远汀湾，还移岸渚，却有轻鸥闲引。摇漾澄波里，时掠高楼帘影。一任迟回，不渡芳塘，睡鸳眠稳。　　几度潮回难辨认。更薄雾、空江疑暝。入树侵莎，穿菱拂荇，只与斜阳相趁。谁怜离魂黯处，催千古、征程凄迅。指点天涯，共一片、客愁无尽。

减字木兰花

音书难寄。心绕云山千万里。镇日恹恹。离恨才销病转添。　　春声窗底。寒雨无情敲不止。谱笛谈棋。佳夜怎禁忆旧时。

高阳台

纪　梦

海底珠光，春残茧绪，销沉旧恨多时。待理琴心，夜凉瘦到冰丝。炉香定解青冥意，尽飘零、那便伤离。暗凝思、曲曲阑干，花落谁知。　　无端怨泪帘前映，有吟魂迤逦，悄倚红蕤。坠月疏钟，顿教竟夕猜疑。人生梦觉都成幻，任前尘、何许凄迷。陡醒来，簟冷窗虚，月暗天低。

（以上选自《慧明居士遗稿》民国十三年排印本）

李遂贤（4首）

李遂贤（1881—?），字仲都，号寄堪、吟香居士，江苏吴县（今苏州）人。作者生年，《中国近现代人物名号大辞典》作“1881”，一说生于光绪七年（1871）。据作者词籍编排顺序，《海棠春·四十二生日，哈尔滨大雪……》一词作于壬戌年（1922），故生年应以1881年为是。关于卒年，有作“1939”，未详所据。李氏为清末秀才，幼治金石之学，1908年浙江法政学校肄业。民国元年后，供职于京绥、京汉、中东等铁路交通部门，曾于1928年至1932年兼哈尔滨法政大学讲席，1935年后退居北京。通音律，与洪炳文有金兰之谊。

有《懊侬词》一卷，民国庚午年（1930）排印本。前有“庚午孟冬印于哈尔滨”牌记及作者甲子年自序。其父有《絮影词》，推张炎为正宗，以教遂贤。《懊侬词》收词起于1910年，止于1930年（其中杂有《遁园曲》一首）。前期之作以苍茫激楚为主调，不负乃父之望。后期多有无聊赖之词，语意犯复，味之索然。

满江红

北海琼岛在西苑太液池中，即金元琼华岛，奇石累累，宋艮岳之遗，自汴中辇至者。

太液池边，曾怅望、琼华瑶岛。此地是、蓬莱清浅，尘飞不到。广殿修廊环古寺，奇峰怪石凝荒草。想当年、粉本出金元，沧桑稿。　　登佛塔，抒长啸。瞻故阙，空凭眺。只残山剩水，秋风斜照。台榭参差人影乱，宫墙睥睨云烟绕。倚垂杨、指点话兴亡，听蝉噪。

水龙吟

九月下旬，闻风声有感

晚来划地惊飙，满空响籁骚然厉。无心为雨，多疑酿雪，怪他天意。万树凋零，众芳摇落，那堪憔悴。况边声凄紧，塞云黯淡，一阵阵、哀鸿唳。　　客梦京华省记。怅西风、每年如此。销魂今又，兵烽草木，天涯无际。冷冷清清，萧萧瑟瑟，频添愁思。听笙歌几处、红楼翠幕，人间何世。

凤凰台上忆吹箫

湘乡谭子步溟精音律，其师临川曹子玉授以古箫。曹得之吴雨村，吴之先人得之吴中市上。时为康熙中叶，盖二百余年物也。

琴剑天涯，山河故国，十年搔首京华。任豪丝哀竹，繁响争哗。休问短长清浊，黄钟毁、正变都差。空听说，云璈凤琯，仙镜飞霞。　　堪嗟。又谁知道，有一管玲珑、赤玉传家。数潇湘风月，茂苑莺花。惆怅贞元佳话，而今是、满地悲茄。甚情绪，和君还只，闲拍红牙。

蝶恋花（五选其一）

九秋养疴京师，用医言，日常游散，辅药所不及。小作清游，前尘若梦，各赋一阕，聊以写怀。

万寿山昆明湖

罨秀坊前游幸地。依旧湖山，一望秋无际。贝阙琳宫犹壮丽。沉沉金碧凝空翠。　　阅遍繁华成往事。眼底云烟，曼衍鱼龙戏。立尽残阳愁梦里。无人省识登临意。

（以上选自《惃侬词》民国十九年排印本）

刘冰研（23首）

刘冰研（1881—1951），字冬心，四川华阳（今属成都市）人。先后入吴佩孚、邓锡侯、刘湘幕府，曾任《天声报》社长兼编辑。著有《山阳笛语词》《尘痕烟水词》《江山帆影词》《翦淞梦雨词》。

《山阳笛语词》《尘痕烟水词》《江山帆影词》《翦淞梦雨词》各一卷，民国二十一年（1932）排印《寒杉馆丛书》本。前有袁钧及莲叟题辞。《山阳笛语词》收甲子（1924）至戊辰（1928）以后词。前有何振羲（署"六朝金石造像堪侍者"）题签、于右任及樊增祥题辞。《尘痕烟水词》收己巳（1929）、庚午（1930）之间词，前有何振羲题签及序。《江山帆影词》收戊辰（1928）至庚午（1930）词作，前有何振羲题签。《翦淞梦雨词》主要收录戊辰（1928）至壬申（1932）间词作。

刘冰研半生戎旅，登山临水之际，漂泊之感，兴亡之悲，有他人不能知者。尝自称"羁迟戎幕，漂泊征衫，啼鸟惊心，烽烟阻梦"，"哀怨憔悴"，"怆不成声"（《浪淘沙（园柳变鸣禽）》词序），故词多危苦，论者比为"词中杜陵"。

绮罗香

海棠公主坟，一名菩萨坟，在京西直门外西山无相寺，辽圣宗第十女墓也。小字菩萨，未嫁而夭，《辽史》无传可稽。海棠北地独少，惟此地海棠之盛，甲于江浙。某上人因以“海棠”二字私谥之，哀感顽艳，得未曾有。徘徊临眺，怆然欲绝，低回倚拍，以吊芳魂。

土蚀寒花，秋凌衰草，故国空余禾黍。萧飒白杨，夜和蒲牢凄楚。金元战垒舞青磷，空点缀、霓裳梵谱。断肠人是断肠花，小名羞向菩提语。　　千秋罗袜尘土。帐烟沉紫玉，飘零无据。冷月枫林，曾照旧妆眉妩。吊玉颜、憔悴寒鸦，犹想见、鬟风鬓雾。听辽河、终古寒涛，天阴咽暮雨。

满江红

秋日独游慈云寺，访明宫人斜故址。寒虫泣露，乱草萦愁，怆然倚声吊之。

一寸江山，认得是、故宫禾麦。徒剩此、寒蛩啼露，香魂化蝶。宿草白杨吹暮雨，秋坟月夜悲尘劫。吊冬青、几树卧荒烟，斜阳碧。　　朝阳影，寒鸦色。莺花泪，青磷屑。《青磷屑》载《明季稗史》。怅景阳钟断，梨花梦绝。萤火千堆亡国艳，红丸一恨啼鹃血。怆悲风、一样玉钩斜，心魂怯。

满江红

都门感事和谢茁老原韵时曹锟贿选，告成后第二日也。

易水萧萧，流不尽、当年霸气。问河朔、英雄在否，廉颇叶平安至。一发中原齐逐鹿，人间今日成何世。听秋坟、鬼唱鲍芜城，魂惊未。　　东山竹，佳子弟。池塘草，旧门第。慨江山如画，沧桑换易。铜雀荒烟秋露冷，楚歌战马悲不利。感兴亡、我独吊漳波，思前事。

踏莎行

钟山谒孝陵，禾黍西风，怆然欲绝。

碑断苔横，树疏月补。一抔犹认汉家土。平芜翁仲卧荒烟，黄昏画角惊啼宇。　　陵阙西风，几番今古。兴亡付与寒虫语。奠香剩有暮鸦来，衔愁又背斜阳去。

齐天乐

镇江城楼远眺

平芜黯澹斜阳碧，白杨冷吹寒雾。石卧荒苔，烟摇柔橹。凉到一襟秋思。高楼独倚。看两点金焦，颓鬟烟际。呜咽寒潮，打孤城夜夜凄胏。　　回忆寄奴当年，霸迹怅吴峰，立马气吞吴楚。戟折沙沉，城销铁废，梦冷竹西歌吹。凭栏一醉。只碧草黏天，江花溅泪。笛里关山，晚峰青欲睡。

鹧鸪天

金陵怀古

误把台城作帝邦。六朝兴废几斜阳。秦淮腻水皆流浊，蒋尉残山尚谮王。　　悲代谢，感凋伤。胭支水是莫愁乡。南朝多少伤心史，都入盲翁拊鼓场。

鹧鸪天

己巳秋夜再游秦淮，扣舷倚声，顿增客感。

剩水残山破板桥。哀弦如醉闹中宵。十年尘梦销金粉，一曲春灯咽暮潮。　　花泪溅，草魂消。几株烟柳画南朝。渡江莫问桃根事，桃叶依然斗舞腰。

梦横塘

乱后过老关口，马上倚声，愁与词叠，不自知其呜咽矣。

虫声破晓，鹤唳惊秋，驿路西风黄叶。战垒苍茫，问此地、几经灰劫。寒树低云，疏钟坠水，晓星欲没。怅数峰峭碧，恨叠云山，乱愁如织。　　可怜沉醉河山，乱鸦残照，俱带寒色。片片孤云，沾袖冷、暮天空阔。借一尊、聊慰飘零，重叠青山一穷发。一片孤城，数声哀角起，马头残月。

鹧鸪天

与客话南都旧事，感而成词。

一寸江山腐草磷。南都又见柳条新。六朝春梦收残局，一曲淮流笑姓秦。　　花事晚，酒痕真。桃根香透舞衣尘。沪上报载□□新制披衫一件，值四十万元。又载其妹□□制舞衣一件，值洋三十六万元云。过江莫问乌衣事，冷巷斜阳换主人。

浣溪沙

秋日登望鹤楼

楼阁高寒傍水隈。凭栏又见鹤飞回。江山应笑我重来。　烟树都成秋后景，夕阳犹是劫余灰。角声不尽古今哀。

鹧鸪天

江都览古

四百南朝古寺钟。楼台烟雨暮云封。楸梧落叶雷塘冢，禾黍斜阳大业宫。　伤霸业，吊枭雄。玉钩斜畔草心红。可怜剩有都江月，都在渔樵闲话中。

翠楼吟

秋日登大梁城吊古

眼底中原，秋边落照，黄流直下如带。金元留战迹，笑戟折沙沉铁坏。樊楼何代。正把酒登临，河山横塞。愁无奈。菊花孤负，故园诗债。　却怪。歌管凋零，访吹台遗址，故宫安在。西风森战叶，浑疑似枋头兵败。古今同慨。怕汴柳栖鸦，巢痕都改。孤城外。乱鸦残角，又添寒籁。

（以上选自《尘痕烟水词》，《寒杉馆丛书》民国二十一年排印本）

沁园春

吴门旅怀

落魄江湖，如此乾坤，感慨兴亡。叹古寺南朝，苍茫烟雨，高楼北固，无限沧桑。一曲庭花，六朝霸业，商女秦淮唱隔江。愁无际，又疏钟夜半，枫冷吴霜。　　青衫酒迹余杭。有一梦、樊川十载狂。向要离冢畔，空浇热泪，莫愁湖畔，浣尽柔肠。瓜步观潮，青溪泛月，怕上苏台吊国殇。长洲野草，秣陵烟树，一半斜阳。

南浦月

游西泠公园，访南宋故宫遗址

一角残山，名园尽是消魂处。离离禾黍。阅几多风雨。　　燕子无家，飞向宫墙住。听凉夜。一丝虫语。宛把兴亡诉。

桂枝香

秋日谒孝陵

江山半壁，被一曲春镫，燕子吹灭。枉负六朝形胜，青山如璧。龙蟠虎踞今谁主，打孤城、春潮凄急。荒台古树，残碑冷藓，乱鸦斜日。　　何处问、离宫禾黍。只石马蹲烟，铜驼卧月。南渡余灰，一样冬青萧瑟。汉家王气残阳里，但寒烟衰草凝碧。国魂黯淡，几丝烟柳，半陵秋叶。

水龙吟

戊辰冬季，滞迹彝陵，逆旅晤孙履老，以都门留别寒山诸社友

《水龙吟》两阕见示。余亦浪迹天涯，欲归未得，怅然倚声，依韵和之，藉遣客怀。

征衫酒迹斓斑，扬州一梦空嗟误。青山如发，霜枫如醉，那容人顾。关塞萧条，河山劫烬，秋坟无数。慨平生戎马，一囊书剑，难续江南哀赋。　　一幅蒲帆归去。三径外、黄花孤负。荆门烟树，天涯芳草，是归来处。落日雄关，乱山黄叶，况他乡路。一江流水，般般都是，泪痕愁愫。

踏莎行

过临淮关

战垒千堆，平芜十里。雄关乱石阵云陡。秋风铁马走碧磷，英雄霸气惊沙起。　　野角吹烟，塔铃诉雨。楸梧萧瑟寒鸦语。声声宛似诉兴亡，江山如画斜阳里。

水龙吟

赤水铺道中，寄孙履老

杜鹃抵死催人敲，春几度、风和雨。绿波三尺，斜阳一寸，暮云千里。野角呼烟，疏钟战暝，避愁无地。慨河山破碎，落花时节，禁得几番离绪。　　日暮酒醒何处。最肠断、数声啼宇。愁边诗酒，梦中花月，觉来无据。残照鞭丝，晓风帽影，壮怀难负。笛怨离亭晚，乱鸦声里，暗衔愁去。

绛都春

彝陵旅次，再赠孙履老

相逢客里。怅故国夕阳，几声啼宇。弱柳惊秋，怎禁他这般憔悴。平芜一碧消魂地。那堪此、断肠身世。江烽警夜，青磷啸月，梦回情味。　　豪气。花消不尽，忍都付、残月晓风吟醉。琴剑飘零，同是青衫天涯泪。严城日夜喧笳鼓。谩重话、沧桑闲事。一声长笛横秋，耐人孤倚。

鹧鸪天

清凉山览古

宫柳含烟似莫愁。秦淮碧过石城头。江山腐草千人墓，禾黍斜阳六代沟。　　伤霸迹，感沉浮。莺花如梦惜尘流。老僧懒话南朝事，扫叶楼前卧听秋。

（以上选自《江山帆影词》，《寒杉馆丛书》民国二十一年排印本）

摸鱼儿

闻日人入寇辽宁事，怆然成词。

最难堪、几番风雨。兴亡无限残柳。六朝如梦斜阳里，风景河山依旧。君知否。胡骑凭凌，打岸寒潮吼。风云驰骤。笑裙角功名，鬓边事业，卷尽香罗袖。　　怎消受。廿载蜗争蛮斗。须眉个个都丑。樱花飞遍辽河水，羞煞一群功狗。回首后。正铁马悲秋，莫误传金缕。江山腥垢。更碧血黏天，秋坟唱月，恍角声凄奏。

浣溪沙

林抹荒烟画远空。寒山如睡树朦胧。驮愁瘦马踏西风。　　秋尽苔痕犹恋绿，日斜柳影欲霏红。数声残角夕阳中。

水调歌头

辛未十一月，同林吉初游薛涛井

惨淡一江水，淘尽几多愁。登临无限枨触，啸傲睨沧洲。一样青衫红粉，等是飘零今古，身世寄萍浮。天地一樽酒，征战百年楼。　　感新亭，伤故国，纪重游。宴安江左无事，何日大刀头。笑指残山如画，都付暮烟残照，一发是神州。莫更凭栏望，烟水接天流。

（以上选自《翦淞梦雨词》，《寒杉馆丛书》民国二十一年排印本）

吕志伊（2首）

吕志伊（1881？—1940?），字天民，别号旭初，云南思茅（今普洱市）人。1904年赴日留学，次年加入同盟会，任评议员、云南支部长。与赵伸等人创办《云南》及《滇话报》，先后担任《光华日报》《进化报》《民立报》主笔。曾发起云南独立会，云南光复后，任都督府参议。南京临时政府成立后，又任司法部次长、参议院议员、民国新闻社总编辑等职。南社社友，著有《逊敏斋诗集》《偶得诗集》《同盟会琐录》等。

临江仙（二首）

别　意

记得江干春送别，暖风香度蔷薇。临行握手问归期。柳纤裙带缓，花重帽檐欹。　　破浪乘风何处去，浮桥小立如痴。目穷千里镜难窥。海圆天欲合，船迅岸疑飞。

记得长亭秋饯别，晓霜微醉枫林。将离欲语费沉吟。众前频接吻，髯戟惯能禁。　　汽笛一声郎去也，车轮碾碎侬心。相思泪湿薄罗襟。白巾招展处，残月渐西沉。

（以上选自《南社词选》，《南社丛选》民国二十五年国学社排印本）

孙肇圻（6首）

孙肇圻（1881—1953），号朴园、北蘐、颂陀，江苏无锡人。宣统己酉（1909）科拔贡（见《清代朱卷集成》第391册），与钱基博为中表兄弟。著有《箫心剑气楼诗馀》。

《箫心剑气楼诗余》一卷，民国十九年（1930）排印本，附《箫心剑气楼诗存》后。据词作内容可知其久处漂泊之中，心系家国之事，故多沧桑语。如“劫灰飞遍江南地，也难禁，问天搔首，感时溅泪”（《金缕曲·题杏村〈十年浪迹图〉》），“兵戈几时休，何处歌讴，几人暴骨几封侯”（《浪淘沙·江行漫赋》），深沉苍劲，为常州路数，而无清末梦窗派雕琢滞涩之病。集中亦不乏闲情小赋。

高阳台

有　忆

红豆量愁，青鸾寄恨，秦淮曾醉春风。倾动当筵，翩然入座惊鸿。怜他幽怨无人会，倚阑干、懒理丝桐。最难忘，画舫青溪，几度相逢。　　临歧记否重来约，奈刹那莺燕，小劫沙虫。极目烽烟，天涯何处萍踪。情长缘短三生定，悔当初、话别匆匆。也难禁，九曲肠回，一点心通。

金缕曲

题杏村《十年浪迹图》

弧矢平生志。溯从头、一朝投笔，几番揽辔。少小那知行役苦，省识此身如寄。更不信、河清难俟。十载光阴成过客，尽销磨、帽影鞭丝里。展骥足，强人意。　　劫灰飞遍江南地。也难禁、问天搔首，感时溅泪。眼底沧桑何限恨，争奈独醒众醉。愿此后、休谈国是。犹有蓬庐堪息辙，忆前尘、自写漫游记。专著述，羡吾子。

一剪梅

题照宇《玉烟珠泪集》

弹不成声锦瑟弦。有限尘缘。无限缠绵。秋来情绪总凄然。恨也难填。梦也难圆。　　桂老蟾寒剧可怜。月缺中天。人逝中年。微之新赋悼亡篇。泪比珠联。情比丝牵。

浪淘沙（四首选三）

江行漫赋

浩浩大江流。洗尽闲愁。浪花如雪拥轻舟。湖海飘零缘底事，输与沙鸥。　　兵革几时休。何处歌讴。几人暴骨几封侯。留得江南春一点，未许悲秋。

身世两飘零。沧海曾经。中流壮志负澄清。法曲仙音人未识，江上峰青。　　众醉我偏醒。休问前程。好山相送复相迎。没个商量聊自遣，卧听江声。

形胜古今同。几辈英雄。江山无恙霸图空。只恨云留黄鹤去，残照犹红。　　一棹汉阳通。香送荷风。台荒难觅伯牙踪。偶到禅房消世虑，几杵清钟。

（以上选自《箫心剑气楼诗余》民国十九年排印本）

吴汉声（9首）

吴汉声（1881—1937），字采莼，别署莽庐，江苏崇明（今属上海）人。因贫肄业于南洋公学，先后执教于南洋公学附校、交通大学等校。因生活窘困，一身兼数役。平生孤羁憔悴，将其生活感受发之于词。著有《莽庐词稿》。

《莽庐词稿》一卷，民国十九年（1930）排印本，前有同邑陈宧序，收丁巳年（1917）以前至丁卯年（1927）词。集中有部分闺怨题材作品，多离别相思，芳菲满眼，情致宛然。但处于动乱的年代，吴汉声忧患备尝，识尽凄凉况味，其词也多出了一份苦难的世情描绘。词人踪迹遍南北，目睹沧桑巨变，感慨深沉，如《离亭燕·秋燕》以燕子视角叹息“多少朱门华庑，瞥眼芳菲无主”，陈序称其词“悱恻沉郁，卓然成家”。

醉太平（四选其一）

别　意

长亭短亭。千程万程。青山遮断行人。是无情有情。　　魂惊梦惊。怨盈泪盈。梧桐庭院凄清。又风声雨声。

一剪梅（四选其三）

最恨人间是别离。欲订归期。未定归期。柔肠百转费踌躇。待不相思。怎不相思。　　红烛烧残泪暗垂。风又凄其。雨又凄其。无端云鬓尽成丝。只为情痴。只悔情痴。

烽火家山望眼穷。路也难通，信也难通。纷纷得失较鸡虫。甲自称雄。乙又称雄。　　杼轴东南十九空。目送飞鸿。肠断哀鸿。叩暗吾欲问天公。聩聩如聋。聩聩真聋。

战伐经年暴骨丘。故鬼啾啾。新鬼啾啾。男儿未遂觅封侯。愁压眉头。恨压心头。　　食肉官厨有秘谋。鼙鼓城楼。箫鼓秦楼。杜陵身世感飘鸥。载酒杭州。弄月扬州。

青玉案

秋感，用方回韵

暖红饱踏春江路。应弹铗、歌归去。转绿回黄惊几度。关山千里，烽烟万户。总是伤心处。　　年华冉冉嗟迟暮。握管那更有佳句。枉把壮怀空自许。萧条书剑，飘零萍絮。泪滴梧桐雨。

离亭燕

秋　燕

往事那堪重数。回首雕梁何处。摇落旧巢风雨里，衔得新泥怎补。双羽故差池，似有离情欲诉。　　多少朱门华庑。瞥眼芳菲无主。一片乌衣回夕照，去觅双栖伴侣。过王谢堂前，剩有凄凉情绪。

虞美人

和方仁后韵

晓风残月垂杨岸。世事沧桑变。杜鹃啼血染残花。何处桃源有世外人家。　　自从海上成连杳。终古知音少。斜阳满地倚危栏。修竹萧萧翠袖暮天寒。

凤凰台上忆吹箫

病起遣怀，用易安韵寄友

万里乾坤，百年身世，向谁说与从头。莫论葡萄价，酒是诗钩。多少沧桑感慨，今古恨、醉便干休。销魂句，江郎赋别，宋玉悲秋。　　且休。眼前好景，如水月镜花，也够勾留。听隔江商女，遥唱秦楼。剩有南朝烟水，长许我、洗净诗眸。催人老，长卿善病，平子工愁。

桂枝香

戊午秋，游天台过舟山，登城望海，用王荆公“金陵怀古”韵。

凭高纵目。正海国秋深，雨柔风肃。万派涛澜滚滚，帆墙簇簇。孤城屹立沧溟外，看群山、奇峰青矗。矶头渔网，海滨蜃市，生涯饶足。　　念当日、楼船角逐。叹戟断沙沉，泪珠续续。一棹闲游到此，难忘奇辱。兴亡遗恨付渔樵，望遥天髻鬟仍绿。金瓯何日完全，欢奏铙歌声曲。道光季年、提督葛忠壮公战殁于是。

（以上选自《莽庐词稿》民国十九年排印本）

吴锡永（1首）

吴锡永（1881—?），字仲言，号夔庵，浙江湖州人。如社社员。历任两江标统、候选道、广东督练公所参谋处总办、参议官等职。辛亥革命后，任北洋政府财政部秘书。1929年至1931年任上海特别市政府财政局局长。

倾　杯

和半樱

目逐飞云，思随归鸟，江城渐合暝色。暮雨暗烛，苦竹绕屋，宿水村荒驿。凭阑独自伤心处，忍泊舟听笛。多情笑我，休更道、日日清愁如织。　　剩忆。鹏抟直上，锦程千里，争奋垂天翼。恁线压频年，鸾飘依旧是，他乡为客。海角悬帆，军中磨盾，白雪留鸿迹。念家国。看陌柳、暖风吹碧。

（选自《如社词钞》民国二十五年排印本）

叶恭绰（21首）

叶恭绰（1881—1968），字裕甫、誉虎、玉甫，号遐庵、霞翁，晚年别署矩园，广东番禺（今广州）人。叶衍兰之孙。早年毕业于京师大学堂，后留学日本。曾任北洋政府交通部总长、南京国民政府铁道部部长。1927 年任北京大学国学馆馆长。1951 年任中央文史研究馆副馆长。编有《广箧中词》《全清词钞》，著有《遐庵词甲稿》《遐庵词赘稿》。

《遐庵词甲稿》不分卷，约民国三十一年（1942）铅印本，前有李宣龚题名，冒广生、夏敬观序。《遐翁词赘稿》，1949 年以后排印本，仍有冒氏、夏氏二序，并叶恭绰跋语一篇。乃是作者暮年整理旧稿而成，与《甲稿》词句多有出入。此外，民国三十五年（1946）版《遐庵汇稿》也收录其词一百七十五阕。叶恭绰曾祖父、祖父两世皆以词鸣，他"自其垂髫，濡染家学即能为词，而所为又辄工"（冒广生《遐庵词甲稿序》）。叶氏少与夏敬观从文廷式游，受文廷式词风影响较深。中岁从政，为词不多，自流寓江左，避兵香江后，所作乃精且多。夏敬观为其选定《遐庵词甲稿》，集中所收，少作删汰大半，"大抵十数年退休林下之什"。遐庵早年词风近贺铸，秾丽婉密，有缠绵悱恻之致，又时有浩歌逸想。晚年洗尽绮罗香泽之态，多家国乡关之思。

浣溪沙

落花垂柳

怨絮凄花满谢桥。梦中风雨自萧萧。可堪镌恨与琼箫。　　逝水尽迷前后浪，新霜谁护短长条。待寻言说已魂销。

兰陵王

题张红薇女士百花卷

慢春惜。一片花飞褪碧。金壶里，依约返生，照海千红闹裙屐。风流溯往日。谁识。鸥波妙墨。瑶台路，撩乱众芳，春燕秋鸿苦相忆。　　空中本无色。甚海印生光，弹指成实。云泥朝市浑如客。任丈室轻散，梵天微笑，华鬘回首几过翼。好常住常寂。
香国梦曾觅。奈蕙炷霜清，萝帐尘积。吟风泣露都无力。剩炫昼桃李，弄晴葵麦。青芜如锦，顾恨影，粉泪渍。

惜红衣

用白石体，题吴湖帆所藏《七姬权厝志》旧拓

雾锁寒琼，烟销紫玉。恨萦幽穸。姊妹花残，花中有七姊妹。余姿洒倾国。同归白首，应愧煞、齐云楼客。狼籍。盈纸梦痕，抵沙场埋碧。　　山河再易。萧史青门，哀歌感重拍。南宫往矣碎墨。重千璧。恨缺舞鸾收影，写照沁园春色。好墨华长伴，千里夜台岑寂。隋《董美人墓志》精拓，亦为吴所藏。

渡江云

得公渚海上寄词，依韵和之

大江流日夜，佳人空谷，千里寄愁心。颓波空极目，一发中原，蔽日白云深。迷空蜃气，尽迸入、瀛客凄吟。荡横流、稽天巨浸，嗷雁不成音。　　幽寻。危峰费屐，古刹留衣，感归期无准。凭梦想、松风解带，萝月开襟。星辰昨夜虚延伫，隔银河、遥睇商参。时方过七夕。琴韵杳、移情海水愔愔。

浣溪沙

为友人悼亡

拂面花枝落苑墙。回风流雪黯空廊。惊鸿何处觅陈芳。　　曲谱离莺琴欲碎，妆留堕马镜毋忘。人间销得几回肠。

芳草渡

病院冬深，忽闻燕语，怅然有赋，依清真体、韵及四声。

息瘁羽，甚暝色平林，听呼新侣。镇一枝栖处，宵长惯感零雨。霜枕寒思苦。禁堂前愁诉。殢梦醒，又带疏钟，月下归去。　　回顾。转蓬万里，岁晚天南同雁路。漫提起、雕梁旧影，仙妆见窥户。海山在望，费几许、营巢情绪。似倦客，浩荡轻鸥自舞。

西　河

白门新感，用清真韵

歌舞地。龙蟠胜势谁记。倾城半面晚妆残，梦云倦起。八公草木未成兵，真人遥在天际。　　凝情处，瑟罢倚。曲终柱风愁系。一时王谢总寻常，燕迷故垒。小楼昨夜几多愁，临江休问春水。　　涨空蜃气幻海市。甚窥墙、惆怅臣里。不分阅人成世。啼鹃泪断，千红都尽，狼籍春光台城里。

石州慢

中秋夜游虎丘，适逢月蚀时，星稀露冷，万象泬寥，荟薄幽阴，疑非人境。余呼茗坐千人石，云破月来，笛声发自林际，抚时感事，殊难为怀，乃写此调以寄其郁，仍用方回原韵。

夜气沉山，商音换世，愁与天阔。留人岩桂攀余，梦远塞榆都折。琼楼影暗，忍照破碎河山，伤心还话团圆节。涕泪玉川吟，剩枯肠如雪。　　歌发。风亭笛弄，沧海珠生，寄怀浑别。恨逐胥涛，越网千丝谁结。全消虎气，算有堕粉零香，清宵索伴蛩声绝。怕半镜重圆，异当时明月。

法曲献仙音

探梅超山，吊吴仓硕墓。适方寒雨，景物萧寥。感往伤今，因成此解，时新历二十三年二月中也。

树逐飙轮，苔侵雨笠，望里疏林轻雾。以汽车往。片石三生，孤云一握，仓硕墓门，余题联曰："此地即孤山，绕墓恰邀梅万树；有缘归净土，前尘应证石三生。"此度方见石刻。凄怀懒共僧语。似贺老升仙后，稽山自来去。　　向谁诉。舞回风、巧翻妆额，愁荏苒、佳约翠禽轻误。芳讯断江南，怕一枝、萦恨终古。岭雪凄清，尽参横、宵漏未曙。甚红英数点，恨锁江城归路。时辽局变化急剧，粤情不定，赣闽乱氛方炽。

天　香

秋日，从汪憬吾丈处见罗浮仙蝶，属为题咏，久而未就。冬初，偶有所感，因成此阕，依东山体，用梦窗韵。

珠澥回潮，莲须胜地，倩影[illegible]笼清峭。浥粉衣轻，留香裙皱，荏苒壶中天小。栖尘未惯，禁短翼、蓬莱归早。庭穴愁偕蚁斗，河桥懒分蛛巧。　　珍丛旧迎绿晓。醉东风、酒痕多少。懊恼绛都迢递，隔墙春闹。文采空惊盖世，恨离合、家山送人老。怅写新图，游仙梦杳。

木兰花慢

竹山体，梦中得首三句，因足成之，当是暮春伤逝之作也。

渐惊春又去，凭谁草、瘗花铭。怅鹃梦沉酣，鸠声佻巧，蝶影伶俜。萦情。东栏雪色，叹人生禁得几清明。飞絮迎风无定，游丝落地偏轻。　　丁宁。别绪短长亭。忍说卜他生。便九转肠回，千丝网结，愁问归程。盈盈。相望寄语，怕伤春伤别总难名。万一阳关唱后，尊前重见云英。

水调歌头

去岁重九扫叶楼盛集，让蘅为拈“鉴”字韵，久而未就，兹乃补作一词，晏叔原所谓“殷勤理旧狂”也。

此叶可勿扫，留待款重阳。美人迢递，秋水露白更葭苍。百辈推排欲尽，万古消沉向此，醉睡复何乡。篱菊亦憔悴，弄影一丝黄。　　济无楫，飞无羽，渡无梁。一楼突兀，眼底诗界尚金汤。稍喜群贤毕至，非我佳人莫解，九辨费篇章。寄谢旧时雁，寥廓已高翔。

虞美人

为徐公肃题季新所书，自作芙蓉诗

千花百草输颜色。临水浑珍惜。拒霜心事与谁言。惆怅芳菲裳佩尚当年。　　对篱金菊依然在。未觉秋容改。镜中双影试沉吟。可信天涯情比昔时深。

鹧鸪天

题《六松图》

鬣甲千山翳昼阴。入怀空色共平沉。踪孤尽蓄凌云气，意远翻增化石心。　　欣蜡屐，几披襟。待扶残照下平林。定中销得风雷起，冷眼寒烟自古今。

兰陵王

用清真韵。湖帆出示金吉金红梅画轴，内有朱古微、王右遐诸公题词，皆感时之作，复多及景阳宫井事，辄题此阕，用遣新愁。

锦笺直。一片冬心化碧。金台下、羁羽未归，忍话孤山旧时色。行吟似去国。应识。江潭楚客。寒香里，哀咏郢中，声咽城南去天尺。　　题襟尚余迹。甚泪泫芳尊，欢散前席。方诸争避蟾蜍食。惊委地红萼，断肠青冢，杨花依样瘗古驿。只愁满亭北。

添恻。梦痕积。更玉笥云埋，瑶轸风寂。燕支远盼山何极。怅陇首春早，调翻羌笛。画图重展，恍劫火、尚点滴。

八声甘州

重阳日，挈伴灵岩登高，同人绘《琴台秋畅图》记其事。越二旬，余继赋此，时秋深霜厉，边氛益恶，眼底新愁，视重阳时又增几许，宜其声之掩抑矣。

甚凭高抒恨费萸觞，风前劝长星。尽销沉今古，虚廊废苑，残堞山城。遍洒诸天法雨，不洗血花腥。空写登临感，盈纸秋声。　　休问清凉故垄，时并上韩蕲王冢。怅销金一例，冶梦难醒。怕琵琶孤冢，山失旧时青。泣新亭、更无人在，剩南飞、哀雁落前汀。愁来路、听胥涛起，云黯天平。

六　丑

海角春浓，寓园红鹃怒发，压山成锦。遥想曩日南北花事游赏之盛，殊难为怀，倚此以抒羁绪。

尽墙花拂面，叹倦旅、华颜非昔。欲题怨红，残笺迷故拍。粉泪还渍。略记年时事，雾中烟里，几看朱成碧。斜阳冉冉无南北。梦断瑶钗，歌翻锦瑟。游丝尚萦帘隙。只山香舞罢，愁换邻笛。　　欢韶暗掷。分蓬飘巷陌。苦叫枝头月，谁听得。颓云又黯如墨。便崇桃炫昼，怎支春色。零脂冷、镜痕空拭。忍重话、顾影倾城一笑，那时妆额。芳菲信、偏断来汐。怕绛都、纵有重寻路，仙凡永隔。

减　兰

十一月十二日感赋

年年此日。刻意悲秋愁澈骨。那更东风。吹尽繁花落镜中。　　泪销香在。辛苦连环谁为解。堕地休辞。凄绝回风更舞时。

卜算子

宵诵东坡此调，意当时怀贤去国，情绪万端，必有不胜其辗转反侧者，赋此见意，亦宋玉微词之旨。世人以侧艳目之，谬矣。港居溽涉冬春，望远登楼，伊郁谁语？偶继坡作，以写我忧。世其有为我作郑笺者乎？

倦鸟暮孤飞，风叶朝难定。篆尽炉烟只自萦，屈曲心头影。
一水总盈盈，寄泪凭谁省。悄倚寒枝忍别栖，梦逐秋江冷。

霓裳中序第一

题冼玉清女士《旧京春色》图卷

燕台黯故国。太息春芜成景物。情怨不胜竟夕。甚宵蜡渐灰，风幡殊色。神山咫尺。问梦中谁与传笔。人间事，轻尘转毂，俯仰万缘寂。　　虚掷。玉楼金勒。换几许红颦翠泣。鹃声愁满广陌。旧燕新莺，一例如客。乱云迷直北。怕画里秾华异昔。禁吟望，江南花落，一醉已头白。

眼儿媚

送饶伯子归里。饶，海阳人。

笛声吹断念家山。去住两都难。举头天外，愁烟惨雾，那是长安。　　仙都路阻同心远，谁与解连环。乡关何处，巢林瘁鸟，忍说知还。

（以上选自《遐庵词甲稿》民国三十一年排印本）

张光厚（2首）

张光厚（1881—?），字天民，号荔丹，四川富顺（今属自贡）人。南社社友，同盟会成员，《新中华报》总编辑。曾游历日本及南洋各地，广交有识之士，深受进步潮流的影响。民国后积极参加反袁斗争。工诗，擅书法。有《荔丹诗录》《荔丹词录》。

换巢鸾凤

友人归国，即题其像志别

风雨蓬山。看龙蛇匝地，鼓角骄天。生憎髀肉长，不耐酒杯宽。红羊烧劫沭猴冠。更谁许他三年五年。烟尘满，又归去、马前韩范。　休慢。时已变。东海潮高，磨我刀和剑。一卷阴符，满船明月，从此将军归汉。南北东西纵轮蹄，阵云弹雨司空惯。将绿水，与青山、血花红溅。

如梦令

友人归国，即题其像志别

不怕篮鸾囚凤。只怕鲁和邹哄。这样好头颅，能有几多相送。珍重。珍重。往事而今还痛。

（以上选自《南社词选》，《南社丛选》民国二十五年国学社排印本）

章士钊（11首）

章士钊（1881—1973），字行严，笔名黄中黄、烂柯山人、孤桐、清桐、秋桐等，湖南长沙人。曾任北洋政府司法总长兼教育总长，国民政府国民参政会参政员等职。著有《长沙章先生桂游词钞》《入秦草》。

《长沙章先生桂游词钞》一卷，民国三十年排印本，前有作者自序，后有朱荫龙跋。章氏作词较晚，朱跋云："先生治词，盖自辛巳（1941）六月始。"章氏游桂林，受朱荫龙鼓励，加上之前也受于右任、汪东等影响，写下大量词作，在自序中，作者称"振笔不能休，两月余成词几二百首"，朱荫龙"手录一过"，并选择其中七十五首，编为《长沙章先生桂游词钞》。

《入秦草》一卷，民国三十一年（1942）排印本，前有寇遐题签、作者自序。章氏桂林归来不久即有陕甘之行，《入秦草》即为此行记录。集中多纪行、题赠，亦有不少怀古之作。从词法上看，此集较《长沙章先生桂游词钞》更加成熟，手起笔落，辞随意启，有自然、洒脱之妙。汪东曾寄调《霜天晓角》评章氏词："乱头粗服，风致天然足。绝似刘郎高韵，旁人误，碎鸣玉。杼轴来往熟。兴酣摇五岳。便与铜琶铁板，樽前唱，大江曲。"其中"乱头粗服，风致天然足"两句，可谓的评。

贺新凉

桂林晤龙积之翁，翁在癸卯以“苏报案”下上海狱时，余主报事，独逸去，感旧伤怀，赋此奉贻。翁今年八十三岁，甚健爽。

旧事何须说。只当年、孤怀雅抱，一时难越。盖代章邹同逮狱，让我名捕独缺。多应是、义声横绝。三十年来新党锢，叹蜩螗、羹沸无分别。先觉士，口先结。　　飘飘鹤发神仙格。久忘怀、东陵瓜瘦，新丰臂折。易暴谁知非与是，付与维摩丈室。人又道、中兴时节。昔日少年今亦老，却扶头、共看漓江月。翁尚在，敢嗟白。

水龙吟

过蒋翊武就义处

桂林何处堪思，漓江试数英雄泪。伏波军败，靖江城圮，残痕都是。风洞山前，四松双烈，存亡忠义。奈一呼张楚，功成天忌，宁自惜、不同死。　　袍泽今存有几。记当时、武昌偕醉。忧君年少，豪情万丈，甘为玉碎。无可奈何，刀横江水，乌骓不逝。到于今只有，断坟遗挂，识要盟意。

齐天乐

篷窗听雨，用高观国韵

平生风雨难追忆，今日人天俱远。峭壁霏青，澄滩罢浴，漠漠漓江烟晚。窗唇卧览。正影入镫飘，声催愁黯。真个嘈嘈，闻弦白傅情怀减。　　板桥西去遥望，訾洲载酒处，帘深未卷。訾洲，桂林妓院所在地。箫鼓江天，筝琶院落，省得桂林幽怨。新情旧苑。叹今宵孤寂，未殊游观。夜半谁眠，钟声增数点。

念奴娇

怀重庆诸友

漓江西上，是几时不见，渝州烟雨。闻说日长阴洞里，贼火今年如许。四面山明，一肩人瘁，人被山留住。却怀诸友，此时分散何处。　　谁管独秀峰高，延年魂在，读得书如故。作客漫将诗骨换，稍稍寻声按谱。潭水深汪，旭初。东阳瘦沈，尹默。谁与商今古。开缄试看，渠侬新学言语。

水调歌头

岁辛亥，亡弟勤士年二十六，充广西全省警察厅厅长，佐中丞沈公秉堃办新政有声。后沈公以广西响应武昌，实由亡弟定计左右，沈公为之桴鼓不惊，坐更国变。此间能谈此事原委者今无人矣。昨过抚署旧址，只余短墙一围，化为广众技击之所，抚今追昔，情见乎词。

三十年前事，一一到心头。当时此地，威武人物山湘州。曾记中丞豹变，计出金吾一棒，慷慨赋同仇。古意倩谁识，明月在高楼。　　青阳逼，四海窄，一子由。功名元出年少，年少不曾留。一代兴亡胜迹，今日鞠为茂草，何处托羁忧。怅望东坡老，彭水忆生游。东坡此调半是怀子由作。

高阳台

秋燕

一掠斜阳，双栖破屋，牵来细细闲愁。疑是秋心，教成此豸西游。桂林铺遍孱颜石，问香泥、何处搜求。只怜他，小小身裁，随分句留。　　当初玳瑁梁边语，纵玉人难解，犹自凝眸。明月流光，依稀梦见高楼。于今同作天涯客，却无须、认取帘钩。祝明年，旧社春归，偕返江州。

念奴娇

坐看诸山，颇涉遐想，拈此自解。

平生疏懒，尽意中山水，眼前放过。一到桂林形势异，硬把千峰围我。南郭子綦，枯容憔色，隐几堪同坐。嵯峨如画，苍玉纵横堆垛。　　曾记安石当年，从容蜡屐，准拟云间卧。雁荡环城，今日事、本石湖诗。临绝曾无一个。却羡于湖，靖江作帅，水调声声破。张孝祥有《水调歌头》词，题称帅靖江作。东还海道，旧约重寻差可。

浣溪沙

重经蒋翊武殉难处，过邱毅吾甲山村宅作。

西郭千峰慭慭浮。沉沉物色桂林秋。劙人旧地种新愁。西郭外旧是刑场。　　雨带深青描树影，风吹空碧染江流。甲山村外又登楼。

（以上选自《长沙章先生桂游词钞》民国三十年排印本）

玉楼春

兰州与同人登五泉山，十日复由西安寄包少拯。

西风检点奚囊去。吹却方回肠断句。入秦却忆五泉山，白草黄云天欲暮。　　梦中未觉泉声住。秦陇关山分似误。天生西土壮神州，那用东南矜北固。

鹧鸪天

破晓长江偶出门。满天鸦阵作乌云。于今却解词人意，流水斜阳万点村。　　千载事，一朝论。咸阳古道自先秦。阿房五柞都尘土，剩付哑哑写夕曛。

风蝶令

过张季鸾墓

一代观摩友，当前隔绝人。寝门未久哭刘蒉。漫说霸才无主、始怜君。　　幽显长安路，回环玉垒云。年时笑语尚相亲。今日悄持诗卷、过秋坟。

（以上选自《入秦草》民国三十一年排印本）

郑泽（3首）

郑泽（1881？—1920），字叔容，号萝庵，湖南长沙人。工诗文词，其诗哀怨辞多，风云气少，无变雅之音响，有骚人之意绪。曾任新闻记者、国文教授等职，为南社社友。著有《萝庵遗稿》《萝庵词》等。

瑶华慢

武昌七夕

银河万里。画桥仙子，相忆偏相见。人间今夜，还抱却，会少离多幽怨。针楼斜倚，早乞到、情丝纷乱。望洞庭、秋水连天，付与寸肠千转。　　思量避暑骊山，曾誓语凭伊，心似金钿。谁知灵夕，竟只有、仙子年年欢宴。飘零似我，空怅望、天涯人远。更那堪，蓦地西风，还把流年偷换。

声声慢

秋　柳

情丝罥雨，恨缕低烟，白门寥落时候。那便轻狂，早被西风吹瘦。年年晓窗压线，叹凄凉、今年还又。问何事，剩斜阳芳陌，玉尘依旧。　　记省画楼春暖，是翡翠帘栊，娇莺穿就。的皪声圆，空把佳期频数。萧娘黛眉暗锁，更谁知、衣宽金缕。追忆苦，怅秋痕、依约露华凉透。

点绛唇

萃绿池塘，是依旧日销魂地。黛眉今际。换了山横翠。　　便有琼緘，倩得谁人寄。西窗里。夜釭斜倚。写个相思字。

（以上选自《南社词选》，《南社丛选》民国二十五年国学社排印本）

陈寅（8首）

陈寅（1882—1934），字协恭，江苏武进（今常州）人。曾参与中华书局的创建，有《和白香词》百首，即以舒梦兰《白香词谱》例词为范，依韵而作。内容多“写景写情，怀人怀旧”。

忆秦娥

胜利日志喜

歌声咽。家家共庆团圆月。团圆月。者般情景，迥然差别。　　今朝应号更生节。岛夷侵略根苗绝。根苗绝。自由平等，施行无阙。

虞美人

丛林晴日鸣知了。陌上行人少。天公不肯放丝风。直把长空投入火炉中。　　清飙凉露知何在。急盼时光改。劝君忍耐不须愁。等到秋来气候自周流。

踏莎行

白石长辞，玉田已老。倚声谁屑雕虫小。知交三两共行吟，四山看遍炊烟袅。　　海上音沉，渝中信杳。旌旗潮涌龙沙照。成功马上溺儒冠，寓庐怅惘焚词草。

渔家傲

咏个旧矿工

窝路幽深情景异。主人难示垂怜意。郑重童工肩负起。岩洞里。蛇行屈曲愁灯闭。　　远别亲人违故里。鸠形鹤面为生计。血汗盈盈流满地。难入寐。沙丁白骨旁观泪。

锦缠道

绝世豪华，电炬通宵如昼。数衣衾、浙绸湘绣。佩环晶玉光能透。百美全臻，现代堪称首。　　罗山珍海鲜，厨推名手。玉壶中、舶来香酒。叹农夫、终岁常勤动，饥寒昏暗，甚么都无有。

洞仙歌

咏木兰

从军儿女，应点兵可汗。绝塞关山马蹄满。十年间、侬也斩将褰旗，心只为、忆旧思亲零乱。　　归来膺上赏，有喜天颜，本色婵娟觐霄汉。拜谢尚书郎，愿借明驼，行千里、送儿还转。巾帼队、一例策奇勋，应定下明条，壮丁许换。

千秋岁

蛩声鸣砌。如诉家常细。秋雨歇，秋风起。吟成云水白，画就林峦翠。黄昏后，怀人天末迟迟睡。　　故里书谁寄。客馆尘难洗。迷望眼，烽烟里。挥毫倾剩墨，起舞飘罗袂。销兵甲，孤怀欲挽银河水。

误佳期

咏王姓工人妇

凉月潜窥帏幕。躬率双雏居约。藁砧矿洞竟埋身，近岁情怀恶。　　玉貌比花妍，珠泪随花落。秋云片片逐风飞，命比云还薄。

（以上选自《和白香词》1949 年排印本）

傅熊湘（10首）

傅熊湘（1882—1930），字君剑、声焕、文渠，号钝安、钝庵，初名德巍，次更名専，再改熊湘。先后用了湘君、钝根、屯艮、尹佥、倦还、倦翁、青萍、孤萍、更生等笔名。近现代湖南著名报人、教育家，先后主办《湖南月报》《天问周刊》《通俗日报》《醴陵旬报》《民国日报》等。为南社成员，著有《钝庵词》。

傅熊湘词集共有两个版本：一为约民国二十一年（1932）排印《钝安遗集》本，前有叶楚伧题签、王复题词。收词三十四首，起于辛亥（1911），止于丁卯（1927）左右，主要是入民国以后的词作。其二为抄本，附在《钝庵诗》后，共两卷。卷前有宁调元、卜世藩、张无为、高旭、刘师陶、胡德莹、黄堃等人题辞，以及作者甲寅年（1914）所作的自序和跋尾。据作者自序，“两卷本”为“录自己酉（1909）至壬子（1912）作”，主要是民国之前的词。

《钝安先生行状》以为，“先生著述于手自删定者外，亦多有散佚”，又在待梓著述中列出《钝安词》若干卷、《白香词话》一卷。可见刘谦等人编辑《钝安遗集》时，已知所收三十四首并非傅氏全部词作，但由于种种原因，未能将抄本中的两卷收入其中。其词以抒发情怀为主，包括怀人、记游、咏物、记事以及怀古等，题材较为广泛。主体风格以雄健清旷为主，气魄阔大，用语自然，基本上走辛弃疾、张孝祥一路。

浣溪沙（二首）

和蓴农五月八日作

往事伤怀不忍提。新愁又压小眉低。年年此日倍凄迷。　　妾意乍防风皱水，郎心其奈絮沾泥。窥墙别有梦亲携。

半面新妆映玉台。旧时温峤不须媒。东风稳约踏青来。　　倾国倾城原自好，胡天胡帝镇相猜。等闲莺语费低徊。

（选自《南社》1919年第21期）

浣溪沙

癸丑辟地作

欲写离愁一万重。可堪流水自西东。三更疏雨五更风。　　未办白头终有约，即抛红豆更何从。浮生踪迹似飘蓬。

浣溪沙

次介甫韵

往事凄凉欲断魂。愁痕渐与草痕匀。可堪消遣奈何春。　　飞燕双双能语客，落花点点正撩人。香车惆怅是前尘。

点绛唇

翠歇红销，高楼尽日伤凝睇。云山无际。天远迷烟水。　　屠狗无悰，谁识英雄意。成何计。宝刀空厉。掷向西风里。

摸鱼儿

用稼轩韵，赋别

对潇潇、一天秋雨。西风吹送人去。征鸿渐怯天涯远，满目乱山无数。留不住。早一骑、匆匆踏过长亭路。有谁共语。拼万缕情丝，为伊起灭，无奈化飞絮。　　相思意，忍被浮名尽误。多情应悔轻妒。春花秋月年年恨，付与暗镫凄诉。霜叶舞。还便恐、玉颜委弃随尘土。离怀正苦。休更惜清尊，月明又照，前度倚阑处。

水龙吟

长江舟望感事，寄纪宣夏口

楚江万里潮生，挟山倒海来无际。惊湍未定，横流不断，大波轩起。乌鹊宵飞，鱼龙夜泣，舳舰千里。叹狂飙已矣，神犀安在，空短尽、英雄气。　　休问人间何世。倦芳菲、一时兰芷。江城梅落，湘山树赭，旧情谁是。孤负春光，也无人惜，飘零满地。只天涯流浪，残红片片，渍伤心泪。

烛影摇红

泪

今古同流，鲛宫此日应千串。未宜儿女独伤心，此恨凭谁见。宣室当年一面。便拼与、青衫渍满。穷途日暮，祖帐风寒，悲欢莫辨。　　携手河梁，归心望断风沙眼。斑骓遗恨老英雄，但惜深杯浅。

莫上新亭望远。怕负却、纶巾羽扇。天涯何处，一身遥寄，怎禁凄怨。

（以上选自《钝安词》，《钝安遗集》民国二十一年排印本）

罗敷媚

灵均天问无消息，纵有难凭。况是无灵。叫尽重阍未必应。　　朔风苦助寒威虐，已过霜零。早又坚冰。只合长眠睡莫醒。

浪淘沙

孤馆夜镫昏。静掩重门。残冬作客倍销魂。便说今宵寒透骨，谁与温存。　　旧事不堪论。枉负新恩。年年芳草送王孙。别也寻常离也惯，梦也无痕。

（以上选自《南社词选》，《南社丛选》民国二十五年国学社刊本）

郭则沄（22首）

郭则沄（1882—1947），字蛰云、养云、养洪，号啸麓、遯圃老迂，福建侯官（今福州）人。为礼部右侍郎郭曾炘长子，入民国曾任国务院秘书长，是民国京津词坛核心人物，曾主持蛰园律社、须社、瓶花簃词社，参与沤社、聊园词社、春音词社等。许锺璐《侯官郭公墓表》称其“生于光绪壬午年八月二十八日，卒于丙戌年十二月十七日，年六十有五”。著有《龙顾山房诗余》《龙顾山房诗余续集》。

《龙顾山房诗余》版本较复杂，主要有三种：其一是民国十七年（1928）栩楼刻本，附于《龙顾山房诗集》后，三卷，分别为《潇梦词》《镜波词》《絮尘词》；其二是民国二十一年壬申（1932）刻本，六卷，除上述三种词集外，另加《蘋雪词》《冰蚕词》《沤影词》三种，附于《龙顾山房诗集》十二卷续集六卷后；其三是民国二十七年（1938）遯圃藏版《龙顾山房全集》本，八卷，除上述六种词集外，另加《护春词》和《瓶花词》两种。《龙顾山房诗余续集》 卷（附丁《龙顾山房诗赘集》），民国三十三年（1944）排印本。前有夬庐（许宝蘅）题签，有邢端甲午十月《龙顾山房独茧词序》，后附勘误表。主要补收全集刊刻后所作的词。

《潇梦词》多咏物、寄内之作；《镜波词》多赋闲情，咏歌姬，寄思慕；《絮尘词》中多时事之感。总的来讲，郭则沄的词作，早年多咏物、记游、题画以及诗酒唱和之作，中年以后亦有故国之思、岁月山河之慨。《护春词》中有丙子（1936）、丁丑（1937）的作品，《瓶花词》收有戊寅年（1938）的词作。《独茧词》一卷，补录《浣溪沙》词四首。集中很多词作都折射其心境与处世态度。郭则沄自幼受浙西词风濡染，"词品柔丽芳缛，有竹垞、樊榭之风"。夏敬观评曰："余尝谓南宋惟史邦卿《梅溪词》为能炼铸精粹，上比清真，得其大雅，下方梦窗，不伤于涩。今能为梅溪词者，除况夔笙略似之外，厥惟啸麓。"（《忍古楼词话》）

甘　州

露台晚眺

倚丛台四望渺苍烟，寥天挂琼钩。指霞绡揭处，金凫飞舞，迢递镫楼。一派瑶空风吹，风峭夜珠愁。疑有仙车过，隐见青虬。　　暗惜吴霜鬓短，向烟波捎眼，身世轻鸥。怨云峰幻影，残画黯沧洲。尽安排、孤欢闲醉，怕春风、不为酒人留。销凝意、倩红儿唱，恨咽箜篌。

锁阳台

记　梦

钿阁尘寒，箫廊雨暗，梦痕悄记双携。翠衾催起，幽约恼莺窥。漫道江南水远，花魂小、不怕风欺。孤醒夜，青陵缥缈，蝶粉涴仙衣。　　飘零珠箔影，人天路渺，虚订归期。甚楚云一瞥，疑是疑非。肯信愁红送断，多情月、还照街西。当时事，罗巾泪尽，春恨海棠知。

解连环

岁暮，寄跂盦滨江

梦长天窄。念关山雪后，故人行迹。正旅夜、残角凄凉，忍重折，瘦杨伴君寒色。酒醒孤窗，唳鸿远、浮云东北。况椒觞泛泪，柝鼓点愁，岁华非昔。　　芳韶几番误掷。剩风灯飐晚，照鬓添白。省怨风鞿雨年年，便钗胜重拈，系春无力。闷入黄昏，又闲了、花前词笔。倚繁霜冷弦，万感待谁说得。

倦寻芳

秋日重过莹园，借彊村韵写感。

磴深草掩，楼迴花沉，星鬓伤晚。荡影银塘，多少梦云飞散。孤笛愁听流水诉，瘦筇闲写斜阳怨。睇烟林，似湘皋曲罢，数峰青远。　　剩一片、荒亭残柳，皱尽诗心，凄怨难展。踠径春丝，记拂旧时歌扇。冷榭呼鸥人意懒，寒畦招蝶风光贱。好楼台，更安排，几番肠断。

探春慢

春日雪中得配盦塞上寄词，即依石帚韵倚声答之。

小径苔荒，重楼树暗，春寒犹殢兰野。过羽飞光，游蓬断绪，暗负吟船醉马。盼到边鸿信，奈独茧、愁丝难写。最怜寄泪冰天，锦弦凄怨如话。　　闻说舞筵春好，念否隔花人，杯醁慵把。画戟销香，珠帘寻梦，还汝燕支娇冶。归对官梅晚，定惆怅、银蟾西下。还讯青禽，几时同醉芳夜。

（以上选自《龙顾山房诗余》民国十七年刻本）

瑞鹤仙

得映盦海上书却寄

渺蓬山路断。南雁到，说道沧波又浅。收镫旧庭院。问瑶笙，吹澈春寒谁管。芳尊几换。剩暗尘、花外自软。料琼仙去后，飘尽梦痕，夜夜铜辇。　　莫笑雕梁意倦，一样跉娖，尽输樯燕。空帘怨晚。愁蛾影，怕人见。向高楼，试望烟芜如许，斜阳何处更恋。纵江春好在，应是泪鹃洒遍。

齐天乐

述怀，次和苍虬，兼呈彊村词丈

飘蓬一往无南北，伶仃更教轻别。迸泪毫枯，沾霜鬓短，寸寸心尘难灭。荒波万叠。念梦里神州，斗垂天阔。索共书空，此怀休向海鸥说。　　危枰残劫换尽，望长安何许，离黍宫阙。乱后笙歌，愁边鼓角，偏又啼乌凄绝。浮生懒阅。纵愿断香留，总成灰劫。未了芳情，渚兰空怨结。

一萼红

宁园纪游，用石帚韵

野亭阴。认藏花径窈，锦石映斜簪。鸥汉通潮，虹桥夹树，烟外荒翠疑沉。画桡去、清歌未歇，又暮霭、催起翦波禽。拓地林塘，上梁台榭，孤感凭临。　　燕赵客游偏惯，镇风沙满眼，皱损诗心。龙汉身更，鸱夷约误，欢绪飘雨难寻。且消领、菰芦晚兴，赚渔蓑、新句抵千金。恼煞斜阳断红，还印愁深。

四犯剪梅花

冷萼辞春，疏香恋晚，凌波并影，横玉牵愁，倚声写之。

酒潮春澈。梦唐昌寂历，碎帘香月。约钿旧寒，怨东风轻别。翻飞楚蝶。话酸苦、绮肠双结。珠箔归迟，云裳解后，翠禽啼歇。　　冰栏几回凭热。认残妆半弹，镫影红怯。对镜明朝，怕琼枝成雪。金衣劝折。尽万绪、笛阑歌咽。麝粉愁新，檀心泪冷，海仙千劫。

渡江云

病怀兼讯忉盦海上

春醒愁未洗，药烟半枕，病过楝花初。归帆天外梦，怨煞樵风，冷约渺鸳湖。吴笺懒理，料沧鸥、还笑人疏。空剩得、筝心残泪，宛转和红歈。　　踟蹰。危栏柳老，旧径苔荒，问行吟何处。消几度、飞尘铜辇，落日黄垆。纵教照鬓江南绿，怕风光、不称寒芦。漂羽恨、栖云倦鹤知无。

（以上选自《龙顾山房诗余》民国二十一年刻本）

扬州慢

题《忉盦填词图》

荒翠沉山，乱芜连苑，梦边处处斜阳。记斑骓别后，早瘦了垂杨。念身世、危阑易倦，过江吟鬓，新染吴霜。纵胡沙、春渺花前，多少回肠。　　旅蓬漫恨，莫清愁、天注须偿。赚竹里添图，蘋洲换谱，重理余狂。惘惘倚屢笛作平语，乡心远、约住幽香。问羊裙谁系，还凭新雁商量。

（以上选自《青鹤》第3卷第9期）

风入松

咏圃中牵牛花

瑶阶如水露华凉。才放锦栏长。牵丝不恨银河远，背西风、自系明珰。多少星畴耆泪，新来染遍罗裳。　　小庭摇影伴垂杨。霞晓绚幽妆。团栾巧似天钱样，结相思、碎织秋香。梦醒难寻琼佩，一生惯避斜阳。

西子妆慢

北渚泛月

银粉抹栏，翠涟飞桨，翳岸林峦浮雾。扣舷人唱月中行，飐凉镫、梦惊残鹭。虹河夜午。睇北斗、天都回处。黯诗愁，问柳昏花暝，谁家楼宇。　　芳期误。笛唱西风，又近凝碧路。夕波寒影落鱼龙，浸玉壶、几行烟树。流光易去。渺鸳棹、衣香前度。暗惊心，一片秋声骤雨。

（以上选自《同声月刊》创刊号）

西子妆慢

和石工敬跻堂秋望

雕槛约波，画窗临水，镜外衣尘花雾。闹红歌板叠鸳桡，占新凉暗输烟鹭。秋心最苦。听叶底、啼蝉未住。旧池台，指数行宫柳，仙舻何许。　　行云路。碧汉风多，怨共铜狄语。笛寒天远咽离鸿，溯夕沧、恐无归处。愁红懒舞。剩孤恨、如潮来去。对西山，立尽重帘暮雨。

凤凰台上忆吹箫

夏夕同枝巢北渚桥亭纳凉，纵谈旧事。

鸥约银波，虹横翠渚，衣香扇影回环。乍柳烟明处，唤起吟蝉。渐次游船收尽，闲不整、镜里山鬟。微凉逗，疏帘水外，小艇花间。　　流连。故人共语，叹几度池灰，催老朱颜。倚画屏风露，依旧高寒。身世秋荷易老，多生泪、滴损珠槃。禁回首，生衣夜凉，泥煞阑干。

（以上选自《同声月刊》第1卷第6期）

双双燕

蛰园灯社，以新燕命题，同人写新燕为灯，因题小词，并索诸君同赋。

旧帘翦断、斜阳影，东风又窥朱户。春寒怨晚，山暝水昏慵度。飘梦雕阑未稳，蓦偷眼、梨云深处。新来瘦了垂杨，怎约流莺同住。　　私语。伶俜翠羽。楼望久、恩情忍抛芳缕。珊钩初挂，暗怯乱红争舞。勾起蘼芜倦绪。问别后、乌衣谁主。羞傍画檐，长日趁人来去。

烛影摇红

为蔚如题《楼台梦影图》

啼雁烟江，几行残柳斜阳坠。絮花狼藉掩雕阑，飘尽东风泪。

千感筝心敛未。引危弦、回潮又起。楼台如梦，冷约闲鸥，商量身世。　　还忍伶俜，梦回虚盼归舟字。散场欢笑水东西，多少牵愁地。断稿沧洲漫理。睇红桑、迷茫海气。斗槎回后，待讯钟山，年时荒翠。

（以上选自《同声月刊》第1卷第7期）

霜花腴

赠孟劬

旧京倦笛，占绮秋、天香唤起词仙。花影帘低，药烟窗暗，吟怀梦味俱闲。楚兰自怜。系暮愁、分付骚笺。尽荒波、老却沧鸥，禁他留眄水云寒。　　鹓侣几人长健，叹残山满眼，去住都难。白社樽疏，青门身懒，归鸿负约年年。怨歌漫传。算倦游、还恋危栏。劝清欢、补理巾裘，镜霜珍重看。

（以上选自《同声月刊》第3卷第7期）

曲玉管

乙酉重午，北海观竞渡写感

锦缆云沉，金铺日远，琼台晚色留人久。一片风蒲萧瑟，流水悠悠。绕皇州。冷眼凭高，回肠伤往，斜阳影搁参差柳。问讯残鸥，定忆六驭宸游。汴津楼。汴京宝津楼为北宋观竞渡处。　　故苑繁华，怨凄咽、寒潮东去，楚歌几饯骚魂，空传芷恨兰愁。感淹留。睇玉熙何许，剩有荒波鲸甲，钧天醒后，舞叠鱼龙，劫外沧洲。

木兰花慢

净业湖泛舟写望

送沧波又远，暝色满、旧西涯。自飞盖人稀，菱歌路断，愁涨苍葭。荒笳。暗移残世，剩闲鸥三两点云沙。来去梦依佛火，兴亡话向渔槎。　　当花。孤感还赊。波镜影、侧乌纱。问闹红前水，惊鸿望杳，环佩非耶。繁华。等成过客，只颓阳还恋酒帘斜。回首空烟冷翠，可怜付与谁家。

虞美人

燕泥庭户春无主。历乱弥天絮。玉珰密意诉凄凉。不道云屏梦远更回肠。　　将荷作镜朦胧绝。谁省心如月。从今古调莫轻弹。袖取霓裳残谱背人看。

水龙吟

挽孟劬

招魂如隔重城，伤心翻雨吴鸿至。寒林日落，衰兰春谢，山河凄异。史稿沧桑，词名湖海，并时谁嗣。叹长安残劫，危枰未了，胡不忍、须臾俟。　　早悟浮云身世。恋京尘、欲归无计。花阴醉盏，药烟病榻，看君憔悴。古调销沉，当歌万感，捶琴孤涕。更伤高、愁眼斜阳处处，是消春地。

（以上选自《龙顾山房诗余续集》民国三十三年排印本）

寿森（1首）

寿森（1882—1951），字幼卿，号逸庵，别号竹西散人，满族人。清末历任礼部东陵员外郎、步军统领衙门员外郎。辛亥革命以后未出仕。工书画，能诗词，著有《竹西语业》《庚辰集》《蕉窗杂识》《望江南词》等。

庆清朝

校印《东海渔歌》既竟，因拟作《校词图》，先制此解为券。

金马门颓，铜驼棘暗，国华只有斯文。卅年感沧桑变，世事纷纭。清才溯丰沛，羡刘安鸡犬尽青云。玉树歌残南渡去，花落无春。　　樵南谷、渔东海，望天游旧迹，画栋成尘。绣阁缥缃几卷，历劫犹存。惆怅名山孤本，忍教遗墨竟湮沦。况又是，天家眷属，盖代词人。

（选自《同声月刊》第1卷第8期）

俞琪（4首）

俞琪（1882—1943），字玉其，号毓奇，江苏高邮（今属扬州）人。经商为业。曾加入同盟会，为南社成员，与柳亚子、何香凝、傅熊湘等人有交往。有词收录于《纫秋轩词钞》。

醉太平（二首）

和永嘉林甄宇

雕羽贯双。雀屏中双。秋宵漏滴声长。疑锵锵佩珰。　　怀人远方。幽琴乍张。弹终一十三行。爇炉心字香。

灯前影双。樽前泪双。清歌节短音长。和檐牙响珰。　　伊人一方。归心箭张。回书促不成行。远贻鸡舌香。

浣溪沙

极愿归来庑下居。但凭传语未传书。说君重复海东逋。　　钿合终须酬异日，钗盟誓不背当初。一灯耿照妾心孤。

高阳台

题刘麓孙天台别墅

谷柳藏莺，庭梧宿凤，仙居自在尘寰。为问刘郎，甚时赚入云山。胡麻餐后身轻举，是何年、重落人间。倘溪边，补种红桃，恍遇双鬟。　　旧园广辟新开放，喜春秋佳日，鸟往花还。不似陶潜，蓬门虽设常关。行吟坐诵心怡适，面亭台、曲水回环。却移来，平地天台，无事登攀。

（以上选自《纫秋轩词钞》，《苕岑丛书》民国十年排印本）

袁思古（17首）

袁思古（1882—1943后），字潜修，号学圃老人，袁思永弟，袁思亮从弟，湖南湘潭人。民国间曾任孝丰知事、奉化知事、德清知事、乌镇统捐局长。据其《醉落魄·癸未重阳前》一词，可知作者1943年仍在世。著有《学圃老人词稿》，有《近代中国史料丛刊续编》影印《湘潭袁氏家集》本，前有目录一份，无序跋，收词七十七首、曲十一首。

集中词作，前多与其兄袁思永唱和之作，后多感怀自遣之辞，皆作于晚年退居湘中以后。以感伤神州兵火、身世浮沉为主，沉痛哀怨。如《虞美人·寄巽兄道州》之“匆匆弹指六年过，不料还乡仍是别离多”、《西江月·湘滨晚眺》之“故里依然作客，此身不系如舟”、《临江仙·梦赴道州》之“此身疑蝶化，明灭剩残灯”、《清平乐》之“家国已非前比，于今莫问苍生”等，皆惊警出奇而沉痛至极，有过乃兄。

江城梅花引

次巽兄中秋对月忆杭州韵

吴山立马瞰沧洲。左江流。右湖流。海上潮来，摇动一天秋。如此江山无限好，忍抛却，到于今、生客愁。　　客愁。客愁。为谁愁。别杭州。恋杭州。五载浩劫，一瞬过、如梦悠悠。未必升平，歌舞此生休。佳节忆君千里隔，同望月，想团圆、独倚楼。

过涧歇

次巽兄湘北捷后见慰之韵

此际。对春陵、隔斯渺霭烟云，只把音书频递。休语弟。久困穷乡僻壤，无物为君寄。诉不尽，别梦诗怀见吾意。　　更苦风尘，憔悴殊难问生计。万方多难，栖迟又何地。纵有田园，摇落逢秋，一时凄绝，两袖复染相思泪。

虞美人

次巽兄寄曼叔桂林韵

云横五岭知何处。怅望同舟侣。南来雁字雨中过。写到相思天上泪痕多。　　频年寇警愁烽火。万劫犹留我。终堪击楫渡中流。漫向新亭垂涕对神州。

虞美人

寄巽兄道州

莺啼柳浪寻诗处。记共呼俦侣。匆匆弹指六年过。不料还乡仍是别离多。　　仓皇枉纵长沙火。远去君抛我。孤灯夜雨泪双流。认取襟痕残酒旧杭州。

风蝶令

自　遣

故里知音断，空余爨下桐。飘零何必怨湘东。自是老来跨目犯尘红。　　往事休重话，生时已不逢。蔬菘一饱竟难容。可见今人无复古人风。

临江仙

梦赴道州

寒夜鸡声孤枕畔，梦魂遥度春陵。万山凝紫一江清。兵尘飞不到，歌舞尚升平。　　自幸依栖陪笑语，久离聊慰亲情。觉来方恨事无凭。此身疑蝶化，明灭剩残镫。

一剪梅

寄巽兄道州

一段风波一段愁。曾送扁舟。记在残秋。浮家泛泛等闲鸥。到处飘流。到处悠游。　　萍梗三年寄道州。粱稻难谋。强作勾留。吟怀应挂寇公楼。家也多忧。国也多忧。

西江月

湘滨晚眺

烟水空迷野渡，夕阳独倚江楼。江声呜咽送离愁。化作泪痕满袖。　　故里依然作客，此身不系如舟。乾坤带甲四经秋。又是雁来时候。

清平乐

感事，用后主韵

百年过半。自分沟中断。荏苒风尘随世乱。只要一瓯常满。　　本来天道难凭。敢怨人事无成。家国已非前比，于今莫问苍生。

卜算子

别怨，用《饮水词》韵

砧杵报秋风，惹起芳心动。寂寞寒灯夜悄然，孤负鸳衾梦。一纸诉想相思，素手频呵冻。和泪书成欲寄君，又恐君愁重。

浪淘沙

怀巽兄

闲望倚高冈。云树苍苍。睽违千里独神伤。安得奋飞双翮健，遥度衡阳。　　切莫问家乡。无限凄凉。夜谈何日更联床。惭愧龙钟先白首，不比元方。

渔家傲

乡居，春日感事

恰似渊明归栗里。闲情惯把吟筇倚。万壑青苍图画里。春色美。孤村落日炊烟起。　　四野犹闻严战垒。飘摇不定频迁徙。虽可生存何足喜。兵未弭。终虞白发惊魂褫。

南乡子

感　旧

垂柳拂章台。走马曾经到此来。回首当年歌舞处，尘埃。一院荒凉锁绿苔。　　莫道好怀开。白发红颜两可哀。自古多情常有恨，痴呆。赢得风流付草莱。

虞美人

有感，用李后主韵

兵尘纷扰何时了。陌上行人少。十年憔悴哭秋风。旧梦无痕多付客魂中。　　江山故垒萧条在。形势何曾改。只令凭吊使人愁。空叹有鞭投去断淝流。

苏幕遮

寄曼叔桂林

望天涯，横雁阵。无际云山，一角斜阳衬。人隔天涯天反近。五岭迢迢，千里劳书信。　　惹离愁，搔短鬓。憔悴形容，万劫留余烬。今日故人休我问。异日相逢，却恐难相认。

忆秦娥

心难度。疏来苦忆孤山鹤。孤山鹤。于今飞去，别家楼阁。 轻舟不系仍飘泊。江天万里风尘恶。风尘恶。残宵梦里，钱唐潮落。

注：原稿无第二句“风尘恶”，今据《钦定词谱》校补。

如梦令

巽兄寓道州，亦沦陷，消息断绝，怆然伤怀。

饮啄天然随分。此后荣枯休问。饥走乱山中，消息何堪涕闷。可恨。可恨。风雨重阳将近。

（以上选自《学圃老人词稿》，
《近代中国史料丛刊续编》影印《湘潭袁氏家集》本）

陈世宜（16首）

陈世宜（1883—1959），字匪石，号小树、倦鹤，江苏江宁（今南京）人。早年就读江宁尊经书院，曾从张仲炘学词，后又随朱祖谋研究词学。著有《倦鹤近体乐府》。

《倦鹤近体乐府》五卷，1949年油印本，后有作者民国三十七年（1948）跋及李敦勤跋识。陈世宜作词谨饬不苟，刻意创新，于旧作多所删改，以求称意。此《倦鹤近体乐府》即为其晚年据旧集删削而成，由门人李敦勤、霍松林等移录油印。陈氏四十余年词作精华大抵萃集于此。1949年后，陈世宜又编有《倦鹤近体乐府》续集一卷，收词止于甲午（1954）。陈氏逝后，其长女陈芸将《倦鹤近体乐府》六卷手稿汇编整理，收入《陈匪石先生遗稿》，于1960年油印刊行。

唐圭璋称"《倦鹤近体乐府》，不偏南北，不主一家，吸收众长，融会贯通，自臻上乘"。《广箧中词》选其词七首，并有"郁纡菀结""壮往萧寥"之誉。

甘　州

舍弟仲由于役幽燕，道经上海，信宿而别。

正潇潇暮雨作清秋，西风动江城。对当窗明烛，匡床碎语，浊醑深擎。别绪丝丝未理，津鼓促征程。帘外飞鸿过，寒阵初惊。　　姜被当年重认，渺故园一角，梦委荒荆。问天涯投老，踪迹几回并。望长安、浮云千态，幻海波、愁蔽晚山青。伤高泪、劝须臾忍，休洒新亭。

瑞龙吟

乙卯秋初陪彊村翁游扈西园林，和清真，同檗子作。

长堤路。还见翠冷侵苔，荫交迷树。残蝉凄咽高柯，院桐未陨，新凉处处。　　忍停伫。曾记绽桃春晚，笑窥帘户。而今已觉秋多，画梁旧燕，临风倦语。　　吹度荷香如醉，闹红亭馆，罗衣轻舞。桑海泪中相看，人半新故。蛛尘罥壁，谁问笼纱句。重回首、鸥乡过影，莎阶联步。逝水飘花去。题襟尽有，吟情醉绪。平翦愁千缕。斜照敛，无端西风催雨。闷怀又结，一天云絮。

徵　招

天宁寺登高，循银湾而返

扬鞭却指银湾路，荷香旧沾衣袂。雁背又斜阳，换西风人世。客尘浑未洗。正回首、白云无际。帽影欹寒，角声催晚，满襟诗思。　　眼底惯逢遭，卢沟外、滔滔乱流东逝。万古此西山，拥愁鬟如睡。菊丛今日泪。谩枨触、故园心事。楚天远、脉脉秋魂，被暮鸦呼起。

六　丑

送春词

记棠阴睡稳，画烛冷、东风摇夕。燕莺泥人，瑶阶春布席。湿唾犹碧。看看飞红尽，暗中熏染，飐柳丝盈尺。波光潋滟仙源隔。袖手危阑，停车短陌。依然段家桥侧。甚芳菲百五，催酿离色。　　单衣寒恻。听鹃声正急。帝子魂归否，清泪滴。名花便拟倾国。奈沉香倚罢，药阑苔积。歌尘黦、缕金谁惜。寥落似、十载长门闭雨，翠娥头白。酴醾艳、窥向帘隙。恐晓钟、唤醒梨云梦，留香未得。

过秦楼

晚色吹凉，渌波澄练，画阁下临无地。横枝露翦，乱叶云迷，柳外去骢难系。回首载酒江南，鹎鹁声中，袷衣初试。甚韶光百五，落花风紧，黯然如此。　　还梦入、断驿残灯，荒江孤棹，倚枕暗啼秋水。河山故国，风雨中宵，不信有人憔悴。翻叹平生，为谁怀远愁深，游仙词费。但阑干尽处，弥望烟尘未洗。

玉京秋

凄晚色。新蟾弄孤照，锁寒帘隙。尺波似箭，漂香无迹。清角高城又起，倒飞霜、明镜生白。梦痕窄。一重重恨，画屏能识。　　弱线明朝添得。夜何其、银荷焰直。泪贮金樽，歌残琼树，思量今昔。独鹤空山，试问讯、枝北枝南消息。倚长笛。千里关山正隔。

蓦山溪

冬　柳

婆娑老柳，眼底长亭路。不见玉骢归，见西风、乱鸦无数。关山万里，一片冻云横，憔悴损，旧时腰，谩忆临风舞。　　长条踠地，岁岁花朝雨。重过画桥阴，感凋年、有如此树。黄金散尽，斜照上荒台，春信远，野波寒，迸入哀笳暮。

看花回

岸梅初放冰蕊，照水明洁。妙手作羹未晚，奈暖乍寒轻，芳意沉结。空庭过雨，苔渍香泥帘底滑。凝望处、蔽日浮云，漫天飞絮已愁绝。　　还静倚、回阑待月。正短竹、罢吹时节。收起清铅旧泪，怕客子光阴，白了玄发。春回故国，开尽千花休劝折。尽车雷、梦中转，暗觉情怀别。

念奴娇

过十刹海，一畦晚稻，昔之荷荡也

镜波澄碧，浸宫墙倒影，斜阳红妩。夹岸垂杨青未了，隐约藏春深坞。画鹢朝飞，珠帘莫卷，阅遍阴晴雨。湖山无恙，经行犹记前度。　　此地十里荷花，流连歌酒，几辈贞元侣。不信冷香吹又尽，一水盈盈谁语。沧海人间，野风门外，如彼离离黍。残蝉相送，倚鞭重认归路。

秋　霁

寄次公淳安

秋影涵空，送瘁羽孤征，乍阻南北。素月窥窗，冷波吹箭，桂堂渐生虚白。惯听露笛。画阑独倚清宵寂。望故国。三浅翠蓬，何似旧颜色。　　因念大隐，魏阙江湖，钓徒烟波，新试蓑笠。动星辰、羊裘五月。招迎应有富春客。珍重岁寒归计得。怕短蓬外，还见莽莽平原，晚鸦飞尽，野云如墨。

木兰花慢

壬戌展重阳，集次公寓园

记牛山绝顶，每持泪、饯重阳。又一抹秋烟，两开丛菊，帘卷西堂。行行。唳空雁过，带斜晖阵影入苍茫。边讯瓜期柳戍，归心菰饭莼乡。　　霓裳。吹下天阊。邀玉笛、动明珰。问能几消磨，前宵微雨，昨夜繁霜。思量。岁寒近也，舞西风庭树叶初黄。无醉无醒最好，此时此会休忘。

换巢鸾凤

送疚斋翁之广州

红药阶翻。正衔泥燕老，照水鹃残。晓烟新候火，夜月旧家山。重门天许闭春寒。问谁与消荼余酒阑。平生感，渐揽镜、鬓霜愁看。　　花满。归缓缓。多事海风，吹梦天涯远。故国乌衣，帝乡玄圃，沾泪征衫休浣。心共罗浮蝶悠扬，望京应费登楼眼。琵琶声，座中人、一饷肠断。

迷神引

恻恻轻寒珠帘卷。素月几回留看。南楼夜笛，引关山怨。荡晴空，飞归雁，阵云乱。终古龙沙雪，梦中远。花外东风紧，又春晚。　　万感人间，未语先肠断。觉客途赊，欢期短。俊游金谷，好风月、今谁管。泪鹃残，林莺老，野鸥散。芳草无情碧，迷望眼。明朝兰舟发，载愁满。

红林檎近

独游钟山，深入林薄间，绿阴蔽亏，时闻鸟语。流泉互答，山花媚人，倏然有出尘之想。

林沼宜晴雨，翠江无莫朝。灌木护嘉卉，石泉化奔涛。行行崇山峻岭，信否故国周遭。仿佛梦里春韶。盈耳燕莺娇。　　采菊陶令宅，持钵虎溪桥。平生胜赏，歌声曾入云霄。问闲身能几，幽芳暗引，杖藜不觉归路遥。

水调歌头

金陵怀古，拟东山

陈迹渺江浒。六代帝王居。浮沤吹雨。泊舟河畔觅珍珠。柳殿春移莲步。狎客狂吟琼树。长夜醉中徂。谁遣韩擒虎。一战沼东吴。　　访红罗，歌白苎。蓦回车。埭鸡催曙。千年沉睡破华胥。依旧龙蟠虎踞。重见云连星聚。弹指辟榛芜。翘首扶摇路。旌旆荡阳乌。

水龙吟

吴瞿安挽词

酒边恻恻吞声，瘴云万叠埋忧地。低垂白首，浮湘断梦，沼吴残泪。不见江南，杏花春雨，先生归只。但相期早日，中原北定，丁宁嘱、蒸尝事。　　金马碧鸡遥指。玉龙哀、斜阳红里。平生仿佛，评量月露，咀含宫徵。惨绿年华，冷红亭馆，昔游余几。郁人间百感，高歌风洞，又当前是。

（以上选自《倦鹤近体乐府》1949 年油印本）

邓家彦（1首）

邓家彦（1883—1966），字孟硕，广西桂林人。早年留学日本，1905年加入中国同盟会。民国后任临时参议院议员。曾创办《中华民报》，反对袁世凯独裁，一度被捕入狱。南社社友。著有《一枝庐诗钞》《民族语原》《学锲录》等。

浣溪沙

狱中作

凉月如镰寂照时。隔帘花影认参差。玉楼深锁漏声迟。　无奈衾寒眠不足，却怜梦断力难支。晓来犹自写相思。

（选自《南社词选》，《南社丛选》民国二十五年国学社排印本）

李维藩（3首）

李维藩（1883—1942后），字秉心，上海青浦人。光绪丁未（1907）任青浦竞新小学教席，民国九年（1920）任青浦县教育会会长（见《青浦县教育会年刊》），曾从段蔗叟学诗，有用世之才而避居闲咏。兵火流离之际，遭丧妻、丧母、丧兄之痛，潦倒漂泊，发为吟咏，有《潭心诗余》一卷。

《潭心诗余》一卷，民国三十一年（1942）排印本，附于《潭心诗草》之后，前有“馨谷”题签。词作无系年，多题图、酬赠之作。惜春、悲秋之际，每有自鸣、自伤之意，读之凄然。至于戴克宽所谓“志哀悼亡诸作，尽入商音，酸楚不忍卒读”（《潭心诗草序》），多见于诗，词中偶有。

采桑子

频年奔走风尘里，心力交殚。两鬓皤然。底事天公不我怜。　　此生自分终无望，愁上眉端。强作欢颜。背着山妻泪暗弹。

一剪梅

寓斋夜雨

客邸沉吟感寂寥。风又萧萧。雨又萧萧。排愁唤取酒来浇。酒已全消。愁未全消。　　灯火荧荧把梦摇。睡也无聊。坐也无聊。债台高筑苦难逃。过了今朝。又是明朝。

水调歌头

闻海上生活日高，填此聊慰亲旧。

故人渺难即，海澨伴鸥眠。竭来桂薪珠粟，度日复如年。漫说王孙归去，只怕归时草色，犹惹马蹄间。共掬天涯泪，肝胆向人前。　　秦与越，等肥瘠，总堪怜。看他瞬息千变，蓦地起波澜。寄语西风着意，好趁东流水去。直到白云边。莫负一尊酒，先此问平安。

（以上选自《潭心诗余》民国三十一年排印本）

李宣倜（16首）

李宣倜（1883—1958），字释堪、释戡，号苏堂、太疏，晚号蔬畦，福建福州人。清末留学日本，民国初年官陆军中将、行政院参事。曾任北京师范大学、美专、民国大学等校教授。有《苏堂诗拾》《剑暮堂诗馀》，京剧剧本《天女散花》等。

台城路

九日桥西酒后，驱车台城，赋韵题诗，意有未尽，约同游西神、彦通、叔雍、榆生诸子，更以此调写之。

白蘋红蓼桥西路，烟汀冷缘幽援。断渚栖凫，留花恋蝶，聊称郊居清晏。柴扉昼款。待侧帽人过，玉醪同劝。且分伤高，命车萧寺踪游眄。　　台城摇落似怨。后庭歌乍阕，尘世都换。祸水移邦，豪华转毂，一代兴亡谁殿。逢辰作健。正从菊邀霜，叠岚收霰。俊翮横空，壮怀何处展。

（选自《同声月刊》第1卷第12期）

满江红

题《易水送别图》

煮酒谈天，且休笑、荆卿谋拙。燕赵势、虎蹊委肉，几何能辍。功就定夸曹沫勇，身亡未让专诸烈。算当时、百计费沉吟，方投玦。　　一诺感，田光节。片语溅，於期血。岂纵横游侠，恩酬冤雪。短剑单车汾水远，高歌哀筑秦宫歇。甚丹青、千载卷图看，酸风咽。

高阳台

展重阳饯秋酒次

花展重阳，人来前度，酒醒雨歇秋残。多事伤高，小园且分盘桓。霜轻曲沼明如鉴，数鬓丝、同倚斜阑。怕无端。转却光风，一恁清寒。　　延缘何处挐舟去，算山林钟鼎，安顿都难。舞袖当筵，郎当应笑旁观。酡颜写上颇黎镜，寄幽情、长傍琅玕。待重看。佳约明年，别样倏闲。

（以上选自《同声月刊》第2卷第2期）

踏莎行

题吴湖帆夫人《绿遍池塘草图册》

缕凤才名，彩鸾仙韵。玉台兰雪融心印。东风重返谢池春，千秋慧业销磨尽。　　恼带鸳慵，撩钗燕困。西亭翠被栖香烬。丹青忍续断肠吟，吴霜一夜沾潘鬓。

临江仙

题《淞雨吴讴图卷》

依样江南山色好，卷帘人隔星河。镜华空掩醉颜酡。未应歌小海，曾与托微波。　　欹枕檐花和泪堕，织愁争觅龙梭。瑶京影事费销磨。画图重省识，谁分此情多。

（以上选自《同声月刊》第2卷第3期）

蝶恋花

乳鸭呼群翻浅渚。匝地浓阴，未午浑疑暮。几日繁英无一树。荼蘼架外春归路。　　短梦如春留不住。春也零星，梦也无凭据。

多少江南肠断句。滞人那必黄梅雨。

（选自《同声月刊》第2卷第5期）

贺新郎

送张次溪之官徐州

芒砀山如赭。数人物、子房去后，几多英霸。汴泗萦回孤垒在，曾与君家盘马。又吹笛、苏仙来也。应是稻粱谋已拙，快青冥、一举风云借。伫搔首，转悲咤。　　长安年少谁方驾。好男儿、平生弟畜，肝肠倾泻。北府谈兵空往事，愿作随车雨化。知不负、草堂深话。蒿目东南民力尽，算用淮、犹足支天下。丰沛酒，为予贳。

（选自《同声月刊》第3卷第9期）

瑞鹤仙

壬申末伏，君坦逭暑北来，过从甚欢。自青榭池荷盛开，君庸约共游赏，余以事不至。越日，君坦赋词见投，欲和未就。秋深玉泉，巾车孤往，败荷塞水，丹枫恋晖，意有所枨触，因次韵寄君坦，兼视蛰云、君庸。

引流成小溆。爱洗耳泉声，疑听秋雨。晴岚淡烟缕。望浮图双矗，石蟠松据。倦怀谁与。恁肃闲、自寻意绪。怅观荷、误却芳期，漫对霜枫凝觑。　　延伫。阑干还倚，水佩风裳，吟悰何许。凉生綦屦。催迟暮，有虫语。料明年此会，重来把酒，不负山中素侣。向西风、商略黄花，忆君眉宇。

（选自《青鹤》第1卷第6期）

青玉案

岁暮和方回

荒陂渺渺青溪路。又迤逦、钟山去。回首星霜三十度。画桥朱舫，绣楼金户。都是销魂处。　　兰缸不管年芳暮。伴著江南断肠句。旧梦东华寒几许。冻云裁玉，乱霙搓絮。那似愁人雨。

（选自《青鹤》第 2 卷第 13 期）

蝶恋花

沪西春晚，同韬园、秋岳

驰道轻车争短吹。掠袂飘风，送我投深翠。一逻斜墙缘浅水。秋千架静藤萝坠。　　细草连茵松偃盖。醉靥蛮枫，娇似垂髫妹。可惜高楼人午睡。等闲闲却春滋味。

（选自《青鹤》第 2 卷第 24 期）

浪淘沙

甲戌中秋

楚尾与吴头。少小曾游。还家去国几沉浮。二十三年灯火路，又是扬州。　　底事苦淹留。无计归休。江山信美怕登楼。向老逢辰肠易断，何况中秋。

（选自《青鹤》第 3 卷第 2 期）

绛都春

为榆生题《授砚图》，即送其之岭南

双眸星炯。爱镂句酒边，词笔高敻。振响四明，一瓣心香爇来永。兰陵共语何人省。抚片石、隃麋光莹。续编刊本，丹黄手泽，暗中悲哽。　那更。淞滨洒墨，叹仙鹤、未换旧时珊顶。鹤眼分明，亲睹传衣曹溪等。南游慧业留孤证。照短鬓、珠江愁影。梦君客驿梅花，小春庾岭。

（选自《青鹤》第3卷第23期）

南　浦

题《彊盦填词图》

倦影照淞波，点吴霜，早换词人青鬓。天际幻楼台，销凝处、海气濛濛吹蜃。阆风野旷，宝书望杳青鸾信。欲把鹍弦题短调，老泪暗沾尘轸。　君家门第乌衣，梦钧天、记和霓裳旧引。零落怨蘼芜，搴芳路、今日断肠休问。新声试按。可能传得啼鹃恨。回首商歌韦杜曲，依也客魂消尽。

（选自《词学季刊》第2卷第2期）

梦江南

寻断梦，梦远凤城东。荳蔻墙头风似剪，楝花帘外月如弓。明灭白镫笼。　真有味，余味在心头。金勒马嘶初罢酒，银屏客散更登楼。相对按梁州。

（选自《青鹤》第4卷第23期）

解连环

题黄公渚《墨谑庼画隐图》

世尘飞簸。叹吾生底事，觅欢偏寡。只镇日、水范山模，傍荒屿，亭边冷烟松下。断墨零缣，托幽绪、汉陵孤瓦。怕哀鸿满目，监门图意，阿谁知也。　　江潭旧踪信夥。指偕游屐齿，苔痕犹涴。曩与君游定林，君作画题诗见贻。恁为我、结轸歌场，就牙板声中，俪呵泉泻。予所撰《鞠部丛谭校补》，君以万言弁首。一样伤心，都迸作、中年陶写。漫啼珠暗霑，茧纸夜阑烛灺。

（选自《青鹤》第5卷第11期）

水调歌头

为黄荫亭题《瀛槎重泛图》

沧海渺无际，孤咏自苍茫。更番乘风破浪，万斛驾龙骧。觇国阿谁著意，试看鲵居鲋入，吹焰正飞扬。凭仗壮怀好，胜处目徜徉。　　鼓雷霆，浴日月，忒汪洋。回环岛屿，依稀霄际挂虹梁。我愿心兵罢构，从此狞飙都熄，洗甲倒银潢。梦泛灵槎去，与子诉天阊。

（选自《青鹤》第5卷第13期）

卢敏（3首）

卢敏（1883—1959），字霞九，署“啸园”“啸园主人”，浙江乐清（今属温州）人。民国初年，与张云雷、胡奉群创办虹桥女子学校。慎社社员。著有《卧云楼词草》等。

《卧云楼词草》一卷，民国二十三年（1934）排印《卧云楼吟草》本。《吟草》前有“耐翁”题签、作者肖像、“壶叟”所题像赞、张淑梅序、作者自序、陈雄与叶震东题辞。《卧云楼词草》所收词几乎全为短调，多纪行、记事、咏人之作，而虚实兼济，庶几能免黏着之憾。闲愁逸兴，有感而发，故有浅近流快之致。

南乡子

登九州岩

飞屣蹑高冈。度尽云梯探八荒。睇眄江天蜃气霭，沧浪。数点征帆去渺茫。　　烟水翳河梁。细数丘陵认故乡。几处峦青雾碧逐，风翔。雁荡并肩挂夕阳。

唐多令

办赈病归

载月渡长川。披星和露眠。运斗升、计济凶年。救不得哀鸿满野，形枯槁、枉自怜。　　村落冷炊烟。黄云幸满田。病归来、高卧林泉。旧虑新愁消未尽，邀居士、共谈禅。

鹧鸪天

龙门山怀古

翠竹苍松绝壁中。回环青嶂隔尘红。梅溪笔砚东平几，鸿雪依然仰古风。　　云渺渺，水淙淙。岚光春色古今同。石潭知有骊珠伏，何日风雷起卧龙。

（以上选自《卧云楼词草》，《卧云楼吟草》民国二十三年排印本）

吕碧城（29首）

吕碧城（1883—1943），原名贤锡，字碧城、遁天、明因，后改字圣因，法号宝莲，别署晓珠、兰清、信芳词侣等，吕凤岐第三女，安徽旌德（今属宣城）人。诗人、文学家、女权运动的首创者之一，中国女子教育的先驱。吕碧城“生而颖慧绝伦，读书十行俱下，有‘不栉进士’之誉”。曾任《大公报》编辑、北洋女子公学总教习，民国后受袁世凯礼聘，任总统府机要秘书，后又担任参政一职。民国七年（1918）后一度旅居欧美。吕碧城早年为人旷放，晚年潜心佛理，又兼游历美、英、法、德、意、奥和瑞士诸国，词作题材广泛，气象万千。有“近三百年第一女词人”之誉。尤以海外新词著称于世，描摹海外风光、异域人文。著有《吕氏三姊妹集》（姊妹合集）、《信芳集》、《信芳词》、《晓珠词》、《吕碧城集》、《欧美之光》、《雪绘词》、《法华经普门品》、《观无量寿佛经释论》等。

摸鱼儿

客里送春，率成此调。伤时感事，不禁词意之凄断也。

悄凝眸、绿阴连苑，啼莺催换芳序。春归春到原如梦，莫问桃花前度。吟赏路。便咫尺西洲、忍却临波步。多生早误。拚香死心苗，红凋意蕊，长与此终古。　　天涯远，著遍飘英飞絮。粉痕吹泪疑雨。三千顽碧连穹瀚，凄绝云軿回处。今试数。只一霎韶华，幻尽闲朝暮。人间最苦。待珠影联躔，麝尘惊跸，还引姹魂去。

念奴娇

自题所译《成吉思汗墓记》（见所著《鸿雪因缘》）

英雄何物，是嬴秦一世，气吞胡虏。席卷瀛寰连朔漠，剑底诸侯齐俯。江淹《恨赋》："秦帝按剑，诸侯西驰。"宝钏裁花，珠旒拥檝，异想空千古。双栖有约，翚衣云外延伫。　　幽穸碧血长湮，啼妆不见，见苍烟祠树。谁访贞珉传墨妙，端让西来梵语。鳌风凋翎，女龙飞蜕，劫换情天谱。彤篇译罢，骚人还惹词赋。

高阳台

啼鸟惊魂，飞花溅泪，山河愁锁春深。倦旅天涯，依然憔悴行吟。几番海燕传书到，道烽烟、故国冥冥。忍消他，绿酹金卮，红萼瑶簪。　　牙旗锦帐风光好，奈万家闺梦，凄入荒砧。血涴平芜，可堪废垒重寻。生怜野火延烧处，遍江南、草尽红心。更休谈，虫化沙场，鹤返辽阴。

青玉案

樱云冷压银漪遍。春满了、澄湖面。十二瑶峰来阆苑。眉痕敛黛，霞痕渲雪。山也如花艳。　　登楼懒赋王郎怨。回首神州似天远。休道年年漂泊惯。随风去住，随波舒卷。人也如鸥倦。

满庭芳

建尼瓦湖畔，残夜闻歌有感

倦枕欹愁，重衾殢梦，小楼深锁春寒。笙歌隔院，咫尺送喧阗。想见华筵初散，怎禁得、酒冷香残。空胜了，深宵暗雨，淅沥洗余欢。　　愁看佳丽地，帷灯匣剑，玉敦珠槃。怕人事，年光一样阑珊。漫说霓裳调好，秋坟唱、禅味同参。疏帘外，银澜弄晚，江上数峰闲。

玲珑四犯

建尼瓦之铁网桥

虹影斜牵，占鹫岭天风，长缕轻扬。谁炼柔钢，绕指巧翻新样。还似索挽秋千，逐飞絮、落花飘荡。任冶游湖畔来去，通过画船双桨。　　步虚仙屧传清响。渡星娥、鹊群休傍。旧欢密约浑无据，春共微波往。为问倚柱尾生，可忏尽、当年情障。锁镜澜凄黯，回肠同结，万丝珊网。

好事近

登阿尔伯士雪山

寒锁玉嵯峨，掠眼星辰堪撷。散发排云直上，闯九重仙阙。　　再来刚是一年期，还映旧时雪。说与山灵无愧，有心期同洁。

多　丽

大风雪中渡英海峡

海潮多。彤云乱拥逶迤。打孤舷、雪花如掌，漫空飞卷婆娑。落瑶簪、妆残龙女，挥银剑、舞困天魔。怒飓喑呜，骇涛澎湃，骞槎无恙渡星河。正追想、阿瞒佳句，对酒且高歌。休辜负，壮观如此，雅兴云何。　　问伊谁、探梅故岭，灞桥驴背清哦。玩良辰、舟浮锦鹢，吟寒夜、盏挹红螺。迢递三山，间关万里，浪游归计苦蹉跎。待看取、晦霾消尽，晞发向阳阿。将舣岸，蜃楼镫火，射缬穿梭。

绛都春

建尼瓦湖习桨

临波学步。试扶上小舟，轻移柔橹。弱腕乍扬，已觉吟魂消银浦。低昂一叶从洄溯。似蘸渌、蜻蜓栩栩。半湾新涨，盈襟绀影，悄然来去。　　休误。烟霞无价，供欣赏、说甚他乡我土。几许梦痕，濯入沧浪慵回顾。仙踪况许壶天住。尽水珮、风裳容与。夕阳正恋瑶峰，赤晶认取。

新雁过妆楼

旅居雪山之顶漫成此阕

万笏瑶峰，迎仙客、半空飞现妆楼。一声新雁，哀韵暗引箜篌。云气岚光相沆瀣，更无余地著春愁。思悠悠。魂消冰雪，乡杳温柔。　　婵娟凭谁斗影，梦素娥青女，裙屐风流。相逢何许，依约群玉山头。鸿泥无端小印，似枕借黄粱联旧游。闲吟倦，但眼迷银缬，寒生锦裯。

洞仙歌

戊辰中秋，计予再度去国又二年矣。

圆规无恙，自乘桴西去。二十三番弄消长。看苍茫秋色，窈窕冰姿，又宛宛、来伴客星同朗。　　淮南还木落，问讯铜仙，曾否宵啼泪盈掌。故国几悲欢，分付西风，扫太华、残云来往。喜法曲、霓裳远能传，播桂子天香，共成心赏。

玉漏迟

旧游迷杜芷，采芳重到，岁华更替。几曲栏干，消得客中闲倚。逝水不分今古，且莫问、沧世何世。差自喜。吟怀未减，一樽堪酹。　　园林昨夜新霜，酿熟柿垂丹，晚枇凝翠。天际瑶峰，还又绮霞微翳。道是山川信美，可祓得、人间疵疠。残照里。高歌海门秋丽。

沁园春

时序重逢，检点寒馨，东篱又黄。怅灵萱堂下，曾暌莱彩，高椿冢畔，莫奠椒浆。磨蝎光阴，抟沙身世，岂待而今始断肠。天涯远，只孤星怨晓，病叶啼霜。　　家山梦影微茫。记摘蔓、燃萁旧恨长。便宫鹦前面，言将未忍，风人旨外，哀已成伤。月冷松楸，尘封马鬣，泉路栖迟各一乡。凝眸处，但凄风猎猎，白日荒荒。

木兰花慢

丙辰秋，与老友韦斋及廖公子孟昂同游杭之西溪，顷韦斋寄示新词，述及往事，孟昂早归道山，予亦远适异国。楝风隽句，深寓沧桑之感。赋此奉和，亦用梦窗韵。

望家山迢递，远烟横、黛眉颦。尽溯海寻桑，看朱成碧，欲记难真。荻华又吹疏雪，黯西溪、无处认秋痕。依约前游似梦，飘零旧侣如云。　　歌残楚些招魂。消侘傺、付沉醺。怕百年虚度，新词织锦，留印心纹。未来更兼过平声去，佛说有过去及未来，无现在。问芸芸、谁是古今人。一样夕阳花影，商量莫负黄昏。

（以上选自《吕碧城集》民国十八年上海中华书局排印本）

解连环

绮霞弥漫。任盈盈小影，水天幽占。做几多、画本诗材，把岚翠闲收，湖漪轻剪。何处飞仙，指风送、东溟三万。尽相逢一笑，莫论主宾，休问胡汉。　　归辽待寻鹤梦，料沧桑故国，几度催换。且蹉跎、老我浮生，有晓雾蛮花，夜霜羌管。酒醒今宵，怕明月隔帘流眄。按清歌，寄愁未得，寸心自远。

玲珑四犯

意国多古迹，佛罗罗曼（Fororomano）为千余年市场遗址，断础残甃，散卧野花夕照间，景最凄艳。赋此以志旧游之感。

一片斜阳，认古甃颓垣，蝌篆苔翳。倦影铜驼，催入野花秋睡。尽教浅梦沉酣，浑不管、劫余何世。看凄迷废垒萝蔓，犹似绮罗交曳。　　艳尘空指前游地。黯销凝、屧香黏蕊。大秦西望苍烟远，谁解明珠佩。重溯故国旧闻，记八骏、曾驰周辔。惹赋情绵邈，春痕长晕，穆瑶池际。十二世纪时，成吉思汗统一欧亚，罗马属焉。

望湘人

送征帆远去，孤馆悄归，只怜排闷无计。绣椅空时，锦茵凹处，坐久余温犹腻。银褪糖衣，灰残烟尾，分明眼底。恰匆匆、如梦相逢，那信伊人千里。　　红萼新词漫拟。怅伶俜倦旅，岁阑心事。听笑语谁家，暖入翠樽芳楔。倘逢驿，使梅枝折寄。冰雪邮程西比。西比利亚铁路。不辞化、一缕离魂，黏入缃苞寒蕊。

兰陵王

秋　柳

乱鸦集。写入芜城秋色。隋堤畔，无限夕阳，红到枝头黯成碧。宵来梦郁抑，愁压。眉痕更窄。怜憔悴，零落旧妆，付与西风弄梳掠。　　春华去谁惜。忆帘卷朱楼，处处烟影。朦胧尽是相思缬。更茜雪相映，小桃争发，曾遮骢马踏艳屑。只今两陈迹。
凄恻。诉飘泊。又唱彻阳关，魂断桥侧。霜条待共梅枝折。望故国千里，暮云愁隔。归心何许，托笛语，问旧驿。

霜叶飞

十年迁客，沧波外，孤云心事谁省。兰成词赋已无多，觉首丘期近。望故国、兵尘正警。幽栖忍说山林隐。听夜语胡沙，似暗和、长安乱叶，远递霜讯。　　不分红海归来，朱颜转逝、驻景孤负明镜。但赢岩雪溅秋寒，上茂陵丝鬓。算一样、邯郸梦醒。生憎多事游仙枕。指驿亭、无归路，马首云横，锁蓝关暝。

月下笛

镜揽湖云，裙湔海翠，坠芳难撷。归艎促上，倦游人悔轻别。寒惊辽鹤东飞梦，忆前度、仙岩卧雪。况茂陵病损，灰残心篆，赋情都歇。　　缃稿，堆重叠。费万感哀吟，不关花月。飙轮暗转，断肠无限尘劫。西风如检沧桑谱，更翻遍、秋云叶叶。悄凝望、黯碧天垂处，不见珠阙。

八声甘州

丁丑阳历六月四日，为予十年前卜居瑞士雪山之始，感旧伤时，漫成此解。

讶年华、脱手箭离弦，仙游梦初蘧。忆岩栖乍隐，牵萝剪渌，小贮琴书。帘卷寒光积雪，皴玉照晴虚。映郦潭倒影，琪树扶疏。　　归棹无端东泛，又青山蓥越，芳草愁吴。问玄都花事，劫后近何如。怅浮生、万缘波逝，更无一事可还珠。凭谁省、旧哀新感，证与冰蜍。

浣溪沙

一捻凉蟾入杏林。闹红深处见秋心。彩毫凄断未成吟。　　香烬冷灰成郁烈，琴回绝轸变繁音。小楼人影夜沉沉。

汨罗怨

过旧都作

翠拱屏嶂，红迤宫墙，犹见旧时天府。伤心麦秀，过眼沧桑，消得客车延住。认斜阳、门巷乌衣，匆匆几番来去。输与寒鸦，占取垂杨终古。　　闲话南朝往事，谁踵清游，采香残步。汉宫传蜡，秦镜荧星，一例秾华无据。但江城、零乱歌弦，哀入黄陵风雨。还怕说、花落新亭，鹧鸪啼苦。

望湘人

娄户云青女士为予相识最早之友，去国后遂睽音讯。丙子岁暮，重游故都，适闻其殡，由都移柩津门，乃驰往车站送之。顷娄鲁青君寓书乞诔，为赋此词，盖纪事之作也。女士著有游记数万言，现方付梓，供艺林珍赏，殆闺襜中之徐霞客欤？

记荀香谢絮，流韵溯芬，旧家梁孟堪拟。琬琰镌华，钗钿横海，曾见步虚高致。艺菊霜清，纫兰秋瘦，伊人憔悴。最无端、一霎回风，缥缈仙云吹坠。　　零乱蟫尘凤纸。殢银钩写遍，十洲烟水。计久别重逢，待话离悰相慰。断肠惟见，素馨斜路，如雪寒花传槥。赋楚些、谱入哀弦，问有湘灵归未。

陌上花

木棉花作猩红色，别名烽火树，和榆生教授之作

丹砂抛处，峰回粤秀，茜云催暝。绚入遥空，漫认霜天枫冷。长堤何限红心草，犹带烽烟馀恨。又花凄蜀道，鹃魂惊化，泪绡痕凝。　　料吴蚕应妒，三军挟纩，不待娇丝缫损。脸晕浓酲，艳锁猩屏人影。鄂君绣被春眠暖，谁念苍生无分。待温回、黍谷消寒，同赋绛梅芳讯。

宴清都

偶检旧箧，得徐君芷生游柳絮泉访易安遗址见赠之作，赋此追和，相隔已廿余年矣。

絮影微波寄。荒祠外，胜游会访遗址。寒泉浥黛，清词漱玉，蛾眉名世。砚池艳点飞花，认丽句、徐陵惯拟。似谢娘、残咏回春，朦胧更因风起。　　隋堤渐少吹绵，丛残未理，谁续芳史。尘笺再展，数行犹见，故人深意。新华暗凋宫柳，早寥落、贞元朝士。剩旧时、洹水东流，萍踪迤逦。

祝英台近

澹梨云，霏杏雨，花信风城早。十里宫墙，依旧翠阴绕。甚时玉步归来，无情驼陌，又绿遍、前番芳草。　　黯怀抱。几度倦旅招提，笼纱认残稿。不分微波，南渡送春老。无端比素量缣，故人轻弃，枉伫尽、靡芜斜照。

玉梅令

苍云换世。去国疑非计。残香坠、采空兰芷。溯沧波迤逦，十载卸归帆，真庐再见，惊尘揭地。　　楚累吟篋，鳌烟蛛水。忍重写、弃都余丽。惯愁风愁雨，心事比层蕉，怎禁得、茂陵憔悴。

点绛唇

暮色空濛，一灯昏入菰蒲雨。扁舟何许。画罨鲭鱼浦。　　华盖遥张，岚影微茫处。频回顾。天边孤伫。苍秀高原树。

（以上选自《晓珠词》民国二十六年排印本）

马桴（9首）

马桴（1883—1967），原名福田，更名桴（或作浮），字一浮，号湛翁、蠲叟、蠲戏老人，浙江上虞（今属绍兴）人。光绪末年留学美国、日本，归国后潜心学术和艺术。1938 年后，历任浙江大学教授、四川乐山复性书院院长、浙江文史研究馆馆长。通儒学、佛学，工诗、词、书法。著有《芳杜词剩》。

《芳杜词剩》一卷，有民国三十六年（1947）刻本，附于《避寇集》后。前有题签（未署名）及牌记“丁亥刻于杭”，收丁巳（1917）至丁亥（1947）间词。马氏哲学造诣精深，精于佛儒，其词多佛禅语。钱仲联称“一浮不为医而栖心禅悦。大愿拯溺……《芳杜词剩》，则其‘活人剑、涂毒鼓、祖禅师’（《水调歌头》），‘犹余风画空中，是法非真，待缘一现’（《莺啼序》）者也”（《近百年词坛点将录》），此其一也；马氏词作的另一主题是家国情怀。抗战以后，马氏避居巴蜀，词中交织着山河破碎、有家难归、时光易逝之感。《南柯子》之“千山处处割愁肠”、《浣溪沙》之“山川虽好废登临”尤痛人心扉。

一丛花

和金香严叟“春感”元韵，连日大雷、雨不辍。

秋阴过了又春阴。恼乱薜萝心。黄蜂紫蝶频来去，早落花、芳草难寻。暝色连江，天风吹梦，尚有伯牙琴。　　焚巢归鸟已迷林。冻雨没荒砧。阿香枉费驱龙力，剩千山、万径苔深。莨菪针前，形天影里，剑气夜沉沉。

声声慢

春日湖上漫兴

孤根离幻，翳眼观空，颓年倦对芳朝。一曲柔波，边愁不上兰桡。家山画图如绣，称笙歌、兵气能消。庭院静，看疏帘燕度，暗柳莺捎。　　终古山河见病，笑蓬莱、仙药久误王乔。云水无心，鱼龙未是天骄。花源避秦人远，又东风、吹绽园桃。烟树暝，倚霏微、何处玉箫。

卜算子

新秋月色如水，夜起独步中庭得此。

夜静月轮高，江与天俱永。唯见清光浸碧山，不见星河影。　　荇藻砌交横，满院松杉冷。细引天风拂玉琴，莫使鱼龙醒。

南柯子

佳节偏催老，胡尘久罥觞。败荷残菊减秋光，又是一番风雨、过重阳。　　绨绤惊寒早，关河入梦长。千山处处割愁肠。消得几多岁月、看沧桑。

虞美人

立夏日，答沈尹默见赠

杜鹃声里斜阳暮。行尽巴山路。天涯倦客惜春残。思趁江南春水上归船。　　阑风伏雨难回避。今古情无异。此情唯有故人知。每向绿阴深处记新词。

浣溪沙

春分日书感

二月轻寒尚薄裘。扶衰无力强登楼。寂寥经惯转忘忧。　　帘外飞花如雪乱，门前春水接天流。旧鸿新燕一般愁。

满庭芳

身是浮云，生如流电，百年能几春晴。新消残雪，才见柳梢青。瞥眼风花历乱，刚数日、春已飘零。栏干外、红英满地，高树遍啼莺。　　堪惊。人世换，兵前草木，别后池亭。奈铢衣乍拂，痟首如酲。旧日归心总负，空惆怅、倚杵天倾。悲笳动、游辰易歇，镫火黯西泠。

浣溪沙（二首）

奉酬尹默写示近作

尘外轩窗九夏凉。晚来风送芰荷香。芳洲烟渚永相望。　归梦尚依青蒻笠，太平终在白云乡。楚歌巴舞尽回肠。

不学阴何苦用心。每思陶谢爱长吟。山川虽好废登临。　旧国名都人似草，清词丽句古犹今。桂丛遥阻薜萝深。

（以上选自《芳杜词剩》民国三十六年刻本）

沈尹默（11首）

沈尹默（1883—1971），原名君默，字秋明，浙江吴兴（今湖州）人。早年游学日本，归国后先后执教于北京大学、北京女子师范大学，1929年任河北省教育厅厅长。1949年后，任中央文史馆副馆长、全国政协委员、人大代表等。曾为“新文化运动”得力战将，倡导白话诗。工书法、诗、词，著有《秋明集词》《念远词》《松壑词》《秋明长短句》。

《秋明集词》一卷，民国十八年（1929）北京书局排印《秋明集》本。前有夏克斋题签，有词目，收词共七十阕，多是小令。《念远词》一卷、《松壑词》一卷，有1984年齐鲁书社影印沈尹默民国三十一年（1942）秋至三十二年（1943）抄本，与汪东《寄庵词》、沈祖棻《涉江词》合刊为《沈尹默手书词稿四种》。扉页有沈氏题记，末有程千帆跋语。据二文可知，抄本《念远词》《松壑词》为沈氏赠程千帆、沈祖棻（子苾）而录。《念远词》收民国二十九年（1940）至三十一年（1942）词；《松壑词》收民国三十一年（1942）二月至八月词。与《秋明集词》不同，此二集兼有慢词。《秋明长短句》一卷，沈尹默写本，附于自抄本《秋明室杂诗》之后，2003年，上海教育出版社合刊为《沈尹默诗词手迹》，收1940年至1946年词作，与上述诸本多有重合，是为沈氏晚年手定本。此外，沈尹默曾多次以扇面、条幅、长卷等形式书写其词作，词作顺序、数量均不等。

沈氏早期词作走的是革新的路子，用词简明，偏口语化，但又保留了词体旧有的格律，有民歌化、俚俗化的倾向，不及旧体词意蕴丰富、深远。后期兼攻长调，学柳永，有深沉悲楚之致，气象格调有胜于前期。夏敬观称其“小令造诣至深，能写前人未尽之意，兼采南北宋之长。故为慢词，虽涩调亦出之自然，不觉艰苦。观集中若《曲玉管》，若《孤塞》，若《泛清波摘遍》诸调，常人所难，君则行所自如，可证也已。……视君居蜀词所道，故尤有膺心沉恨，莫之能泄者”（《念远词序》）。

思佳客

西山道中

十丈红尘一霎休。偶凭林壑散羁愁。晚风吹帽临官道，小辇催诗纪旧游。　　云淡淡，意悠悠。乱蝉声里雨初收。柳光岚翠知多少，又是新来一段秋。

（选自《秋明集词》民国十八年北京书局排印本）

渔家傲

遥思长吟过夜半。情怀唯许青灯见。月落又添窗色暗。更五点。梦中惊起邻鸡唤。　　欲往报君青玉案。侧身东望关河远。莫为五噫肠九转。人世换。定巢随处逢新燕。

临江仙

细雨还晴晴又雨，落英已自缤纷。萋萋芳草碍行人。欢情余白袷，暖意失红巾。　　往日有谁堪共惜，流莺不解伤春。离骚心事远游身。西江何限水，南陌几多尘。

小重山

红是相思绿是愁。徘徊花树下、未能休。几番客里罢春游。梅雨后、凉意在帘钩。　　老去减风流。纵教逢旧燕、也应羞。江山如此一凝眸。山隐隐、江水自悠悠。

祝英台近

陌间尘，江上水，各自送春去。燕燕飞来，仍傍画楼住。可堪拂地垂杨，游丝千尺，更不见、系花骢处。　　最凄楚。写寄别后相思，哽咽对灯语。旧约无凭，空认梦中路。剩教嘱付青禽，人间天上，好为我、殷勤探取。

八声甘州

奈西风未动杳冥冥，长空已云罗。盼天开金镜，尘清琼宇，愁洗银河。恨事当前还满，蕉叶雨声多。明暗蓬窗底，书剑销磨。　　春艳旋成秋丽，促酒边倦客，强起高歌。幻文狸山鬼，窈窕媚烟萝。立苍茫、人间何世，有鲁阳、空自解挥戈。腰横笛、载扁舟去，流响层波。

水龙吟

一椽准拟幽栖，野烟漠漠迷林表。径回地僻，暗尘还惹，层峦自绕。花糁融泥，莺歌断雨，但余芳草。算西南浪迹，清游未试，春又去、人空老。　　极目关河古道。倦沉吟、这番怀抱。故人不见，阑干依旧，酒边残照。去国兰成，登楼王粲，乡愁多少。纵云罗、万里秋风动也，怕飞鸿杳。

生查子

秋红霜未添，夏绿风犹展。目断北来鸿，心系南归燕。　　怕上旧楼台，还怯新阑槛。总道莫思量，已自思量遍。

水龙吟

年年总盼春归，却无人解留春住。韶光好景，从来都换，莺歌燕舞。过雨横塘，回风曲径，随波飘絮。算匆匆开落，红芳万种，和春到、还同去。　　迢递关河日暮。恋余晖、青芜弥路。底须凝望，旧家台榭，江南芳树。只有霎时，醉中人物，依稀如故。待停杯、唤月且来伴我，向高寒处。

曲玉管

用柳耆卿韵

宝篆闲销，珠帘不卷，阑干几曲留人久。却爱当时花月，江上清秋。对明眸。莽莽云飞，轩轩波起，失群断雁应难偶。四望菰芦，暝色还满沙洲。恨悠悠。　　似此江山，尽供取、兴王图霸，怎知大海扬尘，麻姑又话新愁。忍欢游。只先春梅蕊，尚解残年心事，不须料理，雨雪天涯，独倚危楼。

（以上选自《念远词》1984年齐鲁书社影印沈尹默民国抄本）

塞　孤

用柳耆卿韵

说春来，又是芳菲歇。碧草萋萋争发。几许旅怀愁远别。新过雨，川途滑。平林表、莽烟霞，幽径里、闲风月。甚樽中酒，依旧芳冽。　　独倚百尺阑，乍见瑶宫阙。惨惨鹃声啼澈。怎不教人归思切。偏岁岁，逢佳节。江上水、绿如油，波浪至、还成雪。好风光、果为谁设。

（选自《松壑词》1984 年齐鲁书社影印沈尹默民国抄本）

汤国梨（24首）

汤国梨（1883—1980），字志莹，号影观，苕上老人，浙江乌镇（今属嘉兴）人。章太炎继室。汤国梨九岁失怙，由寡母抚养长大。1907年毕业于上海务本女学师范科，并从事教育工作。初任职于吴兴女校，后任校长。1912年，与吴芝瑛、陈撷芬等人发起成立神州女界协济社。汤国梨于该社创办的神州女学任教职，并与其他女界名流创办《神州女报》，宣扬女界革命和妇女解放。31岁嫁给章太炎后，她全力支持夫君讨袁、讨蒋、抗日等重大社会活动，先后筹办“女权同盟会”“女子参政会”等组织。1949年后定居苏州，曾任苏州市政协委员、民革苏州市委主席。1980年7月病逝于苏州。著有《影观诗稿》《影观词稿》。

蝶恋花

寄弟辽阳

怅望长河天欲黑。铁马金戈，塞外风云急。万水千山归不得。鱼沉雁断愁何极。　　倚栏萧萧双鬓白。指点归鸿，涕泪空沾臆。木叶飘摇风不息。残阳影里啼乌集。

浣溪沙

“八一三”之变，避地杭州，与余君登楼外楼。

鼙鼓惊心海上催。孤山无恙暂徘徊。满身香雾看花回。　　座上客来真不速，水边灯火尽楼台。一杯聊以写沉哀。

临江仙

感　事

辛苦天涯多是客，相逢怎慰飘零。逃禅远恐误虚名。艰难家国恨，俯仰涕纵横。　　天下兴亡原有责，是谁误尽苍生。燃萁煮豆恨难平。徒劳悲漆室，余痛话新亭。

满庭芳

余幼年居吴门，八岁赴汉口，九岁痛遭先君之丧，乃返浙。既迁上海，匆匆四十余年，今又来居是土，因填此调。

密树藏莺，乱花迷蝶，春酣不惜繁华。名园芳榭，处处好停车。历历前尘堪记，肠断处、物是人遐。东风里，重来燕子，谁觅旧人家。　　叹吾生孤露，飘蓬迟暮，远恨终赊。怎壮怀消尽，犹滞天涯。谁识吴门春树，终不是、苕水烟花。红尘软，遂来小隐，学种故侯瓜。

苏幕遮（二首）

残阳既暝，夜色凄沉，岂秋气侵人，亦劳生之多恨。援笔倚声，不自胜其悲抑也。

暮云低，楼影直。楼外山光，山外斜阳色。望里孤鸿怜影只。缺月疏林，何处还寻得。　　画堂深，凉夜寂。归思迢遥，绕遍天南北。冷砌吟蛩啼永夕。扶起残魂，只在银屏侧。

月华凉，虫语哽。梦掩空帏，倚枕和愁听。泪洗残妆慵自整。万转千回，幽恨无人省。　　烛花摇，光不定。九死残魂，扶起灯前影。罗袜无温衫袖冷。扪遍雕栏，隔雨红楼迥。

蝶恋花

带酒恹恹人闷损。薄暖轻寒，春也如人困。过了花朝寒食近。缠绵不断芳时恨。　　岁岁东风消息准。转绿回黄，何以人无分。换了朱颜还不信。镜中万一回青鬓。

浣溪沙

带水盈盈静不波。浮云西北是银河。机丝撩乱几停梭。　　云树云山劳怅望，梦沉梦醒奈愁何。人天一样别离多。

浪淘沙

夕照向人低。禾黍离离。残山剩水昔游非。荆棘铜驼无限恨，有泪难挥。　　多少好楼台。一例成灰。春光一去几时归。到眼风光皆不是，休更低徊。

采桑子

晚来风雨催残暑，罗袂惊秋。纨扇生愁。天半明河淡欲流。　　遥知七夕佳期近，爱看牵牛。懒上层楼。却下珠帘又上钩。

卜算子

佳节近重阳，只是添僝僽。蓼岸芦汀忆故乡，迢递空回首。　　好景自年年，镜里人非旧。橘绿枫丹紫蟹肥，惟有黄花瘦。

蝶恋花

病中有属服珠粉，既可疗疾，又可驻颜云。戏成一首。

丹沙珠粉流霞酒。驻得容光，留得年光否。只恐华年消歇后。朱颜还比黄花瘦。　　服药求仙期上寿。不老长生，到底何曾有。红袖青衫皆皓首。无情风月还如旧。

点绛唇

白露清霜，雁横云断江天暮。篱花竞吐。来作繁华主。　　休更悲秋，也似伤春苦。君应悟。好春已负。端赖秋光补。

蝶恋花

癸酉寒食

抱病伤时愁万叠。陌上繁花，无赖还争发。蜀魄难招心断绝。子规辛苦空啼血。　　传蜡禁烟寒食节。烽火天涯，多少征人别。杨柳楼头今夜月。玉门关外天山雪。

南楼令

一雨成秋，拟作西湖之游。

风雨满高楼。炎威昨夜收。好呼僮、料理归舟。沙白渚清红蓼岸，重领略、故园秋。　　乡思未能休。天涯已白头。寸心随、雁落汀洲。画舫青骢湖上路，终不是、少年游。

陌上花

新秋游西湖，并登楼外楼小饮。

归舟正好晚荷，未谢新莼初荐。云水光中，顿觉素襟尘浣。西湖特为秋来好，芷白蓼红芦软。更凉蝉、摇曳清如春树，啼莺语燕。　　自登楼望远，临风寄语，词客飘零休怨。对酒当歌，莫问愁怀深浅。千花百草皆迟暮，何况镜中人面。算俊游、到处湖山如旧，旧人都换。

凤凰台上忆吹箫

读日报，见东北运动员留别书，感赋。

候雁还归，乱蛩已歇，辽天景物凄然。念吴江枫树，霜渥初丹。却恨频年衰病，清游误、枉惜朱颜。流霞好，愁肠中酒，醒醉多难。　　看看。画梁紫燕，不是旧关山，何忍重还。叹天涯迁客，难整归鞍。肠断迢遥故国，乱离后、松菊多残。凭栏处，斜阳欲暮，袖冷天寒。

蝶恋花

夜迥楼高堪听雨。便是无眠，添得闲情绪。倘付瑶琴弦上语。潇湘只在低徊处。　　畹晚韶光看欲去。无计留春，何苦留春住。青鬓朱颜能久驻。明年又见花千树。

解佩令

彊村老人画像将供奉浙江芦花秋雪庵，名人题咏遍乎襟袖之间，某君嘱余补白，为填此阕。

江山摇落，词人老去。叹浮生、俯仰成今古。语业凄清，算馀子、莫非尘土。鹧鸪声、比啼鹃苦。　　宫移徵变，琴亡樽冷，问风月、从今谁主。寂莫荒祠，看秋雪、芦花低舞。伴吟魂、定多诗侣。

临江仙

欲补蹉跎来日短，除非霜鬓回青。花光人影共娉婷。微风看紫燕，细雨语流莺。　　我便朱颜如旧好，还愁故国飘零。年时庭院暗尘凝。花前重把盏，谁与话平生。

玉楼春

清秋人意如春懒。无情抛却轻罗扇。疏帘冰簟觉微凉，梦里一番光景换。　　节序炎凉容易改，月自婵娟云自散。年年惆怅雁归时，垂老他乡犹未惯。

浣溪沙

春雨春风怨别离。花开花落数归期。家家燕子看双飞。　　一样画屏银烛下，药炉茗碗旧心期。如今消受梦还疑。

念奴娇

戊辰闰七月，时战事正殷

好秋空过，叹人间七夕，等闲三度。老眼穿针难乞巧，乐事赏心多负。麋鹿台荒，长生殿圮，梦去无归路。雁惊云汉，鹊栖那处庭树。　　纵使牛女无愁，银河无浪，还恐难飞渡。生死流离悲载道，瓜果谁家儿女。宝带波翻，芦沟月冷，何处非焦土。断垣虫语，向人凄切低诉。

瑞鹤仙

乙卯春，避难上海

幕栖台晓雾。问望里，青青谁家春树。频年叹羁旅。念荒园，乔木离离禾黍。幽怀自数。恁乱愁、浑无着处。看郊原野火，烧残细草，寸心还吐。　　知否飘零王谢，燕子飞归，寻常门户。啼鹃何苦。心血尽，帝乡阻。算人天，多事冤禽填海，天本无情强补。恨迟莫青史，青山也成孤负。

（以上选自《影观词稿》民国三十年油印本）

徐蕴华（19首）

徐蕴华（1883—1961），字小淑，号双韵，浙江石门（今桐乡）人。南社诗人，同盟会会员。徐自华之妹，林景行夫人，逝世于沪。曾任崇德女校、晚春小学校长，为上海文史馆馆员。著有《双韵轩诗稿》《记秋瑾》《双韵轩词草》等。

水调歌头

和林宗孟词人观菊

蓦地西风起，帘卷夕阳楼。问花何事晏放，可是为侬留。冷眼严霜威逼，回首群芳偏让，比隐逸高流。容易华年老，莫负一丛秋。　　待把酒，拼沉醉，度吟讴。珊珊瘦骨，更将佳色胆瓶收。笑口纵开须惜，只恐秋光轻别，对此暂消愁。但愿明年景，依旧赏清幽。

金缕曲

题贰香词

夙负匡时志。竟蹉跎、名场毷氉，壮怀莫遂。万种伤心多少恨，写向清词托意。叹才人、每遭时忌。嫉俗徒然存气骨，问茫茫大地何人会。挥一掬，灵均泪。　　莲花幕里身犹寄。最悲凉、酒半牢骚，镜中憔悴。吊屈依刘千古感，同是一般滋味。且冷眼、纷纷人世。我向门墙来问字。诵诗余、无限新声丽。呈拙句，聊相慰。

浪淘沙

和宗孟词人忆旧感事

裘马访蓬瀛。仙侣相迎。四弦水调冠新声。省识青娥堪闭月，恰称香名。　　蒿目感苍生。漫赋闲情。请缨破浪待功成。双桨好迎桃叶渡，名士倾城。

满庭芳

送别宗孟词人

风笛飞声，骊歌欲唱，绿波又向东流。萍踪吹散，送别动吟愁。纵有长亭弱柳，奈丝丝、不系行舟。雄心感，江山万里，已是缺金瓯。　　休忧。长路远，东瀛胜地，两度豪游。好展须眉志。不为封侯。此去乘风破浪，卜他日、事业千秋。望南浦，片帆挂矣，云树两悠悠。

清平乐

扇　囊

抽来弱线。色艳丝丝软。翦锦有囊忘手倦。好贮聚头小扇。　　终朝佩向罗衣。怀中出入偏宜。却笑团纨样拙，秋风容易抛离。

金缕曲

题忏慧词

漱玉清音歇。可颉颃、女儿溪畔，犹留词笔。慧业忏除焚稿矣，黄鹄歌成凄绝。更又是、掌珠坠失。身世茫茫多感慨，抱愁怀、天地为之窄。谁解得、词人郁。　　残山剩水悲家国。最伤心、秋风秋雨，西泠埋骨。风雪山阴劳往返，今日只留残碣。叹一载、空喷热血。造物忌才艰际遇，剩裁云、缝月金荃集。恐谱入，哀弦裂。

齐天乐

乙卯夏秋逭暑刘庄，晚值平湖雨过，红香狼藉。荡桨荷丛，归桡写此，戏足玉溪之意。

莲飙不约斜晖住，宜报北窗诗侣。柳际微波，堤根细叶，才看双凫眠处。平湖遇雨。爱携笛瓜皮，倚流容与。瑟瑟红衣，谁家楼上玉溪句。　　亭皋摇落又暮，凉陂三十六，留听凄舞。千点濛香，三更败翠，惹得惊蟾窥顾。江妃漫妒。恁弹指西风，暗中年度。只忆深宫，那人曾怯暑。

惜红衣

往昔旅居吴松，数系艇长崎石公间。汪湾荷花数十顷，夏景幽寒，终日但闻泉响。每值夕峰收雨，湖气弥清，濒去惛然。欲倩隐玉写意，索碧栖词丈题册而未竟。病窗经岁，转眼熏来，晓起舒襟，聊填此阕以寄意。

盎石堆冰，屏纱障日。晓来无力。强起推衾，含情镜花碧。炉熏细袅，赚软燕、帘前嗔客。湛寂。一枕藤阴，约溪人将息。
莲汀柳陌。来去鸣篗，清游半陈迹。经年兴致剩忆。断湾北、载得米家书画，烟水刺船寻历。只半峰残雨，犹待碧山才笔。

思佳客

南社频索初稿，病榻经冬，束笺未报。近见卷中稍载数年前西溪断句，明日黄花，奚足供诗人一粲哉。因柬此谢之。

莲杜诗人爱挂钱。强收樗栎付吟边。别来思旧难成赋，倦去停云莫系年。　　秋易老，鬓空妍。少年心事病来禅。幽居唯觉溪山好，乞取鸥凫次第眠。

满庭芳

寄亮奇

云淡长天，虫吟小院，月华浸入回廊。离愁枨触，今夜漏何长。病起自怜袖薄，凭栏处、不耐风凉。更何况，频年在客，憔悴为谁忙。　　思量。堪自笑，劝游京国，懒整行装。非吴侬自弃，奈恋高堂。更有莲枝花萼，忍分离、诗赋河梁。君莫笑，壮怀感也，儿女未情长。

西江月

绘《柳塘双燕图》贺愔兰居士新婚，即题此阕。

一片莲香绮落，半堤柳浪风摇。玉京凉思动蓝桡。携手桥边应好。　　鸭绿才消微曲，宫黄细着柔条。又看娉燕结新巢。叶底双栖偕老。

花　犯

樱花步调

隔蓬莱，飘云一片，胭脂洗芳雾。虎飙微动，恁斗取铅华，鼓点催暮。北州血浅移根苦。凄情鸿鹄诉。奈转首、东邻一笑，窥人终肯顾。　　仙娥岂屑作秾妆，箜篌咽，翠帷依稀回护。遭碧水，潜勾引、妧春应妒。休羞看、并肩绰约，只会向、层台承玉露。怎料得、莲前梅后，南天花作絮。

百字令

游虎丘

看山旧客，正冬荒冷落，群花都息。眼涩斜阳摇水外，塔梢登临奇绝。小侣停诗，奚奴载瓮，一笑闲游历。层层林磴，幽寻穿尽寒叶。　　归爱转棹烟流，疏窗冷语，悄应溪声寂。掠鬓野风浑不醒，苦被垂杨承睫。折苇搀青，浮凫弄绿，吹待十村月。一船休去，蘋洲无限渔笛。

（以上选自《词学季刊》第 2 卷第 3 期）

意难忘

薄暮视鉴湖旧舍归，沿河往浦滩。耕窗写感，有寄慧僧。

遮眼高轩。正冷枫摇落，雁思初繁。惊秋无限意，抚鬓已微髡。遵北辙、折南辕。泫是未归魂。苦眼中、纷驰长路，马殆车烦。　　伤情幂外霜痕。有凉灯吐暝，市吹流喧。林阴分域界，铃语破朝昏。思往事、略温存。剩日定难言。渐付凭、谁家管领，水陌花暾。

点绛唇

题自绘越牡丹双带鸟帐额，为洵芙四姊作

云染鲛绡，金台细叶开秋璧。越香千叠。一笑南薰力。　　绣幕藏姿，不赛沉香客。今难觅。梦回烟歇。狂写双禽息。

点绛唇

题自绘双燕白莲花帐额

旧是凌波，丰姿欲共江妃赛。新来愁寄。烟态谁能绘。　　翠羽参差，犹作深怜意。寻无寐。野风门外。凉月应初坠。

新雁过妆楼

仲可叔父命题《纯飞馆填词图》卷

翠宇高寒。银筝涩、猜疑夜夜停鸾。旧声入破，谁念刻骨家山。仿佛仙踪追罨画，低徊密记补金銮。剩无端。琐窗玉户，江雨霁阑。　　胜情装池半幅，有古春送眼，浅绣成斑。郑笺无分，惊叹顾曲才难。匆匆一庭谢絮，沾题处凌沧应笑孱。方回老，只断肠愁句，流出人间。

声声慢

岁莫哀感，忽得陈柳诸贤先后手柬。或约西碛之探寻，或征胜溪之题咏。缅想世外游侪，独能以无怀为乐也。因谱此曲，奉题《分湖旧隐图》后。

鸱夷泛舸，鹤市吹箫，羁心早晚秋潮。且向临邛琴台，酤肆堪消。休标向年高意，对疏香、芳雪凝销。伤神事、况松森永久，野旷萧条。　　一角西山可住，甚赋矜孙绰，资薄郗超。藏海藏山，人间无地归桡。独临画图深惘，顾淮南、小隐能招。殢情地，想帆过、别墅正遥。

丑奴儿令

楚伧居士嘱题《分堤吊梦图》

凝情最是堤前柳，烟也模糊。水也模糊。欲访灵踪意已孤。　　词人怎识蕉窗梦，吟也生疏。画也生疏。一片苍凉话旧墟。

（以上选自《南社词选》，《南社丛选》民国二十五年国学社排印本）

余天遂（3首）

余天遂（1883—1930），字祝荫，号疚侬，江苏昆山（今属苏州）人。出身于中医世家，1909年加入南社。民国初任孙中山临时大总统府秘书，不久辞职，为《天铎报》撰写文章，痛骂袁世凯，后又任《太平洋报》编辑。1915年，在家乡组织酒社（为南社支社）。1928年，与陈去病等人举行南社二十周年纪念。1930年病逝。生平著作大多散佚，后人仅编有《余天遂遗稿》一册。

小重山

题亚子《分湖旧隐图》

落墨苍茫烟水中。湖天风景好、画难工。诗人旧宅白云封。图一幅、佳话布江东。　　身世我飘蓬。敝庐都卖尽、叹飞鸿。得君闲地两三弓。菰芦里、便可息游踪。

高阳台

茸城钱剑秋得龙泉宝剑，因作《秋镫剑影图》。石予夫子代为索题，谨填此阕。

古色幽微，寒芒隐约，千年英气难磨。剩到今朝，偏来装点吟窝。投时利器宁无分，黯伤怀、血溅山河。且闲看，冷绝银釭，痴绝飞蛾。　　风云决荡今何世，正烟漫碧宇，电铄金波。寸铁空持，只供侠士摩挲。七星光耀龙文绕，坐书城、好镇愁魔。夜阑时，卮酒酬心，弹铗高歌。

台城路

代赵心壶先生挽其从子伯雅。伯雅为吾乡有文行者，晚号松下居士，遗言题墓阡为“清遗民”，尝作《松下居士自传》以见志。心壶年少于伯雅，尝从之受学。

玉楼一夜修文召，先生捧书驰去。矮屋荒江，白云红日，曾见沧桑几度。人间小住。只松下盘桓，自矜垂暮。世变靡常，此心莫谓无凭据。　　当初群从子弟，并蜚声艺苑，文美彪著。行辈君差，年华我少，也许门墙忝附。悲含朝露。问海上成连，遽归何处。试拨琴弦，有哀音绕树。

（以上选自《南社词选》，《南社丛选》民国二十五年国学社排印本）

郑猷（13首）

郑猷（1883—1942），字薑门，浙江永嘉（今属温州）人，瓯社社员。曾任瓯海道公署秘书、《瓯海潮》主编。

百字令

和梅伯仙岩纪游

藏身人海，问莺花春里，销愁何许。留得云山称福地，仙岩，古称“第二十六福地”。是我旧曾游处。载榼移尊，分泉煮茗，随分无宾主。疏钟摇暝，梵王何处宫宇。　　飞泻百丈银涛，亭中晴雪，亭外黄梅雨。眼底兴亡流不尽，干净犹余吾土。薜洞云归，芜祠烟锁，凭吊空今古。名山仙吏，一时传遍佳句。

满江红

西湖白文公祠附祀樊谏议，敬赋。

金碧丛祠，闲倒浸、一湖寒玉。更多少、丰碑嵌壁，苔痕雕绿。虎虎东南灵气在，愔愔风雨吟声续。倩群公、香火证因缘，龛同筑。　　生前谊，联高躅。身后愿，芳邻卜。挹湖山清秀，六桥三竺。歌舞难呼容满起，文章能使韩欧服。待重来、洗盏荐寒泉，馨秋菊。

鹧鸪天

茶山桃花

花树缤纷劫外春。扁舟疑在武陵津。溪南溪北飞红雨，山后山前烧绛云。　　闲品茗，席芳茵。大罗深处着吟身。流杯又报胡麻熟，一抹斜曛掩洞门。

疏　影

题姜白石遗像

风流未歇。向画图省识，神韵清绝。客绪年年，花落花开，天涯岸柳伤别。凭高不识登临意，但惯阅、空江风雪。记棹回、月黯松陵，定惜小红声咽。　　尘海沧桑屡换，闹红尚画舸，风调如接。劫外春长，一卷冰绡，冷伴梅边明月。窥帘莫怪清臞甚，为曲怨、玉龙吹彻。待梦魂、重觅孤山，旧约暗香徐发。

八声甘州

辛酉季春孤屿文丞相祠祀事，礼成，集慎社同人澄鲜阁禊饮。

好江山满眼劫尘多，人天感浮沤。念颓波难挽，东风何事，催客登舟。丞相祠堂犹在，正气振千秋。一到中川寺，今古同愁。　　目极遥青一发，问先鞭谁著，击楫中流。集兰亭旧侣，尊俎换清游。任流连、水风无价，感谢公、吟兴此长留。波涛恶、休随潮去，为语闲鸥。

鱼水同欢

广仓学会于辛酉春三月举行乡饮酒礼，海内耆宿联翩而止，甚盛事也。时爱俪园主即为罗友兰、友山昆仲行婚礼，先期修冠笄之典，酌古准今，厘然悉当，词以颂之。

仙乐琼璈云外奏。十里春江，镫火明如昼。珠履三千鹓侣旧。

哨壶骁箭金尊酒。　　香雾冥濛新雨后。花意惺忪，红晕胭脂透。人醉玉楼醒也否。镜奁已觉眉痕瘦。

高阳台

题《半樱簃填词图》

江月窥帘，炉烟篆榻，楼台闲浸花阴。客绪凄迷，池塘春梦难寻。移宫换羽伊凉调，借红牙、谱出伤心。彩云飞，缥缈仙山，鹤咽鸾喑。　　家居好被纤儿坏，寄闲身湖海，铅泪争禁。放眼东南，剧怜灵气销沉。红桑落后归帆紧，倩丹青、收拾兰襟。听天风，悟到无弦，独倚清琴。

凤凰台上忆吹箫

题三游洞六一题名、山谷题名墨榻

绝壑奔雷，危崖裂雪，阴森古木参天。问倒流三峡，凿破何年。欲固重江形势，咽喉地、关锁中原。悲迁客，投荒万里，泪点苍烟。　　漫漫。白云洞口，鸿爪旧题痕，半蚀苔瘢。有石渠星使，乘兴登攀。留得欧黄姓氏，便一旦、流播人间。应重补、前游剑南，蜀道多难。

虞美人（二首）

和彊村先生韵

江村弱絮因风起。闲杀雕兰地。飘萧短鬓不胜簪。孤负搓酥滴粉旧时心。　　天涯浓绿撩人老。枝上流莺恼。坠欢如梦记难真。一缕游丝难罥凤城春。

天津桥上鹃声起。旧是伤春地。归途扶醉拾遗簪。一道斜阳芳草悼红心。　　琼箫吹月杨枝老。梦惹罗衾恼。相思难觅画中真。犹有深杯婺尾殿余春。

虞美人

题《莼菜》《鲈鱼》《隐囊》《纱帽》画幅

参差楼阁连云起。满马尘飞地。薜萝风趣上朝簪。招手闲云来去两无心。　　花时载酒江湖老。知被浮沤恼。炊粱梦醒忆难真。赢得陶然一醉瓮头春。

踏莎行

纪陈节妇及孝女燕姑事。节妇为吴兴沈保卿先生长女，适绍兴陈氏，早寡，守节抚孤，侨居吴门。某夕忽被戕室内，受创数十处；其女燕姑，年十五，同死；子亦中刃，绝而复苏。官府悬赏严侦，旋悉为恶仆所害，弋置诸法。

镜掩鸾愁，钗垂凤怨，泪痕渗袖知谁见。飞花听尽雨中春，深闺一样愁肠转。　　月黑妖狞，风腥雏颤，练帷碧血重重溅。一双华表峙晴空，神光照见须眉贱。

翠楼吟

纪　别

柳絮飘愁，梨花惹恨，东风又过寒食。谢庭寻旧梦，顿兜起天涯消息。泪沾衫碧。羡上枕鸳鸯，偎波鸂鶒。帆飞急，愿为双桨，紧随兰鹢。　　咫尺。潮语难通，有别情千万，乱萦风笛。游丝缘底事，挽春住丝丝无力。华年谁惜。纵早订归期，争禁今夕。休凄恻。待缄红豆，寄将南国。

（以上选自《瓯社词钞》民国十年排印本）

周曾锦（8首）

周曾锦（1883—1921），字晋琦，号卧庐、卧庐主人，江苏南通人。光绪三十二年（1906）优贡，后应试不第，结大镛诗社，性介寡谐。民国九年十二月二十一日（1921年1月28日）卒，年三十八（见徐昂《周晋琦传》），故当生于1883年。其民国八年《香草词自序》称夏日写定一本，刊刻以后不再作词，并云："郭频伽三十七岁刊其所作《蘅梦词》。其自序云自今以往，息心学道，无作可也。予今年适与之符。"亦可佐证其生年应为1883年。各本皆作1882年，或许由于将阳历阴历转换所致。著有《卧庐词话》《香草词》。

《香草词》一卷，民国十年（1921）排印本，前有徐鋆题签、题词，作者自序，以及目录一篇，收清末及民国时期所作词共七十七首。严迪昌称其词"一反艰涩体格，自在流转，语辞浅易而多味，情趣盎然。自清末民初渐兴之语体改良过程中，周曾锦现象颇应关注，其与白话诗词之接轨，似不可忽视者"（《近代词钞》）。

点绛唇

乙卯二月重游清宫，回首八年矣

满目伤心，细莎铺没宫中路。碧波无语。流出红墙去。　　二月春风，不上枯杨树。长怜汝。旧时烟雨。曾挂黄金缕。

注：原刻词调作“忆仙姿”，系误。

台城路

金陵秋暮客思

淡烟衰草台城路，凄凉暮秋天气。玉树歌残，金莲舞罢，休问南朝佳丽。斜阳满地。剩废井胭脂，尚流膏腻。怪鸟山头，夜深犹唤奈何帝。　　青袍留滞最久，有谁人念我，双鬓憔悴。燕语声酸，杨条绿减，都换伤春心事。游踪倦矣。向丁字帘前，画桡重舣。酒冷香消，泪痕凝翠被。

满庭芳

雨后纳凉适然亭

薄日烘云，长虹截雨，远天画出新晴。水亭人静，万柳嘒蝉声。荷盖晶莹如拭，小桥外、绿涨堤平。凭栏久，罗衫猎猎，风过嫩凉生。　　闲行。思往事，花边题帕，月底飞觥。漫老大而今，减了心情。别院笙歌阗咽，悄听来、转觉凄清。凝眸处，黄昏已近，灯火接高城。

浣溪沙（二首）

张志和《渔父词》，东坡、山谷及东湖老人皆取其语，以《浣溪沙》歌之，仿为二阕。

舴艋为家西复东。朝来一棹破空濛。水光山色洗双瞳。　短笛吹残三两弄，江天浩浩鲤鱼风。叩舷归去月明中。

身本烟波一钓徒。钓竿直欲拂珊瑚。眼前满地是江湖。　卖却鲈鱼无一事，杖头挑得酒葫芦。夕阳醉倒不须扶。

清平乐

自题《天涯芳草填词图》，索贯恂和。

南游吴楚。北到幽燕路。问水寻山兼吊古。回首故乡何处。　征尘污尽罗衣。镜中换了繁丝。赢得一枝斑管，天涯芳草填词。

双双燕

梅雨闷人，拈笔赋此

熟梅天气，正微雨廉纤，洒空成阵。连昏彻旦，蕉叶不堪孤听。当昼纱窗忽暝。渐触手、琴书沾润。罗衣空费香篝，薰了又还生晕。　风定。炉烟乍正。稍扬出疏帘，欲飞仍凝。江城五月，披上羊裘犹冷。密点蕙皋兰径。似蕴酿、方回词境。何时一角红升，破却三旬沉闷。

氐州第一

帆影应闽省林薮庄之征

江阔潮平，烟销树出，长天映带秋水。似挂斜阳，轻移极浦，依约舟行镜里。飞过蘋洲，浑不碍、鹭眠沙觜。归信难凭，望中无恙，又西风起。　　柳外楼高红袖倚。帘开处、几番凝视。指点遥空，模糊不定，现一痕如纸。断霞边、知几里，难传语、危樯燕子。莫漫销魂，还愁将、行云错拟。

（以上选自《香草词》民国十年排印本）

邓万岁（2首）

邓万岁（1884—1954），原名溥，字季雨，号尔雅，广东东莞人。自幼研习金石文字，精通篆印，为南北印坛杰手。才华横溢，诗、词、书、画皆通，为南社社友，并总持广东分社社务。晚年居香港，鬻书治印，后继者甚众。

西　施

所思何处紫茸茵。奈欲去无因。八十平都好，软半在横陈。咫尺欢床，远隔如天样，抱玉体疑春。　　刖来怕品相思草，偏云彩、堕侬身。画中爱宠，琼郎曾画《蕴香通体图》，绝工丽。名字悔真真。琼郎为琅子，号思琅。琅子为琼郎，号心琼。最是东风，海素生银浪，忒颠得均匀。琼琅俊约艳影。

意难忘

南华寺立秋夜坐，与剑川赵尚书、顺德蔡秘书、南海潘画师同用周美成匀，四声相依，一字不易。

濛舰曹奚地名昏黄。正璇题绁月，素彩窥觞。花飞脂雨腻，茶熟乳泉香。灯晕缩、夹衣凉。费墨潘淋浪。时检泪为词寄琅子。笑少年、砖磨镜拙，比年广州拆城，发见古砖多奇品。检泪得两口，皆作镜纹，一圆一方。剑川尚书书“砖镜斋”榜贻之。几度偷相。调检泪。　　银河去夕星双。是谁家院宇，并看牛郎。觚楞生绮梦，鬟髻入新妆。寒玉去声臂、断琼肠。便不寝何妨。但怎听、因风片叶，换了秋光。心琼寄检泪书有“顾佳期不入新秋”之语，吾此句乃戏检泪也。

（以上选自《南社词选》，《南社丛选》民国二十五年国学社排印本）

何鲁（4首）

何鲁（1894—1973），字奎垣，笔名云查，四川广安人。数学家，将近代数学引入中国的学者之一。早年就读于南洋工科大学，1912年赴法留学。曾任教于东南大学、安徽大学、重庆大学、西南师范学院等校。1949年后，曾任西南行政公署文委主任。1956年调北京大学数学系任教。后又调中国科学院出版社工作。工书法，擅诗词。留下旧体诗词达数千首。著有《云查词钞》《何鲁诗词选》。

长相思

深画眉。浅画眉。深浅总觉不入时。风流只自知。　　风丝丝。雨丝丝。满院残红蝶过迟。春愁损玉肌。

菩萨蛮

湘帘卷起如烟月。枕边愁听更声彻。转侧不成眠。非关莺被单。　　中宵情更切。仙迹何方觅。只道隔巫峰。山还千万重。

（以上选自《长虹》1925 年创刊号）

暗香疏影

游莫愁湖赋

苇荷一碧。试小游旧地，烟芜狼藉。好句尘侵，谁赋当年玳梁宅。呼起卢家少妇，指沧海、桑田痕迹。算十年、来往京尘，身世等驹隙。　　多少柔情似水，并刀翦不断、商略浮白。冷落伊人，独倚阑干，暗觑鱼禽相狎。云天帆影宛然在，比西子、浓妆堪忆。待入秋、凉到金尊，卧听小窗横笛。

（选自《国立中央大学农学院旬刊》1930 年第 42 期）

满江红

南桥怀古，用平韵

水打桩头，水卷去、千顷怒涛。自神禹、导江而后，此独功高。三凿离堆民利赖，两言浅堰底深淘。问古今、中外有何人，同圣劳。　　承堂构，子亦豪。讨虎豹，伏龙蛟。驾青虬赤凤，云外飘飖。李广不侯由数定，巍然王貌镇江潮。又几番、指点秦时月，圆复消。

（选自《民族诗坛》1938 年第 2 卷第 1 期）

李国模（8首）

李国模（1884—1932），字方儒，号筱崖、瘦蝶、吟梅馆主，安徽合肥人。为李经世长子。清末附生，从太湖李德星游，曾官山东候补道。鼎革后闭门谢客，搜罗典籍，耽于吟咏。壬申（1932）染上时疫，病殁于上海。编有《合肥词钞》，著《瘦蝶词》。

《瘦蝶词》一卷，民国二十二年（1933）排印本，后附《李筱崖先生哀挽录》一卷。前有"鄂楼"题签、"钝叟"题签，牌记"民国二十二年苏州毛上珍印"，李国瓌、蔡杰序，王政谦、李国楷、李国瓌题辞，张荣培、杨鸿年、杨德炯、杨开森、李经筵题词，以及词目一篇。李德星《合肥词钞》序称其始学括帖，苦其拘滞，故学诗，庚午（1930）前不久"喜为倚声"，虑见闻有限，所以辑《合肥词钞》。《合肥词钞》录其词七十首。李国瓌序称其"孤怀超洁，淡于荣利，故其词悱恻邈绵，窥倚声之正宗"。蔡杰序称其为"今世白石"，"所为词章清腴弥甚，识者谓为仿佛少游、梅溪、梦窗之作"。李氏为合肥望族，国模乃李鸿章侄孙。遭遇鼎革，家园败落，爱妾死别，骨肉契阔，病染于外，郁结于心，他乡相逢之时，已是弥留之际。凡此数端，一寓于词。虽出之以小令，实有长气难舒。集中亦不乏闲情之作。

点绛唇

国魂哀诸陵之不血食也，用林和靖韵。

寒食年年，一盂麦饭谁为主。冬青深处。寂历飞花雨。　　劫火烧残，蔓草荒烟暮。河山去。冷磷无数。出没诸陵路。

望江南

安庆城外清水塘

出西郭，麦浪绉盈盈。山鸟啁啾时引路，野花璀璨不知名。梵语暮天清。

浣溪沙

兵后，返皖垣故居

王谢家声久式微。乌衣巷口冷斜晖。旧时堂燕向人飞。　　城郭参差遗迹在，人民离乱幸存稀。令威辽海鹤初归。

点绛唇

海上闻警

鼎沸尘昏，中原从此遭涂炭。桃源路幻。莫避嬴秦乱。　　时难年荒，骨肉东西窜。乡书断。终宵长叹。独客南天半。

减字木兰花

登大观亭，谒余忠宣公祠墓

故家园榭。乔木荒凉无片瓦。剩此孤亭。阅尽沧桑不改形。　凭阑远瞩。大小龙山全在目。东去江流。铁板铜琶唱未休。

浣溪沙

洪泽湖秋泛

万顷洪流接大荒。远山微现树青苍。橹声摇梦渡明光。　此日楼台浮蜃市，当年城郭易虹乡。舟人指点话兴亡。

清平乐

山海关

乱山衔照。马首临榆道。绝坂秋高霜信早。满目黄云白草。　冈峦起伏回环。洵称第一雄关。关口额曰“天下第一关”。自古沙场征战，几人儌幸生还。

清平乐

重过荔香院旧址，感作

平康坊路。十九年前住。门对青溪杨柳渡。家在绿阴深处。依稀丁字帘栊。者番风去台空。不管水流花谢，一齐付与东风。

（以上选自《瘦蝶词》民国二十二年排印本）

林修竹（6首）

林修竹（1884—1948），字茂泉，山东掖县（今属烟台）人。1902年留学日本，考入东京高等工业学校。归国后历任山东省高等学校教务长、省教育司科长、省长公署教育科主稿兼实业科主稿、省众议院议员、黄河河务局局长、教育部教育次长等。提倡改良词曲，创立易俗社，并主持创办实业。（见林慧娴《先祖父林修竹传略》）著有《澄怀阁词》。

《澄怀阁词》四卷，民国三十年（1941）澄怀阁藏版，前有金梁序、张豫骏序及自序。自序云："余尤深佩其年检讨之纵横变化，无美不备……欲学填词，从湖海楼入手，实足开我智慧，启我锁钥。""岁在庚辰，卜居津沽，静居无聊，索然寡欢。伤风俗之变迁，痛生民之涂炭，惜故人之流离，忆往事之如梦。逝水流年，不堪回首。因检《白香》百谱，自春徂冬，一年之中，成词百阕。"其创作时间、内容、旨趣皆甚明了。然检其所作，多为闲情、软媚之作，其中对露肩裸臂之装束、西洋舞蹈、电扇、电话、牌九等新事物的描写，为一特色。语言自然通俗，不乏机趣，惜少余味，又多俗语，金序称其"吐属隽雅，笔意双清。合百令，无不佳妙"，不无过誉之嫌。

卜算子

春　日

微雨湿春衫，小鸟鸣春树。芳草天涯人未归，消息知何处。　　无计慰相思，闲庭空延伫。门外花阴接柳阴，梦断江南路。

忆江南（二首）

济南杂忆

济南好，昔日我曾经。万里黄河萦北郭，齐烟九点列如屏。一望佛山青。

济南好，潇洒大明湖。四面荷花三面柳，一城山色半城蒲。云水总模糊。

庆春泽

秋夜有感

月色如银，天凉似水，凭栏万里清秋。莫负良宵，放怀独豁双眸。游丝不系年光住，兴来还须酒浇愁。最难侔。吟赏庾楼，赋作坡舟。　　伤心千古漫回首，叹离离大地，莽莽神州。到处狼烟，不知何日是休。多情惟有今宵月，清辉犹向故人流。莫怅惆。垂钓烟波，天地闲鸥。

浪淘沙

感　叹

慷慨起悲歌。荆棘铜驼。又谁整破碎山河。往日太平何日见，处处风波。　　万众祷平和。盼息干戈。可怜生意已无多。逝水流年春去也，恁逐愁魔。

春风袅娜

上　元

记幼时元夜，歌舞太平。灯节闹，月光晶。火蛾儿簇着、绿男红女，锦团花艳，霞蔚云蒸。鼓乐喧阗，游人如织，夹路银花灿若星。一曲紫绢催薄醉，六街绛蜡试新声。　　谁料卅年一梦，憔悴殆尽，民间无复旧时情。封蝶翅，困狮鸣。谁家抛盏，何处吹笙。午夜晴烟，鳌山灯火，玉鞭指处，总不分明。风光非昔，叹传柑佳会，近年换做，万里刀兵。

（以上选自《澄怀阁词》民国三十年澄怀阁藏版）

庞树柏（5首）

庞树柏（1884—1916），字檗子，号芑庵、龙禅居士、剑门病侠，江苏常熟人。年十五父死母殉。肄业于江苏师范学校。先后执教于常熟石梅公立学校、江宁思益中学、上海澄衷中学、吴县木渎两等学堂、常熟两等学堂、上海圣约翰大学等。曾与黄摩西等人结“三千剑气文社”，后加入南社，与柳亚子有南北宋词之争。著有《玉琤瑽馆词》。

《玉琤瑽馆词》一卷，民国六年（1917）排印《庞檗子遗集》本，卷前有作者肖像、高吹万题词、萧蜕《庞檗子传》、柳亚子序、王德钟序，以及朱祖谋、邵瑞彭、吴清庠、陈世宜、徐珂、吴梅、周庆云、白曾然、俞锷、叶玉森、王蕴章诸人题词各一阕，集后有王蕴章跋。《玉琤瑽馆词》收清末及民国词作共四十余阕，得朱彊村点定。柳亚子序称“檗子固墨守南宋门户，称词家正宗”“檗子之诗上窥王孟，其词则姜张之遗也”。陈声聪称“树柏诗词有奇气，盖少抱父仇，又感于时世，胸中郁勃之气，一于诗词中发之也”（《论近代词绝句》）。

莺啼序

壬子三月劫后过吴阊感赋，步梦窗韵。

斜阳淡黄似旧，问莺栏燕户。去年事、吹破琼箫，可惜容易春暮。棹歌去、吴波自绿，销魂望断金阊树。待愁丝，轻系东风，数点飞絮。　　回首前尘，酒醒梦冷，早看花过雾。更何意、刻翠题红，泪痕空染豪素。恁飘零、扬州杜牧，怕唫鬓、微添霜缕。纵相逢，休话沧桑，且寻沤鹭。　　荒台废苑，到处鹃啼，有谁伴倦旅。叹满眼、剩香蘦粉，料理无计，换了凄凉，半溪烟雨。湔群侣散，凌波人杳，芳心先逐鸱夷逝，趁渔镫、为唤兰舟渡。清游已晚，依稀屐步麋踪，转瞬一样焦土。　　繁华故国，最惹相思，漫访萝觅芦。算只是、吴春难赋。负尽流光，几度徘徊，罢歌休舞。茫茫对此，凭高怀远，青尊浇取千古恨，莫华年、闲数哀弦柱。何时携笛重来，一曲家山，尚能唱否。

暗　香

赠梅兰芳，和白石道人原均

画裙雪色。又傍花怨度，东风残笛。且唤绿华，欲试梅妆手亲摘。无意调脂弄粉，重收入、何郎吟笔。漫忘却、玉树歌终，清泪湿兰席。　　南国。叹寂寂。有两点翠眉，旧愁深积。细弦似泣。还诉漂蘦为谁忆。何日芳尊共倚，望漠漠、江云凝碧。使一棹、随去了，此生未得。

浣溪沙

寒山寺题壁

几曲吴波晚棹移。冷枫衰柳各依依。林乌啼罢雁初飞。　　虚阁残钟孤枕梦，乱山落月一船诗。夜禅参到断肠时。

点绛唇

别馆梦中诵梦窗“夜来风雨洗春娇”句，醒而闻帘外雨声，感赋。

晓帐凄迷，半床被压愁香乱。梦云初散。犹有残寒恋。　　风雨无多，彀洗春娇面。新来怨。枕边谁见。粉泪鲛绡泫。

桃园忆故人

寒食日欲展宋墓，积潦妨行，不果。

年年寒日江南住。风雨春光无主。一片绿芜飞絮。遮断铜驼路。　　凄凉犹识埋冤处。几尺新封黄土。燕子为谁辛苦。带泪衔花去。

（以上选自《玉琤瑽馆词》，《庞檗子遗集》民国六年排印本）

王蕴章（13首）

王蕴章（1884—1942），字莼农，号西神、西神残客、红鹅生、二泉亭长，江苏无锡人。光绪二十八年（1902）副榜举人。入商务印书馆，主编《小说月报》十年。曾历游南洋，后由柳亚子介绍入南社，并组织淞社、春音词社。著有《西神樵唱》《秋平云室词钞》等。《南社词集》载其词作一百三十余首。

钱仲联转引金天翮《艺中九友歌序》称王蕴章“忧患迭更，陶写丝竹，妍唱遂多”，“《西神樵唱》数十首，庶几梅溪、草窗之遗”（《近百年词坛点将录》）。《清词菁华》称：“蕴章学识淹博，长于骈文诗词书法，妙绝精工……其词酷近张炎。《醉太平》造语俊逸，《湘月》豪气未芟，笔锋转厉。”

醉太平

乞玉梅花道人作《西湖寻梦行》《看子》

炉烟一窗。瓶花一床。更添十里湖光。对南屏晚妆。　　藕风气香。竹风韵凉。等他月照回廊。浴鸳鸯一双。

湘　月

星洲秋感，寄示沪上诸友

秋风海国，做飘零词客，飘零天气。大好湖山，刚换得、满斛蟾蜍清泪。猿鹤输他，鹍鹏笑我，世事今如此。还君一剑，双龙啸破秋水。　　思欲南走扶余，东穷日出，更西行欧美。万里投荒，消减尽、当日豪游情味。击筑声雌，吹箫曲怒，鬓影星星矣。夜来多谢，玉虫开作如意。

烛影摇红

春音社五集，赋唐花

春冷瑶天，化工偷换繁华主。眼前红紫总承恩，金星深深护。翻尽洛阳旧谱，试新妆、浓薰如雾。几番梳洗，著意温存，霎时尘土。　　荣落无端，最怜身世冬烘误。凄凉羯鼓说开元，香梦成今古。愁杀暖寒院宇，驻韶颜、东风未许。马塍塘畔，唐花一名塘花，出“马塍塘”，见《癸辛杂志》。芳讯匆匆，花魂醒否。

花　犯

春音社第一集，赋樱花，依清真四声。

数繁华，番风第几，仙山艳云锦。嫩阴催暝。怜润洗蛮姿，轻换芳信。软尘占舞凌波稳。鹃魂愁未醒。斗晓色、一天霞绮，沧洲余泪影。　　寻春问春在谁家、如今望断否，蓬莱金粉。香梦浅，扶残醉、腻妆娇困。窥墙惯、赋情最苦，容易到、斜阳花外冷。但记取、玉窗人杳，啼红心事近。

六　丑

丙辰春尽日作

问东风底事，送笛里、梅魂轻别。采芳后期，花开谁劝惜。一谢难折。几误仙源路，洞迷香雨，蘸绛波千尺。玉骢待指青芜国。燕絮残泥，鹃啼剩血。红心泪痕同色。但斜阳烟柳，愁绪催织。　　江南消息。有庾郎赋笔。梦绕哀笳起，啼恨墨。怀中锦段非昔。换年时秀句，看朱成碧。高楼望、阵云西北。不堪是、掷遍金钱买了，好春无迹。繁华尽、还恋瑶席。怎两番、鼓吹池塘外，昏蛙闹夕。

八声甘州

别侯大戢盦久矣，今春两见于里门，并为介于凌大伯昇，同登东横山梅园，望太湖，取道惠麓，买醉泉亭而归。翌日，又为春申江之行，赋此却寄。

又东风吹我落天涯，相逢鬓丝苍。料山灵笑客，倦游何处，不傍鸥乡。斫地长歌谁识，未减少年狂。且住为佳耳，小酌壶觞。　　七十二峰无语，荡鳞波万顷，浅晕眉妆。怕鱼龙睡稳，一例梦沧桑。莫再向、梅边谱笛，换悲笳、四野正凄凉。归休也、倚阑干处，总是斜阳。

雪梅香

春　感

卷珠箔，望中一发系神京。乍轻阴天际，危楼怨笛飞声。宫柳青残销烟色，野棠红发殢风情。费词笔，卖杏明朝，愁唤谁醒。　　兰成。最多感，十载江关，梦语还惊。粉陌罗窗，依前乱落繁樱。病叶蘦香误栖蝶，隔花吹雨怯啼莺。销凝又，阑干万里，斜照新亭。

探芳信

先秋三日，梦坡招同次公、也诗散步学圃，回忆去年七夕，同社为沤尹介寿于此，分咏晚香玉词，歌啸极乐。今檗子墓草宿矣，芳事成尘，坠欢难拾，江潭憔悴之感，有不能已于言者。明日次公又为春明之行，倚弁阳老人均赋别，兼询陈大倦鹤消息。

恋芳昼。记醉玉题香，延秋唤酒。数尊前欢事，襟痕未全旧。重来愁湿看花眼，人比春还瘦。最销凝、燕去尘梁，鸳迷烟甃。　　堤外锦骢骤。正钿毂流波，宫眉描岫。断羽天涯，如今倦游否。梅边听彻江关怨，万感空回首。黯离怀、恰似西风病柳。

忆旧游

题番禺沈太侔《楸阴感旧图》

记看云洗眼，排日遨头，来听疏钟。京洛风流旧，惯题香捣麝，种草呼龙。酒波诉起离恨，滴滴比愁浓。只天外觚棱，佛前瓶钵，尚识游踪。　　匆匆。最难遣，是送得春归，不驻残红。溅泪花无语，但秋生南国，人瘦西风。君自号瘦腰生。心情老去如水，双袖拂龙钟。又梦碾轻雷，谁家钿毂飞玉骢。

（以上选自《南社词集》民国二十五年开华书局本）

三姝媚

问礼亭畔梅花，雪后憔悴可念，赋此为猿鹤问。

交枝香满院。冒余寒重来，好春去半。雪老云荒，伴翠禽啼处，玉龙吹怨。缟袂空山，愁绪与、花魂俱乱。耐几番游，换了刘郎，旧时人面。　　消息东风寻遍。便不赋兰成，客怀难遣。俊赏林亭，只隔纱漂雨，听残羌管。溅泪繁英，摇落尽、江潭心眼。惜取年芳照影，吴杯酒浅。

高阳台

辛巳元日

彩笔辞香，粇盘减胜，东风消息还猜。又一番春，新愁故故相催。冻云如墨啼鸦乱，怎禁他、芳草天涯。更低徊，一寸相思，寸寸成灰。　　隔江鼙鼓惊心换，甚柳丝易折，藕性难胎。沉醉钧天，人间只觉堪哀。灵修万一重相见，莫因循、误了蜂媒。且安排、客里佳辰，花底深杯。

满江红（二首）

覆舟山石壁奇丽，知者颇鲜。颉斋寻幽得之，偕啸湖、见思、易厂往游，山石开采殆尽，犹斧斤丁丁，旦旦作牛山之伐也。伤今吊古，不能无词。

长揖山灵，补不尽、女娲天漏。叹如此、六朝形胜，我来何后。五士竟同灵运凿，一丸难遣秦人守。问夜深、谁把壑藏舟，负之走。　　猿鹤怨，西山友。麋鹿笑，东海叟。剩新亭余泪，也曾干否。龙膊遥连苍兕渡，鸡笼近接青鸾岫。右接龙膊子，曾九帅之复金陵时，由此飞渡。左俯鸡笼山，面对玄武湖。漫登高、狂啸喝湖波，潜蛟吼。

石破天惊，诉不尽、兴亡成败。试回数，东南王气，寄奴雄霸。邀笛更无桓子野，弹琴谁赏萧思话。只留将、几笔大痴哥，丹青画。　　前朝字，长城坏。沧海泪，奔湍泻。城砖多刻某州府提调官某、司吏某、造砖人某，盖皆各地贡品，前朝遗物也。便凿坏遁世，也无余罅。湖水绿摇商女舫，夕阳红啮山神社。听残钟、卧地悄无声，寒潮打。

（以上选自《同声月刊》第1卷第4期）

魏在田（2首）

魏在田（1884—?），自号春影词人，浙江杭县（今杭州）人。民国初曾为浙江青田县（今属温州市）知事，后任青岛市政府秘书。南社社员。有《石楼词》未刊。

貂裘换酒

甲戌生日，自嘲

半百年华过。又飘零、天涯海角，几番摧挫。黑浪无情惊拍岸，强换蓬莱鼓柁。不辨识、妖魔人我。抢攘廛间争一饱，便忘情、抱树寒蝉饿。都不管，夜郎大。　　东风渐展夭桃朵。尽颟顸、辽东白豕，自居奇货。天上磨刀云可割，撒手徒呼荷荷。更不耐、双眉愁锁。长啸一声虢虎慑，听风雷、坐到蒲团破。春长在，为君贺。

庆春泽

青社第二课，题《易安居士像》。

清韵流传，词人老去，乱离辜负才华。怒发冲冠，几人憔悴龙沙。明湖归路愁风雨，顾桑榆、梦到天涯。叹无家。冷冷清清，独守窗纱。　　闾阎寡鹄悲鸣倦，奈无端飞语，悬口瑜瑕。画影谁描，可能想像笄珈。序编金石君须记，吊湖州、杞妇咨嗟。暗香差，最是销魂，瘦比黄花。

（以上选自《词学季刊》第 3 卷第 1 期）

吴梅（23首）

吴梅（1884—1939），字瞿安，一字灵鳷，晚号霜厓，江苏长洲（今苏州）人。历任北京大学、东南大学、中山大学、光华大学、金陵大学教授，主讲古乐词曲。著有《霜厓词录》。

吴梅晚年删定旧作，成《霜厓词录》一卷，然未及刊刻而逝。弟子潘承弼得手稿副本，于民国二十九年（1940）交文楷斋刊印，然刻工拙劣，未遑传布。后潘氏于民国三十二年（1943）以文楷斋本为底本，重写影印，入《陟冈楼丛刊》乙集。前有邵章署签、牌记“癸未秋吴县潘氏据庚辰刊本重写影印《陟冈楼丛刊》乙集之一”、夏敬观序及作者自序，后有潘承弼庚辰跋及癸未跋。另《霜厓词录》又有民国三十一年（1942）文通书局排印本，为卢前编校；又有民国间油印本。其源皆出吴梅生前手定词稿，除文字上偶有出入，与潘氏《陟冈楼丛刊》本基本无异。吴梅平生作词千有余阕，晚年苛删严汰，仅存十一，故集中所收皆为其平生得意之作，体格高逸浑厚，情韵深远沉丽，尤其晚年之后，“饱经离乱，感慨渐深，又多用常调抒写悲怀”（王季思语），往往商音变徵，力透纸背。叶恭绰称：“瞿庵为曲学专家，海内推挹。词其余事，亦高逸不凡。”（《广箧中词》）

眉 妩

河东君妆镜，偕曹君直元忠作。

叹秦淮秋老，杜曲门荒，金粉半尘土。定有惊鸿态，妆成后，熏香初试纤步。翠鸾漫舞。剩黛痕、磨尽今古。更凄感，一样临池里，当如是观否。　　枯树。兰成心苦。早涧东人远，巾帽非故。零落沧桑影，铜仙泪，知他经饱风露。岁华细数。对半规、重想眉妩。怕蕉萃菱花，还不许、绛云驻。

摸鱼子

秦淮秋集，有歌旧作《折桂令》北词者，赋此寄慨。

荡晴波、日长风静，烟纱窗外低护。隔帘一角遥山笑，看尽大江东去。春换主。怕陌上、花开亡却归时路。惊霜倦羽。甚草暗西洲，人来南国，和泪听莺语。　　才华误。谁料旗亭又赋。黄河远上残句。鬓丝禅榻垂垂老，回首少年羁旅。心更苦。待手拨、箜篌唱彻公无渡。清游记取。问鸩鹊楼前，两三萤火，今夜向何许。

鹧鸪天

崇效寺牡丹

雕毂同驰日未斜。梵宫芳讯动京华。相邀俊侣鸡豚约，来看空门富贵花。　　春换主，客无家。单衣试酒感天涯。楸阴闲坐钟鱼寂，一笛临风落紫霞。

鹧鸪天

答徐又诤树铮

辛苦蜗牛占一庐。倚檐妨帽足轩渠。依然浊酒供狂逸，那有名花奉起居。　　三尺剑，万言书。近来弹铗出无车。西园雅集南皮会，懒向王门再曳裾。

洞仙歌

出居庸关，登八达岭

万山环守，一线中原走。苇帽冲寒仗尊酒。正长城饮马，大漠盘雕，羌笛里，吹老边庭杨柳。　　雄关霄汉倚，俯瞰神京，紫气飞来太行秀。天末隐悲笳、残霸山川，容易到、夕阳时候。甚辇路、荆榛成楼空，对眼底、旌旗几回搔首。

解连环

独游怡园，感赋

故家池阁。招东华倦客，试寻孤约。又岁晚、三九光阴，看篱外几枝、破春红萼。万感幽单，雁程紧、北风寒作。想词仙那日，闭户自吟，绕遍花药。　　吴天鹧鸪正恶。念巾车去国，休问哀乐。对四壁、沉陆河山，指杯酒中原，镇苦漂泊。写入琴丝，待诉与、西园梅鹤。凭雕阑，半襟泪雨，画楼梦各。

水龙吟

昌平州谒明陵

玉京西去多山，山花红到云深处。疲驴紧跨，停鞭遥指，十三陵路。我亦亭林，麻鞋拜泣，黯然怀古。看祾恩门外，丰碑突兀，留宸翰、伤高句。清高宗《哀明陵》诗，刻长陵碑阴。　　偏遇清明风雨。问春郊、棠梨谁主。薰天珰焰，沉渊诏狱，都归黄土。大似前朝，靖康北狩，永嘉南渡。喜寝园无恙，漫劳义士，种冬青树。

临江仙

短衣羸马边尘紧，五年三渡桑干。漫天晴雪扑雕鞍。旗亭呼酒，黄月大如盘。　　苦对南云思旧雨，杏花消息阑珊。新词琢就付双鬟。紫箫声里，看遍六朝山。

柳梢青

上国莺花。当年多少，红袖乌纱。殢酒情怀，酿春天气，不似京华。　　西郊芳树鸣笳。问别梦、依依谢家。丝竹消年，江湖听雨，又指天涯。

鹧鸪天

咏史三首

幕府山头鼓不鸣。西风黄叶古台城。中原宁有王侯种，上将虚征子弟兵。　　真铸错，孰寒盟。投鞭一夕大江平。仲谋生子犹豚犬，何况荆州刘景升。

立马吴山意态骄。荷花桂子想前朝。重携银汉三千甲，来射钱塘八月潮。　　刑白马，珥金貂。华灯车盖拥仙曹。西兴渡口军容墨，独跨疲驴过六桥。

大树飘零孰纪功。横刀长揖谢群公。低头醉倒中山酒，伸脚吹回五岳风。　　空借箸，竟藏弓。成名竖子亦英雄。斜阳古柳依然在，一曲中郎负鼓翁。

翠楼吟

金陵秋感，寄张仲清茂炯

月杵秋高，霜钟晓急，今宵梦回天际。湖山沦幻劫，正风鹤长淮兵气。停云惊起。怕万一阴寒，千花弹泪。情难寄。庾楼凭处，自伤憔悴。　　忍记。金粉江城，也建牙吹角，羽林千骑。玉京芳信渺，便南浦归帆慵理。人间何世。待冷击珊瑚，西台如意。雄心碎。板桥衰柳，莫愁愁未。

绮寮怨

淮张旧基，新拓池囿，酣嬉士女，彻夜行歌。偶过瞻眺，余怀凄黯，爰倚此解，索仲清和。清真此词下叠暗韵至多，如“江陵”“何曾”“歌声”三语皆是协处，自来声家多未知也。

老眼看花如雾，古怀零乱生。算小劫、换了华鬘，听娇语、乍啭流莺。吴宫齐云旧迹，伤心处、战血余暗腥。又半天、画角高寒，重来似、化鹤人姓丁。　　遍地象箫风笙。倾城翠袖，秋庭共拜双星。异国飘萍。有憔悴、沈初明。依然太常歌吹，可梦影、记东京。欢场怕经。旗亭待贳醉、招步兵。

减字木兰花

过胥江有悼

风波咫尺。身逐胥涛留不得。落月江枫。行客愁听半夜钟。　　西郊款段。陌上花开归缓缓。楚魄重招。应踏杨花过此桥。

水调歌头

过沧浪亭

禾黍故侯第，水竹谪仙居。此时携杖闲步，但少醉翁俱。红树青山如画，明月清风无价，俯仰足酣娱。结伴更销夏，十万拥红蕖。　　耽泉石，争名利，总轩渠。谁云子美高旷，一序恋区区。未必溺人仕宦，安有忘忧池馆，人境尽华胥。我醉欲眠矣，却笑子非鱼。

减字木兰花（二首）

临邛车骑。荐士难逢杨得意。衣锦还家。娶妇居然阴丽华。　　东西驰道。广厦明灯花四照。一树冬青。谁复芒鞋拜孝陵。

白头吟望。故国平居多恻怆。弹指楼台。恐有胡僧认劫灰。　　纷纷厨顾。又见甘陵南北部。长啸苏门。多少风尘袖手人。

六州歌头

过淮张故宫

裳花落尽，春老丽娃乡。西亭外，重凝望，小城荒。步崇冈。还记齐云事，上元节，张灯乐，诗酒夜，笙歌地，盛冠裳。日冷梧台，王气东吴墨，怀古苍凉。况甘泉传火，翠瓦碎鸳鸯。如过维扬。吊雷塘。　　叹桐香馆，蕙芳院，身尘土，志冰霜。雄业去，三宫殉，七姬亡。桐香、蕙芳为士诚贮娇地。及城破，刘夫人驱群妾登齐云焚死，驸马潘元绍七姬亦同殉国难。费思量。芳草红心遍，问何处，玉棺藏。谁霸主，谁天子，总黄粱。回首金陵，椒殿沦禾黍，一例沧桑。但年年七月，犹爇六街香。苦念君王。

露　华

咏桂，倚碧山体

素晖荡夕。正乱落去天香，独认秋色。试倚画阑，闲领丛山消息。淡黄乍破新葩，别换一庭风力。清露下，西堂梦还，伴我幽寂。　　冰壶乍洗凉魄。怕绛阙高寒，来去无翼。试问殿秋芳蕊，好景谁惜。记昨罢了霓裳，叶叶老蟾低泣。还病损，淮南倦游上客。

水龙吟

古微丈挽词

暮年萧瑟江关，举头惟见河山异。抗声殿角，回楂岭表，乱云如戏。海峤莺花，吴门鲑菜，匆匆弹指。记听枫旧馆，隐囊挥麈，知珍重、林泉意。　　还是悲歌无地。结沤盟、沧江鼎沸。东华待漏，中兴作颂，纷纷槐蚁。忍泪看天，十年栖息，天还沉醉。算平生孤愤，秋词半箧，付人间世。

望海潮

吊戚南塘

旌旗严阵，楼船飞渡，平生万战争先。南国罢兵，东藩卸甲，知君破虏多年。云气暗樱川。看将星夕陨，烽靖甘泉。自秀吉没，东患始平。斗大沧溟，挂弓鳌阙报凌烟。　　高名父老犹传。有新书纪实，谈笑安边。筤筅健儿，钩镰妙手，如今胜算难全。霜骑走朱鸢。问广宁直北，谁换星躔。空念梅林，绣衣横海拜婵娟。南塘罢后、继任者胡梅林宗宪，其平徐海，功由海妾翠翘。事平，翘失志死。吾乡秦肤雨曾作《翠翘曲》吊之。

高山流水

自题《霜厓填词图》

半生落落守寒毡。写风怀、弹尽商弦。无路诉相思，霜灯梦入壶天。惊心处、锦瑟华年。旗亭去，还记双鬟按笛，泪咽尊前。似深秋戒露，独鹤唳荒烟。　　停鞭。欢场忍回首，花月地、换了山川。衰鬓倚西风，水国饱听啼鹃。抱灵修、几误婵娟。白门便，重问乌衣影事，巷陌凄然。算春愁酒病，哀乐付枯禅。

（以上选自《霜厓词录》民国三十二年据文楷斋刊本重写影印本）

张默君（20首）

张默君（1884—1965），原名张昭汉，字漱芳，英文名莎非亚，湖南湘乡（今属湘潭）人。张伯纯之女。1907年以第一名成绩毕业于上海务本女校，从事教育工作。后赴欧美深造，考察教育。1912年发起成立神州妇女协会，任会长，并创办《神州日报》，担任神州女校校长。后被任命为民国政府中央政治会议上海分会教育委员兼杭州市教育局局长、考试院考选委员会专门委员等职。著有《红树白云仙馆词》《白花草堂诗》《玉尺楼诗》《正气呼天集》等。

浪淘沙

欧战后，过法梵萨依宫

绝徼乱离中。来去匆匆。赛因河上想雄风。霸业已随流水逝，剩有离宫。　　残照晚霞烘。战血犹红。一场春梦了惺忪。谁与江山添泪点，点点哀鸿。

浪淘沙

戊午夏，逭暑东美银湾。雨余挈伴棹舟湖上，素波如练，山翠照人，异域风光，感怀去国，为赋此阕。即次社英寄怀均。

雨后景堪怜。山抹凉烟。一艘荡碎镜中天。天外平芜青未了，远道绵绵。　　湿翠扑瑶钿。绿损朱颜。无端清怨到眉尖。故国湖山犹健在，归去何年。

虞美人

金陵怀古

秋沉铁瓮山凝碧。形胜今非昔。故宫凭处只荒凉。禾黍离离回首黯神伤。　　六朝金粉融春雪。摇落秦淮月。寒烟衰草乱江潮。几代兴亡闲话付渔樵。

黄金缕

之子肝肠皎似雪。臂血凝香，染就秋罗结。闲来高奏湘灵瑟。

余音激楚寒珉裂。　　遥怜蕉萃损黄发。镜里横波，含情凄欲绝。时有清芬书底发。素心共证幽兰洁。

浣溪沙

一片秋魂两地愁。寒蟾无语下西楼。尽留清影在心头。　　憔悴天涯何事醉，中年豪气恁难收。酒边遮莫看吴钩。

齐天乐

甲子冬，月夜渡珠江，偕翼如作。

坡仙小谪原游戏。南溟快餐琼荔。踏岭寻梅，乘槎酹月，都是才人胜事。横空鹤唳。正倦旅惊心，共携危涕。髯赵豪雄，只今霸业与波逝。　　清狂漫成蕉萃。记罗浮照梦，朱萼凝睇。玉雪襟期，春风彩笔，别有遥情难寄。干戈满地。算如此江山，甚时偕至。一舸流光，泝千湾寒翠。

疏　影

乙丑春，徐园探梅闻笛，寄怀翼如。

行吟旧径。叹八年不到，风物幽胜。春逗微波，几树横斜，犹压一池香冷。轻飔忽扬花间笛，韵断续、凄馨无定。漫拼将、万斛骚愁，付与玉龙哀哽。　　诗梦重温未已，又鸾飘凤泊，地远天迥。抚遍鸿泥，立遍亭林，曾记慧因初证。琼枝折得何由寄，只合伴、心头清影。却暗恐、明月飞来，摄入碧寒仙境。

步蟾宫

乙丑春孟，与同璧、蒨玉、鸿璧、社英、蕙桢、砚耘雅集徐氏双清别墅，时江浙战祸甫已。

风云漫说惊千变。尽消受、山温水软。悲欢过眼总成空，看此日、骚坛谁健。　　韶光争似当年艳。也赢得、月依梅恋。醉来和月拥花眠，任香雪、一天都满。

金缕曲

乙丑重九，时奉直方弄兵江南北。

晓角声哀彻。恰重阳、又逢阳九，纵横金铁。憔悴山河怜画稿，长是一家秦越。空负了、地灵人杰。霜饱红萸秋未老，怕登临、泪洒新亭热。千万恨，共谁说。　　西风浩荡思天末。甚枭雄、彭城戏马，汉皋竿揭。堪笑触蛮蜗角上，一例尘沙倏灭。只赢得、四方枯骨。举目荆榛惟痛饮，漫题糕、呕却心头血。听江水、恁呜咽。

水龙吟

金陵怀古，次伯秋均

蒋山千古嵬巍，金陵王气随朝露。景阳钟歇，燕支井涸，更谁歌舞。几处悲笳，满城寒照，一溪红树。憙清凉境在，襟期似雪，还悟向，空明路。　　凄绝兰成何事。任滔滔、大江东去。中山伟业，莫愁香史，悲欢无数。说甚兴亡，玉秋如画，凭君携取。问人间何世，风云倦抚，正长吟处。

青玉案（二首）

仲秋纪梦

浮槎何处神仙侣。直欲御风归去。群玉山头怜再遇。月波回雪，花灵飞素。幽绝携游处。　　云和吹澈愁千缕。珍重休将别离赋。一笑问天天不语。玉鸾缥缈，碧峰无数。人在清虚步。

明河泻地愁无语。只细把疏星数。梦到灵山天欲暮。一襟秋意，弥空花雨。瘦入诗魂去。　　霜华醉遍相思树。泠艳凄红渺难据。藉问孤怀深几许。寂禅微证，慧因千古。惟有镫如故。

渔家傲

七　夕

浩渺银河年一渡。新愁旧恨从头数。梦堕天风秋欲曙。销魂处。碧云迷断归来路。　　清泪几行难付与。酿成丛桂凄馨露。修到神仙徒自苦。君否悟。人间何地相思诉。

烛影摇红

壬戌秋，偕雯掀、鸿璧、雨岩、淑嘉重泛西子湖，并忆翼如海外。

一舸烟波，试来认取闲庭院。月痕潭影自空明，印慧禅深浅。笑问此心何恋。送飞鸿、频回倦眼。好风吹袂，瑶碧长天，秋容如浣。　　几点湖山，古欢今怨知何限。无边镜水倚蒹葭，休怅伊人远。已隔万红尘软。且忘机、诗怀共健。俊游堪忆，莫管神州，风云千变。

桃源忆故人

西溪观芦花

扁舟浮入西溪曲。一片烟波松竹。打桨行歌相属。唱澈千山绿。　　凉飙袅袅扬清穆。秋雪连天翻玉。应有芦中人独。感此秋高肃。

浪淘沙

潇湘八景，用板桥均潇湘夜雨

春涨觉轻寒。万籁无喧。苍茫一舸动幽叹。永夜遥情何处寄，卧听更残。　　晓雾媚前滩。乱泻银澜。笑吞云梦气能宽。湿翠横江飞不起，又到君山。

翠楼吟

栖霞看红叶，寄怀翼如

谡谡松涛，泠泠竹韵，天风荡吾幽虑。峰回寒涧外，忽疑入武陵源路。霜华流素。甚一片明霞，迷溪烘树。愁无语。蓦惊红断，乍来时处。　　可慕。高遁名山，只泠随秋艳，不妨春妒。六朝歌舞罢，算看了兴亡无数。江南谁赋。忆万树低烟，群花飞雨。人归去。玉波难载，断肠词句。

玉簟凉

冬夜梦与亡友陈撷芬话旧，天上情景甚奇，感依此调，次瞿安均。

晶箔飘镫。正梦瘦梅花，月浸空庭。霜钟摇古怨，况雪意沉冥。红墙银汉缥缈，旧阆苑、仿佛曾经。云路冷，甚玉鸾啼处，哀断长更。　　平生。当筵说剑，浮海赋诗，游侠肯误狂名。鱼龙看变幻，指弱水膧艨。青城幽话未已，忽化鹤、足乱繁星。花雨外，向九天、横展修翎。

翠楼吟

晓起对雪，再用瞿安均

梦堕清虚，馨还绿萼，琼瑶荡空无际。纤尘何处著，但一片晶莹朝气。江湖凝睇。有孤鹤惊寒，哀猿啼泪。愁谁寄。玉壶依旧，冰心垂瘁。　　总记。潇洒当年，也访梅携月，寻诗扬骑。海天高卧久，笑词笔春风慵理。苍茫斯世。待拨乱弘才，回戈生意。吟魂碎。岁寒怀抱，许人知未。

凤凰台上忆吹箫

中秋怀翼如、汉皋，用漱玉均

菊满东南，桂飘湘汉，旧时明月当头。甚月腴人瘦，怕卷帘钩。待叩姮娥消息，青旻远、欲问还休。无边恨，应知不是，病酒悲秋。　　休休。者番去也，打叠了雄心，没计攀留。怅烽烟天半，黄鹤高楼。算有多情江水，长照尔、千里回眸。江流处，那堪仍听，鹤怨猿愁。

（以上选自《红树白云山馆词》民国二十三年邵氏刻本）

寿鑈（8首）

寿鑈（1885—1950），又名玺，字石工、石公、硕功，号印匄、印丐、印侯、珏庵，浙江绍兴人。从杨烈山游，曾执教于北京女子文理学院、北京艺术学院。工书印，擅词，为南社成员，著有《词学大意》《珏盦词》。

《珏盦词》二卷，约民国十九年（1930）刻本，收甲寅（1914）以后词。前有寿鑈题签，上卷名《枯桐怨语》，朱祖谋题签；下卷名《消息词》，前有于右任题签。又据《鲁迅与寿石工》一文，作者姜德明藏有1939年印本《珏盦词》，在《枯桐怨语》《消息词》之外，增入《柳边词》一种，具体信息未详。陈声聪尝称："寿石工有《珏盦词》，火传梦窗，力求僻涩。"（《论近代词绝句》）张素亦称："吾友石工固以学梦窗自见者，其所为词，往往眇曼而幽咽，令人不可卒读，至揆之于律，则四声悉准原制，无毫发之差，盖亦酉生、沤尹类也。"（《枯桐怨语序》）

汉宫春

眉孙有诗书含光《述乱赋》后，余广其意，更拈此解。

陈迹凄迷，甚梁园工赋，枚马当时。江淮未惭孤贱，一霎轩眉。玲珑绀雪，只无端、妆染焉支。沉研影、知音宛在，日长流水迟迟。　　何事上清朝罢，伫龙楼月冷，偏误花期。绸缪尚矜小印，密意禁持。蘼芜梦短，炫娭光、凄迸新词。休谩道、凌波洛女，弄妆再荐陈思。

齐天乐

丙辰三月，幼同至自辽左，与夕玉、诚斋、绣君、寒梧、鹿君同饮市楼。西斋旧游，回首十五年矣。越日，幼同将复出关，夕玉画菊花雁来红横幅赠行，题曰“风雨同忧图”。绣君、寒梧皆有题辞，余亦继声。

琴丝筝柱婵嫣惯，流光暗侵愁旅。泪影西州，衣尘大漠，凄迸潇潇风雨。秋期似诉。甚帘押昏黄，羽觞情素。荏苒中年，等闲青鬓尚如许。　　清游经岁未减，认沧波画里，零梦前度。社讯催霜，朋欢展夕，轻醉城南韦杜。河梁未赋。笑一昔看花，翳灯笼雾。后约辽天，雁来凭寄语。

解连环

癸甲之际，帝制兆始，志士多走南服，梦蝶亦仓卒出都，遗钥于所欢申韵兰所。逾岁北还，韵兰嫁矣。婿董与梦蝶故夙契也，薢茩道周，班荆逆旅，韵兰出钥于箧，还之梦蝶。钥端以素丝系梦蝶名刺上，环结若绾同心者。非烟之怨，殊于昔时；季隗之约，渝于片霎。虽憾事，亦艳闻也。为纪一词。

锦机无力。锁沧波幻缬，旧情如织。尚念省、茗玉题名，纵灭剩片痕，记曾相识。嫩意葳蕤，几轻负、天涯归客。谱芳兰一曲，荡倦梦华，可怜春色。　　深盟更谁赚得。奈翾风蹀躞，吹堕消息。便绮陌、瞬敛车尘，又谑翠怨红，绪牵愁绎。影箧缄珰，认出手、人前欢迹。但赢却、背镫絮语，笑啼竟夕。

浣溪沙

丁巳感事

流水钿车夜未央。银河东去隔红墙。怀人天末意难忘。　　凄迸朱弦哀旧曲，久留金勒为回肠。眉图心篆卜兴亡。

扫花游

花朝夜集送大壮

露蟾迟客，乱夜色深杯，飐灯帘峭。燕风渐袅。卷筝弦半涩，当筵歌老。俊侣长安，影梦迷离未晓。唤吴棹。送沧江故人，花外春到。　　歧路余缥缈。但倚被鸳边，镜蛾双照。五湖草草。换年芳旧国，翠温红窈。弄笛西洲，艳入江梅古调。倦游早。向城根、绀尘催扫。

西　河

燕台怀古，用清真韵

寻梦地。邯郸事影能记。客尘只赤又东华，浩歌四起。市金骏骨总无端，空台窥笑天际。　　旧阑槛，凭更倚。夕阳甚处孤系。残衫剩帻不成游，悄寒断垒。霸图一瞬付销沉，浑河南去荒水。　　酒人满眼醉过市。问荆高、当日邻里。坐阅废兴何世。便长虹、短筑萧萧，凄对西北浮云，模黏里。

解连环

“密炬笼花，镜屏锁梦”，记丁巳留滞津楼，与湘君歌酒迎年，正此日也。伤春念往，爰托于音。

堕余欢迹。殢星星砚鲽，夜堂今夕。浅梦傍、残雪瞢腾，尚帘窈翠温，好风无力。紫蟹银鱼，谢鲭脍、侯门传食。放屏花照缬，箭水驻年，断愁尘隙。　　新妆半迷巷陌。误红桑幻劫，零乱春色。便有约、悄送行云，已幄锦兽香，此情追忆。博簺歌呼，唤不起、江关孤客。伴幽独、试灯倦酒，泪潮共涩。

六幺令

津游有怊怅之怀，倚小山调寄之，筝语通愁，镜尘掩瘦，亦付之短音累叹而已。

石华吹陲，裙衩摇荒碧。沉沉旧香轻换，影事无端的。繁轸当歌未懒，剩遣秦筝急。天涯春涩。啼莺倦老，自趁新妆掩芳息。　　兰期谁信误了，寂寂江南客。[illegible]梦尚暖欢丛，孤醒成今夕。归去宵凉似水，泻怨铜街色。鸳帏鸾席。能拼销瘦，不管东风荡尘藉。

（以上选自《珏庵词》约民国十九年刻本）

辛际周（6首）

辛际周（1885—1957），字祥云，号心禅居士、灰木散人，江西万载（今属宜春）人。十八岁中举，后入京师大学堂。卒业以后任教于江西省立第五师范学校、厦门大学、江西立赣县中学，曾任江西通志馆总编辑。著有《梦痕词》。

《梦痕词》一卷，民国三十二年（1943）铅印本，附《灰木诗存》后，冠名《灰木词存》。收词起于癸酉（1933），至癸未（1943）以前。另有《灰木遁隐稿》，未刊（见李强《诗人辛际周》）。

传言玉女

冬夜步月作

独枕无眠，起步一庭凉月。薄云初敛，放蟾辉皎澈。凭阑纵目，远水遥天青接。迟帆飞处，塔灯明灭。　　寂寞荒城，剩寒潮、打未歇。夜阑人悄，警客心暗怯。家山梦断，正懊当时轻别。那堪重听，战鼙声发。

绕佛阁

游南普陀，登太虚亭

虱裈寄命。羁恨几许，教怎排尽。秋老风紧。客衣乍换、登临趁闲兴。普陀胜境。天辟寸土，留得干净。琳宇尘迥。短生幻梦，声声断清磬。　　更上纵遥目，逼仄萦盘寻曲径。阿耨达池、奁开寒照影。到岭半孤亭，行脚犹劲。举头天近。又接白婵青，澄海如镜。好风光、霎时消领。

浪淘沙慢

戊寅重五后一日，用近人韵，距寇机肆虐才八日，课余敞门，百兴都衰。居邻屯军，随闻笳角，旅绪国忧丛触方寸。挥汗赋此解。

洗宵雨，苔痕绣润，几篆萦碧。深掩荆扉昼寂。偷闲暂许偃息。奈刺耳声声笳吹急。悄无语、搔首孤立。念世事身谋两如许，盈襟恨堆积。　　京国。望中阵垒云隔。问大好河山今谁主，忍泪弹叵得。嗟乱里余生，天际逋客。坠乌向夕。同鲁阳心事，挥戈谁识。　　词赋徂年尤萧瑟。兴亡梦、倦传彩笔。挂愁眼、烽烟南接北。续残命、强劝蒲觞，负令节，伤心怕见朱榴色。

高阳台

中秋前一夕凭阑作，继碧山韵

润绿侵襟，蛮红照眼，中秋尚作春妍。独客天涯，凭阑易感华年。霜痕点鬓吟腰瘦，掬幽怀、都付银笺。又还愁，写尽相思，寄向谁边。　　宵来景色尤清绝，谢蛩声雁影，伴我无眠。买断风光，也知不费囊钱。红巾翠袖今飘散，恨无人、共棹游船。剩低徊，魂销月下，泪洒风前。

高阳台

秋宵乍凉，灯窗写闷，继玉田韵

疏雨鸣秋，惊风咽夜，嫩凉催上衣船。劫里残身，坐消寂旅年年。荒村未许桃源似，便桃源、住也堪怜。忍思量，万种陈悰，总付霏烟。　　家山不是无归计，奈尘腥塞路，雾黯迷川。松音菊讯，引愁枉落吟边。哀时念乱浑多事，要随缘、健饭甜眠。甚来由、更洒啼痕，苦学痴鹃。

蝶恋花

九日登高作

踪迹年年悲客寄。每遇佳时，勾起乡关思。强意登高温旧例。余生更得重阳几。　　莽莽兵尘归眺底。一寸河山，一寸伤心地。风景新亭今又异。衰眸欲洒无多泪。

（以上选自《梦痕词》民国三十二年排印本）

徐鋆（2首）

徐鋆（1885—1935?），字贯恂、冠群，号澹庐、淡庐、紫琅山民，江苏南通人。清末优贡，补用知县，历任浙江省财政厅、陇秦豫海铁路总公司秘书。诗、书俱善，著有《澹庐诗余》。

《澹庐诗余》两卷，二十世纪三十年代刻本，含《碧春词》一卷、《皕镜簃词》一卷。《澹庐诗余》前有陈栩序，朱祖谋、蔡宝善题辞。《皕镜簃词》有郭雍南序，夏敬观、周庆云题辞。《碧春词》有陈栩序，杨葆光、樊增祥题辞。《碧春词》另有光绪三十二年（1906）刊本。

陈栩《澹庐诗余序》称："贯恂《碧春词》固在三十以前所作，故其语多婉约，不尚雕琢。绝似淮海，而不似东坡。……贯恂中年之作，多脱胎换骨，与《碧春词》笔华实不侔。"周曾锦尝称："同学徐贯恂，号澹庐，年十二即以工书善诗名。所作词曰《碧春词》，曰《蝇须馆诗余》，清新可传。归安朱古微侍郎称其词自壬子以后，一洗粉泽之态，与东坡、后村二家为近，可谓善变。"（《卧庐词话》）

太常引

京口夜发

挂帆西出润州城。烟水一江平。前路欠分明。知多少、长程短程。　　秋光如许，秋愁如此，梦也不能成。两岸乱虫声。直啼到、三更四更。

（选自《亚东丛报》1912 年第 1 期）

暗　香

辛未落镫后一日，姚劲秋丈邀同探梅超山，用白石赋梅韵。

一天雪色。把早春唤起，铁琴铜笛。卅里花枝，踏遍湖山忍轻摘。依约超然台榭，猎宋艳、聋翁遗笔。拼埋骨、万玉堆中，谁敢与争席。宋梅亭周梦坡丈建，吴昌硕丈题联云：“鸣鹤忽来耕，正香雪留春，玉妃舞夜；潜龙何处去，有萝猿挂月，石虎啼秋。”其墓营于亭西。　　邻国。几喧寂。自节废试镫，寺冷香积。翠禽如泣。江北江南梦空忆。蓦地春漪拍手，随老鹤、出巢云碧。《有正味斋集》中有寄姚春漪鹤巢望梅词。约作伴、伴到此，几生修得。

（选自《广箧中词》民国二十四年排印本）

余其锵（2首）

余其锵（1885—1960），字十眉，号秋槎，浙江嘉善（今属嘉兴）人。为南社社友，与陈去病编辑《南社丛刻》第二十二集。夫人胡淑娟，有一子余湘。晚年寓居沪上。著有《神伤集》《寄心琐语》《灵芬馆诗集笺注》等。

虞美人

探　梅

罗浮仙人年娇小。未露春怀抱。相逢一朵不曾开。负我多情杜牧访春来。　　他时重到江南地。只恐成阴矣。今朝难折未开枝。拼得抱愁归去尽相思。

满江红

送春有感

落尽庭花，只留得、几枝空影。又做了、一场花梦，春归才醒。草上空余蝴蝶粉，陌头剩有弓鞋印。更被他、风雨一番催，都消尽。　　萧娘远，全无信。萧郎瘦，常如病。借填词消遣，声声是恨。月下阑干难共凭，花前樽酒曾同饮。把十年、旧事细思量，伤春甚。

（以上选自《南社词选》，《南社丛选》民国二十五年国学社排印本）

俞玟（4首）

俞玟（1885—1929），字佩珣，俞陛云次女，俞平伯二姐，浙江德清（今属湖州）人。著有《汉砚唐琴室遗诗》一卷、《絮影楼词》一卷。

望帝京

寄佩瑗姊京师

斜阳又到闲庭院。却正似、伴人肠断。花发去年枝，人已天涯远。忍扫旧巢痕，曾宿红襟燕。　　客中心事猜都遍。只在心头百转。疏柳丝丝，离情细细，并刀此恨偏难剪。烟树望中迷，有泪伊谁见。

江南好（三首）

寄　姊

当时忆，逸事漫追寻。斜日帘栊慵课绣，翠阴庭院共眠琴。细辨抹挑吟。

当时忆，暖玉爱楸枰。临局怕拈争劫子，息机闲作静观人。未肯互争衡。

当时忆，书课各争长。侧笔君书多仿赵，圆锋侬却喜摹王。慈母格欧阳。

（以上选自《絮影楼词》，《乐静词》民国十七至十八年刻本）

钟刚中（1首）

钟刚中（1885—1968），字子年，号桴堂，晚号桴公，又号柔翁，广西南宁人。光绪三十年（1904）进士。次年考取清廷官派日本留学生，入早稻田大学法律系学习。民国时任湖北省通山知县及直隶省成安、宁晋等县知事。1951 年被聘为中央文史研究馆馆员。诗词、书画、篆刻诸艺兼擅。

花心动

赋牵牛花

凉泛星河，乍娟娟、离魂被秋扶起。泫碧露华，破暝晨光，水样砑罗新试。玉蕤长结双星约，奈楼畔、穿针人去。几多恨，秋棠说与，断肠无语。　　翠袖中宵自倚。算天上人间，只花憔悴。一晌并头，琐细红心，拚与漏声催碎。放歌扣角情都倦，镇赢得、寒丛漂泪。罥愁蔓，相思替谁写寄。

（选自《烟沽渔唱》民国二十二年排印本）

胡怀琛（6首）

胡怀琛（1886—1938），字季仁，号寄尘，安徽泾县（今属宣城）人。辛亥革命后，助柳亚子编《警报》，并结为金兰。历任《神州日报》《太平洋报》编辑，入商务印书馆编辑《小说世界》，任南方大学、上海大学、爱国女校教授，又供职于上海通志馆，逝世于沪。编著甚多，有《百瓶花斋笔记》《中国历代小说史论》《中国民歌研究》《中国文学史概要》《关于上海的书目提要》及小说、笔记等。

柳梢青

天遂为余画扇，填此酬之。

君自优游。廉州手腕，石谷风流。一派溪山，半天风雨，笔底全收。　　烟岚云树扁舟。点在我、团圞扇头。溽暑都消，纤尘不染，无限清幽。

洞仙歌

楚伧、鹓雏各以寄内、赠内词示余，反其意填此阕和之。

卿卿仙子，住琼宫玉宇。含笑拈花曾一语。是尘缘未了、小谪人间，故教汝，尝试般般辛楚。　　我语卿听取，剪断情根，两字鸳鸯涂旧谱。免世世生生、伤别伤春，够消受、恨烟颦雨。卿若不、虔心听吾言，且去看人家、几家团聚。

浣溪沙

夜　雨

有个愁人睡不牢。芭蕉风雨夜潇潇。新凉如水一灯摇。　　往事悲欢都过了，管他哀乐到明朝。只难消受是今宵。

罗敷媚

分明是个伤心地，蔓草芳郊。野水横桥。深浅春愁比暮潮。

离怀困懒何消说，花也神焦。柳也魂销。一角斜阳更没聊。

罗敷媚

夜　雨

芭蕉叶上宵来雨，已算凄清。不彀凄清。添个寒蛩抵死鸣。　纸窗竹簟人无睡，坐到天明。听到天明。愁与秋潮一样平。

采桑子

匪石有此调，题曰："新移居跑马厅畔，闻之居人旧为吴中费某藏娇之所，词以记之。"余居与君为邻，依调填和。

天生是个风流地，昔作去声香窝。今又吟窝。占领春愁孰最多。　喃喃赓和诚多事，藏艳由他。索句由他。问我邻家管什么。

（以上选自《南社词选》，《南社丛选》民国二十五年国学社排印本）

黄侃（13首）

黄侃（1886—1935），字季刚，号季子、量守居士，湖北蕲州（今黄冈市蕲春县）人。1906年留学日本，加入同盟会。历任北京大学、东南大学、武昌高等师范、中央大学、金陵大学等校教授，在经学、文学、哲学各个方面都有很深的造诣。从章太炎游，为南社成员，著有《纗华词》《量守庐词钞》。

《纗华词》一卷，民国元年（1912）铅印本，前有王邕、汪东序，况周颐题词，收1907年至1911年词共一百六十五首。《量守庐词钞》，民国三十四年（1945）排印本，前有其学生曾缄序，后有其子黄念田附记。共收词四种：《纗华词》一卷，同民国元年本；《揽蕙集》二卷，收宣统末至民国元年词共二十九首；《绣秋华室词》一卷，收1906年至1919年词共二十一首；《楚秀庵词》一卷，主要收庚申（1920）以后词，间有民国元年前后作品，共七十八首。此外，黄侃词尚有《黄季刚诗文钞》本和《量守遗文合钞》本，分别收录三百七十六首和二百九十首。

钱仲联称其词“不徒小令高华，慢词亦有家数”（《近百年词坛点将录》）。

小重山

高坐寺

马脑冈头石径微。寂寥高坐寺、掩禅扉。种松几度旋成围。人何在、春物自芳菲。　　青史事多违。梅陵留庙祀、也崔巍。野棠如雪落还飞。南朝梦、一例付斜晖。

（选自《词学季刊》第 1 卷第 2 期）

解语花

题《红礁画桨录》

晴漪漾碧，夜汐流红，摇散文鸳影。泪珠溅镜。芙蓉老、谁遣怨魂轻醒。鲛宫正冷。收情网、断珊慵整。空自怜、填海冤禽，此恨随年永。　　溟涨愁澜无定。送虚舟何处，奇兴难并。碎萍漂梗。乘潮远、似与阿侬同命。娇郎更病。算往事、殷勤犹省。招桂旗、岩畔相逢，终是凄凉境。

兰陵王

海波碧。天远垂空漾色。危阑外、仍见片帆，载了斜阳反乡国。帘前燕似客。还识分飞可惜。江关去，应倩断鸿，来与羁人伴岑寂。　　连宵梦难觅。况雨上高楼，风送凉汐。孤灯孤影摇长夕。将一枕清怨，数年离感，哀音零乱付邻笛。怅然泪轻滴。
追忆。但凄恻。更独倚浮云，空羡归翮。寒烟袅娜秋无力。似别恨萦绕，旧怀牵织。沧溟万里，倦望眼，自叹息。

六　丑

对蛮花进酒，又恰是、殊乡寒食。愿花散愁，愁多花散识。落去无力。问去年香梦，剩脂零粉，费几番追忆。斜阳染就娇红色。嫩蕊才舒，残英旋积。幽吟只成凄恻。怕莺痴蝶怨，休放攀摘。　飞花仍急。向东风似泣。泪与芳流远，还暗滴。回头纵念孤客。怅秾华易尽，绿波无极。仙云渺、已难踪迹。终不奈、一片华灯照晓，万枝岑寂。无聊处、复待谁惜。算断魂、尽有相怜意，空凭夜汐。

（以上选自《南社词集》民国二十五年开华书局本）

洞仙歌

重过神武门，咏荷

凌空万叶，讶重来依旧。雨破圆痕翠澜皱。暗尘稀、恰好罗袜裴回，凝望杳、魂黯江妃去后。　舞衣寒易落，纨扇秋多，何处哀弦又轻奏。秘殿映深渠，试检啼珠，芳流澹、题红应负。待强整残妆为君留，怕一夜西风、背花人瘦。

西平乐

晚经玉蛛桥，见团城以北宫观渐荒，岸柳渚荷无复生意。西风乍过，觱篥吹愁。因和梦窗“西溪先贤堂”词韵，以写感今伤往之怀。

故国颓阳，坏宫芳草，秋燕似客谁依。笳咽严城，漏停高阁，何年翠辇重归。看殿角孤云覆苑，林杪轻烟漾晚，疏灯数点，波间替却余晖。还爱西山暮色，苍翠处、散影入杨丝。坠梧智井，漂花暗水，一夕西风，人事潜移。宫漫想、楼延宝月，桥压金鳌，剩有深苔碎蟀，丛竹残萤，犹伴惊鸦认旧枝。凭吊废兴，铜盘再徙，沧海三尘，树老台平，尽划琼华，孤蓬更逐沙飞。

（以上选自《进德月刊》1937 年第 2 卷第 9 期）

浪淘沙慢

乡思，和清真

晚寒重，惊飙动野，澹霭依堞。胡角临城又发。渔歌度浦未阕。正独坐黄昏遥想结。渺天畔、忆往心折。问故里榛荆待谁剪，音书竟长绝。　　凄切。怨怀渐满空阔。念地远天长，肝肠断、陇水犹自咽。嗟岁暮飘零，偏爱离别。恨多漫竭。长照人，惟有天边明月。　　林外烟横山重叠。寒蛩老、碎声暗歇。听清管、敲壶还易缺。甚悲思、绝少人知，对暮色，羁人此际头如雪。

浣溪沙（二首）

和南唐中主

落叶还能绕树飞。一宵微雨便成泥。飘零何惜泪沾衣。　　斜日有情人易老，南云无信雁空啼。秋来新恨有谁知。

江上萧条独举杯。夕阳依旧照楼台。楚天人去不重回。　　高柳西风蝉已歇，寒芦秋水雁初来。危阑何意久徘徊。

高阳台

纤月摇情，明河鉴影，微凉暗透缔衣。虚籁将沉，车声远陌初归。高楼只在疏灯外，料绣帘、彻夜空垂。最输他，萤照云屏，蚊傍罗帏。　　玉阶携手当时事，甚流年易换，佳会终稀。倚遍雕阑，如今莲漏偏迟。嘶骢不向横塘去，问羁怀、更有谁知。度风萝，笛韵凄清，巧共愁吹。

秋思耗

怨别，和梦窗

清影孤镫侧。但数花、犹弄夜窗寒色。沉醉乍醒，似闻歌管，追惜肠窄。记催曲琼筵，四弦曾为诉怨抑。对画屏、山澹碧。恨樗烛光残，玉骢嘶去，竟遣断魂今夜，又成相忆。　　长夕。铜壶细滴。料绣帷、懒卸妆饰。漫弹湘瑟。银河遥望，露浓月白。正密合双鱼桂丛，何计飞凤翼。念倦客、惟自识。怕卧疾荒郊，重城无信寄得。梦隔金堂户北。

莺啼序

秋感，用文英韵

层阴傍楼散晚，悄梧飘暗户。闭孤馆、词客哀时，正惜年事垂暮。旧山外、西风换绿，残蝉警响天涯树。但衰杨蕉萃，牵丝更无飞絮。　　酌酒登台，病眼眺远，渐高城隐雾。峭寒骤、枫落吴江，短书谁寄鱼素。俯危阑、荒砧韵急，乱烟织、离愁千缕。好斜阳、仍满汀洲，已输鸥鹭。　　清秋燕子，信宿渔人，只今尚倦旅。独自感、百年身世，岁晚涂梗，似弈长安，手翻云雨。觚棱望断，风飙期误，徒闻东海栽黄竹，甚蓬莱、浅碧舟难渡。鲸鳞水渴，昆池漫觅胡僧，浩劫仅剩灰土。　　燕歌送别，楚曲招魂，早泪痕渍苎。待检点、防身长剑，诉想凄箫，醒后微吟，醉来狂舞。遥情付与，南征单雁，苍梧云黯沉旧恨，又华年、瑶瑟惊弦柱。飘零空老雄心，故国苕苕，梦能到否。

迷神引

烽火惊心江关暮。旧国尚迷归路。空城澹日，更迟迟度。念漂浮，黄尘里，恨谁诉。危堞悲笳隐，和愁语。呜咽分流水，断肠否。　　半壁东南，此错何人铸。一枕华胥，真无据。最怜回首，好山河、都非故。渺神京，浮云黯，塞鸿去。还对宵灯影，泪如雨。荒原记风急，战声苦。

（以上选自《进德月刊》1937 年第 2 卷第 10 期）

杨熙绩（2首）

杨熙绩（1886—1946），字少炯，号雪公，湖南常德人。早年加入中国同盟会，曾任南京国民政府文书局局长、行政院秘书。有《雪公遗稿》。

满江红

十八年三月，生日

四十三年，几曾有、文章功烈。空负了、美人红泪，故人碧血。世浊更饶湖海气，岁寒不改松筠节。趁江南、好山好水多，留狂客。　　生耻与，扬雄列。死愿葬，荆轲侧。是一身如玉，寸心似铁。忍歠糟醨随众醉，早滋兰茝标孤洁。欲此情、都付子孙知，惟清白。

金缕曲

二十三年十月，悼古湘翁

俯仰成今古。念灵修、斯人既去，高丘无女。客欲帝秦宁蹈海，尚赖鲁连一怒。但岭外、三年羁羽。只似新亭徒对泣，问折冲、万里谁堪与。都不识，此情苦。　　归来辽鹤应凝伫。定惊心、锦城丝管，玉楼歌舞。霸上棘门儿戏耳，安得将军好武。漫怨我、鼓声激楚。拔剑更撞双玉斗，料他时、吾属皆为虏。忧国泪，独如雨。

（以上选自《词学季刊》第3卷第1期）

刘景堂（6首）

刘景堂（1887—1963），亦作景棠，字韶生，号伯端，别署寿璞、璞翁，广东番禺（今广州）人。早年入广东学务公所总务科，辛亥年（1911）寓居香港，任华民署文案，间与黎国廉、俞安凤等人唱和，1950年与廖恩涛等人共创坚社。著有《沧海楼词》《心影词》等。

刘景堂词作版本复杂，主要有：《心影词》，有1920年《绣诗楼丛书》据原稿影印本，辑录丙辰年（1916）至戊午年（1918）作品，有作者本年自序。《沧海楼词钞》，有1953年香港刊本及1967年香港影印刘德爵抄本。另有《沧海楼集》，包含《心影词》《海客词》《沧海楼词》《沧海楼词别钞》《沧海楼词续钞》《空桑梦语》各一卷，收词五百九十三阕。《心影词》收三十岁左右词作，以美人香草寄托身遭国变之心境。《海客词》收日寇入侵前后词作。《沧海楼词》收战后居香港时期作品，多人世凋零之感。《空桑梦语》收1956年作品，由春写到秋，凄然欲绝，哀感顽艳（据《香港词人刘景堂及其〈沧海楼词〉》）。叶恭绰《广箧中词》收刘氏四首词，并有“深思密藻”“深美闳约”等评语。

金缕曲

春夜闻虫，和汪莘白兆铨原韵

莫向人间诉。正高楼、繁弦乍歇，断宫零羽。冷抱香根声更好，似怨韶华无主。暗检点、沉欢幽绪。唤醒雕梁双燕子，却问他、何事天涯住。谁解听，恁凄楚。　　东风那管年芳暮。算依然、金阶玉井，翠酣红舞。不是清商相迫汝，到底为谁蕉萃。只合伴、花间铃语。我亦多情眠不得，有短檠、相照盈盈泪。寒一霎，五更雨。

蝶恋花

三月三日恰是清明，春光如客，春怀如酒，因忆梅溪词“今岁清明逢上巳”，用作首句，足成是阕。

今岁清明逢上巳。天气轻狂，人荡杨花里。午梦扶头莺唤起。一春春事还余几。　　欲减罗衣寒未退。宝帐垂垂，叠损文鸳被。昨夜酒醒今又醉。人间没个埋愁地。

（以上选自《南社丛刻》1996年广陵古籍刻印社影印民国刊本）

惜余春慢

恋梗霜花，辞根风叶，倦睫为秋零乱。金猊昼掩，绛蜡宵啼，断后寸肠难转。方信感叹中年，愁鬓衰颜，玉台先变。自湘灵去后，青峰江上，影鸿谁见。　　空见说、柳老蝉哀，莲荒鸥怨，冉冉岁华将晚。新欢易阻，幽梦无凭，付与蠹笺尘管。同是天涯路迷，楼燕栖空，斜阳轻换。算当年明月，多情还照，旧家池馆。

瑞龙吟

年光误。谁念恋醉湖山，倦游羁旅。黄昏休上危楼，伤心却在，斜阳尽处。　　劝君住。珍重背灯啼袖，为谁深诉。天涯惯见飞花，几回检点，尘襟断缕。　　抛尽人间欢事，短歌休倚，江南残谱。零梦乍惊弓纤，犹转空庑。西风病翼，芳信无凭据。萦肠是、谯门急漏，邻家凄杼。冉冉催窗曙。拥衾欲暖，怀人更苦。明日沧江路。分付与，离魂依弦低语。愿为风绥，一时衔去。

天仙子

晓起卷帷寒意浅。雨后曲尘劳屧懒。眼前新绿未成阴，春思乱。无人见。只有狂花吹满面。　　薄酒忍劳红袖劝。前夜梦回成缱绻。闲情检点入新词，歌一遍。欢娱短。不及双栖梁上燕。

水龙吟

秋　怀

昨宵疏雨空庭，晓来散作愁千点。单衣袖手，重衾寻梦，思量都遍。多病梁园，哀歌同谷，此情谁管。玉帘衣澹荡，轻阴未解，枫林外、胭脂浅。　　寂寞伤高怀远。况天涯、西风催雁。韶光过羽，功名看镜，一声长叹。菊不须开，树犹如此，举杯还懒。问他年去处，寒云碧水，洗繁华眼。

（以上选自《广箧中词》民国二十四年排印本）

刘永济（16首）

刘永济（1887—1966），字弘度、宏度，号诵帚、知秋翁，湖南新宁（今属邵阳）人。生于光绪十三年（1887），卒于1966年。辛亥年（1911）于北京清华学校肄业，历任东北大学（1928）、武汉大学（1938—1949）、浙江大学（1938—1939）、湖南大学（1938—1939）教授。1949年后，曾任湖北文艺界联合会副主席、中国作家协会武汉分会理事等。少时曾学词于朱祖谋、况周颐两先生，著有《诵帚庵词》。

《诵帚庵词》版本主要有两种：其一为1963年武汉大学排印本，两卷，后毁于“文革”中。其二为1980年武汉大学据作者1959年手订稿影印本，手订过程删去了一些影射时事之作。前有其子茂舒、茂新合写的《重印说明》与目录、席启駉序及作者自序，后有作者“录稿后记”一则。共两卷，收词起于辛未（1931），至1959年左右。卷一包括《语寒集》《惊燕集》；卷二包括《知秋集》《翠尾集》。此外，作者有《新甲词》二十四首发表于《学衡》第77期，收甲子至辛未年词，皆未见于1980年影印手订本《诵帚庵词》。

席鲁思《诵帚庵词集序》称刘氏：“少时受词法于朱、况两先生，由是以名其家，而涉词以教于上庠者垂三十年。论词则一主况先生（指况周颐）。”“又尝创定谱律，其学深而功至，故发于章阕，能撷古人之菁英，顾规庑一家，意非所屑，不追时好。为梦窗词，而往往似白石，意其胸襟、性情或近之欤？”

鹧鸪天（九选其二）

江行杂兴

如此溪山好避秦。野鸥为侣鹿为群。几家盐米便成市，满径松篁又一村。　　寥落意，等闲身。风清日美且逡巡。山翁若问人间事，照眼烽烟扑面尘。

白渚青山叫水禽。遥峰返照入霜林。闲来始觉秋容好，静对还教画理深。　　人寂寂，日骎骎。与谁携酒此登临。佳期暗数重阳近，黄菊无花雁影沉。

（以上选自《学衡》民国十一年总第 5 期）

临江仙

十二月十五夜纪梦

梦去余情渺渺，醒来清泪潺潺。分明相见十年前。深杯闻好语，红烛照欢颜。　　岁月浑如尘土，天涯久惯幽单。今宵衾枕十分寒。佩环应未远，城柝又更阑。

（选自《学衡》民国十二年总第 15 期）

南乡子

湘乱后作

叶经晓霜清。独自苍茫负手行。残柳楼台堪极目，愁登。浅水寒沙弄晚晴。　　小草几枯荣。还向秋原烧后生。纵有春风应不到，湘城。谁惜芊绵万里情。

（选自《学衡》民国十二年总第16期）

浣溪沙（二首）

爱晚亭红叶

自有空山绝代姿。碧波何事苦通辞。晚烟残照总堪思。　　尘镜暗销双脸晕，褪红犹惜旧绡衣。小亭风后立多时。

剩欲秋山一展眉。叶干苔滑怅来迟。古原高树待乌栖。　　一夜西风惊散绮，几人肠断夕阳时。野陂隐渡雨丝丝。

（以上选自《学衡》民国十三年总第28期）

鹧鸪天（三选其二）

兰絮凭谁问果因。此情可待忍成尘。雁弦寒涩难为语，风烛低笼替断魂。　　眉子月，粉囊云。小屏虚幌独相亲。柳条踠地黄鹂老，总把深愁换浅颦。

不记人间钿合分。自持杯酒自温存。楼阴坐迥天河转，衣袂寒生野涨昏。　　春向晚，雨兼旬。春愁如雨湿香尘。好花须发还须谢，何事东风领怨恩。

（以上选自《学衡》民国十三年总第31期）

祝英台近

雨痕深，人意懒，林沼又春暮。叠损罗衣，云满燕来路。画帘次第东风，都无才思，几曾解、裁花吹絮。　　浑无据。空令书眼频摩，新蕤看成故。柳暗重城，愁在最深处。遥怜宝槛尘封，珠栊香歇，有谁问、寂寥弦柱。

（选自《学衡》民国十四年总第 45 期）

鹧鸪天

大连公园，见孤雁与凫鸭同笼，恻焉悯之，为赋此解。

卧水眠沙事已非。云罗无际最凄迷。漫同孔翠伤毛羽，来与寒凫共宿飞。　　惊缴意，失群悲。投荒我亦未成归。谁怜绝塞霜天里，犹梦联翩度夕闺。

鹧鸪天

沪上再寄惠君

一晌蓝云暖梦深。梦中先自感秋心。最难排解琏环玉，无那销熔的皪金。　　綦缟愿，雪风吟。情缘心事两难任。回头已是人千里，何必他乡始不禁。

倦寻芳

中元夕，与证刚、子威、豢龙乘月步登校中高台茗话，翌日豢龙有诗纪事，赋答。

粉云缟夜，玉气涵空，孤抱先冷。素约寻秋，平步露台清迥。眼阔休哀关塞远，语寒初觉星辰并。甚无端，数沙虫浩劫，人天凄哽。　正是处、盂兰争胜，泛水莲镫，零乱难定。回首南中，烟液涨天千顷。剩有幽怀招楚魄，忍持密意规秦镜。料姮娥，也含颦，广寒愁凝。

金缕曲

再酬豢龙

别有千行泪。对西风、孤襟暗洒，那关人事。费尽机丝裁尽锦，赢得心如莲子。况万里、云寒辽水。漫道荒江余老屋，早羁魂、凄断青枫里。悲去住，两难已。　高吟渐带幽并气。倚藜床、挑镫看剑，叹肌生髀。膝上瑶琴谁赏会，金谱新腔自理。莫轻易、便凋眉翠。残霸江山如有待，尽能容、千尺蟠根地。歌再阕，暮笳起。

（以上选自《学衡》民国二十一年总 77 期）

惜秋华

短鬓惊风，渺天涯寄泊，沉哀何地。残夜梦回，还疑醉歌燕市。冰霜暗忆胡沙，怅一霎、红心都死。鸿唳。料征程怕近，长虹孤垒。　　遗恨付流水。剩荒原雾黑，怨啼新鬼。莫自泪枯，谁遏涨天鲸沸。须知玉树声妍，浑不解、人间愁味。无寐。听寒涛、断魂潮尾。

（以上选自《词学季刊》第 1 卷第 2 期）

临江仙

闻道锦江成渭水，花光红似长安。铜驼空自泣秋烟。绮罗兴废外，歌酒死生间。　　野哭千家肠已断，虫沙犹望生还。金汤何计觅泥丸。西南容有地，东北更无天。

（选自《斯文》1941 年第 1 卷第 13 期）

雨霖铃

闻湘北警讯感赋

衰兰歌绝。剩魂销到，乱水凄叶。重湖万点狂雨，惊梦里、鱼龙悲咽。绿冷衡皋，问几见湘灵芳褋。但万里、千里关河，断莽班班鬼雄血。　　西风惯与愁肠结。向酒边、换却清秋节。吟怀早是凄苦，争忍听、故山哀鴂。暗幌衰灯，往事纷纷，眼底明灭。只赚取、无限苍凉，诉与残宵月。

（选自《中国青年》1942 年第 6 卷第 5 期）

柳亚子（7首）

柳亚子（1887—1958），字景山，后改字安如，号亚庐，江苏吴江（今苏州）人。十六岁中秀才，此后加入中国教育会、爱国学社、中国同盟会、光复会，与陈巢南、高天梅等组织南社，为数任社长，创办《二十世纪大舞台》《复报》等刊。辛亥革命后又办《警报》，任《天铎》《民声》《太平洋》三报主笔。主要从事南社领导工作，编辑出版《南社丛刻》。1923年，组织新南社，次年加入改组后的国民党，历任监察委员等职。抗战时期参加中国民主同盟，胜利后与李济深等发起成立中国国民党革命委员会。著有《乘桴集》《怀旧集》《南社纪略》《柳亚子诗词集》等，辑有《南社丛选·诗集》《太一遗书》等。

摸鱼儿

自题《秣陵悲秋图》，为亡友秋石作，用吕碧城女士伦敦堡吊古韵。

叹重来、西风白下，平陵黄犊愁奏。国殇多少苌弘血，不是曹家萁豆。翻覆骤。痛一代蛾眉，也死伧夫手。天乎不寿。正奇气拏云，圆姿替月，英绝年三九。　　扪心问，恸哭新亭时候。伯仁怜我轻负。马嵬白练香喉锁，惨抵男儿断脰。羞障袖。奈龙剑沉埋，难抉仇人首。雄心忏否。但同泰钟鱼，清凉梵呗，虔礼空王胄。

（选自《诗与散文》1929 年第 1 期）

摸鱼儿

闻秋石衣冠墓告成，此志感仍用秣陵悲秋图旧韵，时一九三二年十月三日也。

甚岿然、一抔黄土，肤功今日才奏。埋冤何事轻成狱，凄绝南山种豆。惊变骤。悔惜别牵衣，未挽纤纤手。漫论夭寿。算死纵无缘，生还有恨，同此罹阳九。　　衣冠冢，三载蹉跎时候。浑疑嫩约终负。一朝突兀丰碑树，差慰朱绳缳脰。休掩袖。看大地玄黄，血溅群龙首。芳魂知否。倘赤帝能兴，苍天当死，铲尽穷奇胄。

（选自《文艺春秋》第 1 卷第 1 期）

浪淘沙（二首）

寿冰莹

绝技擅红妆。短笔长枪。文儒武侠一身当。青史人才都碌碌，伏蔡秦梁。　　旧梦断湖湘。折翅难翔。中原依旧战争场。雌伏雄飞应有日，莫漫悲凉。

岁首赋催妆。今进桃觞。红尘游戏尽无伤。艳福檀郎吾亦妒，努力扶将。　　年少侠游场。儿女情长。通家交谊镇难忘。寿汝恨无双匕首，惭愧诗囊。

（以上选自《新时代》第 4 卷第 1 期）

金缕曲

赠陆丹林，即题其《红树室图》

一笑虬髯叟。记髫龄、读兵说剑，纵横时候。凄绝鼎湖仙梦醒，瘴海韩娘魂朽。剩图画、崔徽依旧。红树青山人似玉，促挥毫、更脱群贤手。箫与筑，总孤负。　　逃盟复社交君久。更频年、相忘形影，靳骖先后。一老山阴埋骨恨，腹痛桥玄鸡斗。仗料理、遗诗锦绣。揽辔澄清吾亦倦，叹英雄、迟暮名山寿。苌叔血，付杯酒。

（选自《七日谈》第 1 卷第 12 期）

金缕曲

哭黄晦闻老友

叹息分宁叟。蓦惊心、松凋竹陨，岁寒时候。一恸龚生天年夭，耿耿精灵难朽。剩向笛、凄凉怀旧。绝业阳秋遗恨在，怎黄书、未续姜斋手。民史约，总孤负。　　江湖卅载论交久。最难忘、吹箫说剑，王前卢后。龙战玄黄沦万劫，世态移星换斗。更莫问、斓斑古绣。凭仗筹安搜佚史，证名场、风谊名山寿。君傥鉴，奠杯酒。

注："剩向笛、凄凉怀旧"句，据《磨剑室诗词集》补。

（选自《中央日报》1935 年 3 月 4 日）

金缕曲

题陈乃乾《共读楼图》

四十堪称叟。是元龙、高楼百尺，上床卧候。共读有人真福分，韵事流传不朽。算绝胜、添香窠臼。珍籍纷纭奇字祕，校丹铅、辛苦柔荑手。偕隐约，莫孤负。　　诗坛文社相从久。更前宵、归来赌茗，小君拜后。艳色红霞灯影暖，春气潜生室斗。早奴视、珠珰文绣。引凤何如跨虎好，要扫除、愁病为君寿。休比例，信陵酒。

（选自《人文》第 7 卷第 1 期）